VERHEXT UND ABGEDREHT

VERHEXTE WESTWICK-KRIMIS #3

COLLEEN CROSS

Übersetzt von
DANIELA MAIZNER

VERHEXT UND ABGEDREHT

LICHT, KAMERA, MORD!

Ein Hollywood-Blockbuster soll in Westwick Corners gedreht werden und Reporterin Cendrine wittert ihre große Chance. Ihre Hexenfamilie will sich die Action keinesfalls entgehen lassen, doch das Geplänkel mit den Hollywoodgrößen führt schon bald zu einer handfesten Tragödie in der Traumfabrik.

Ein Mord geschieht schneller, als dass die Kamera ihn einfangen kann, und alle Hinweise zeigen auf Cennys ruhmsüchtige Familie. Nichts und niemand kann die rivalisierenden Tanten auf ihrer Jagd nach übernatürlichem Starruhm aufhalten, nicht einmal eine Mordermittlung.

Die Hexen fabrizieren ein filmreifes Chaos und lassen dadurch beinahe einen Mörder entkommen. Cenny muss auf ihre eigenen Kräfte zurückgreifen, um ihre Familie im Zaum zu halten. Wird sie jedoch den Mörder zur Strecke bringen können, bevor er erneut zuschlägt?

Willkommen im Wilden WESTen!

Wenn Sie unterhaltsame Krimis mit einem Schuss Humor und etwas Zauberkraft mögen, dann wird es Ihnen in Westwick Corners gefallen.

KAPITEL 1

Filmstars können störrische und eigenwillige Gestalten sein. Beide Eigenschaften hätte ich Tante Amber niemals zugeschrieben. Sie war nicht nur eine hervorragende Hexe, als führende Beamtin des Welthexenverbandes war sie es außerdem gewohnt, ihren Willen durchzusetzen. Der WEHEX war ihr Leben.

Und dennoch hatte meine arbeitswütige Tante ihre Karriere für eine Schauspielrolle aufgegeben. Sie hatte niemals Interesse an der Schauspielerei gezeigt und ging nicht einmal gerne ins Kino. Die Vorstellung, dass sie in einem Blockbuster aus Hollywood mitspielen sollte, war also absurd.

Und dennoch hatte sie in weniger als einer Woche eine der Hauptrollen in *Überfall zu High Noon* bekommen, der Fortsetzung des Kassenschlagers *Überfall zu Mitternacht*. Noch dazu hatte sie einen der führenden Hollywoodproduzenten überzeugt, den Film genau hier in Westwick Corners zu drehen. Unsere beinahe Geisterstadt konnte auf jeden Fall etwas wirtschaftlichen Aufschwung gebrauchen, aber ich konnte mir beim besten Willen nicht erklären, warum gerade unsere heruntergekommene Stadt als Drehort ausgewählt worden war.

Es ergab einfach keinen Sinn. Entweder verfügte Tante Amber über mächtige Verbindungen nach Hollywood, oder sie hatte Zauberkraft eingesetzt - oder beides. Die Details waren immer noch unklar und ich wusste nicht, wer zusammen mit Tante Amber spielen würde. Ich wusste nur, dass es ein echter Hollywoodstar sein sollte.

Warum der allerdings den Weg bis in den Osten des Staates Washington auf sich nehmen sollte, blieb mir ein Rätsel. Eines war jedoch bereits klar: Die Filmcrew kam wirklich aus Hollywood und wenn alles glatt lief, würde dieser Film Westwick Corners wieder bekannter machen. Die Touristen würden zurückkehren, mit ihren prall gefüllten Geldbörsen in der Tasche, und Westwick Corners würde endlich wieder schwarze Zahlen schreiben können.

Alle meine Informationen hatte ich von Mum, da ich Tante Amber noch nicht gesehen hatte. Sie war letzte Nacht spät aus London angereist, wo sie lebte. Sie war direkt zu ihrem Garderobentrailer im Stadtzentrum gefahren, ohne bei uns Halt zu machen. Das war zwar eigenartig, aber in typischer Tante-Amber-Manier wollte sie sich wahrscheinlich einen Vorsprung verschaffen.

Mum und ich hatten die ganze Nacht lang das Bed & Breakfast unserer Familie, das Westwick Corners Inn, für unsere Gäste vorbereitet. Nicht einmal Hexen konnten sich gewissen manuellen Tätigkeiten entziehen. Der Tag, bzw. in diesem Fall die Nacht, hat einfach nicht genug Stunden. Gegen ein Uhr morgens ließ ich mich ins Bett fallen, aber ich wälzte mich nur unruhig hin und her.

Mein Gehirn lief auf Hochtouren, während ich alle Details durchging. Die Zimmer waren bereit und Mum hatte die Tische im Speisesaal bereits für das Frühstück gedeckt. Ich würde am Set bleiben, sozusagen als Verbindung zur Stadt, und sichergehen, dass die großen Bosse alles hatten, was sie brauchten. Außerdem hoffte ich, ein paar Stars für die *Westwick Corners Weekly* interviewen zu können. Ich war die Herausgeberin der Zeitung, auch wenn das eindrucksvoller klang, als es war. In Wirklichkeit hatte ich mir selbst einen Job gekauft, als der frühere Besitzer in Rente ging. Ich hatte bald darauf bemerkt, dass die Zeitung eine rückläufige Auflage hatte, und vermutlich war es in Zeiten wie diesen nicht das beste Geschäft gewesen. Tante Pearl behauptete gerne, dass die *Westwick Corners Weekly* eine Gratiszeitung für Couponausschneider war.

Ihre Bemerkungen taten weh, aber sie hatte recht. Meinen engagierten Couponausschneidern waren die Artikel egal, an denen ich stundenlang geschrieben hatte. Etwas anderes zu denken grenzte an Irrsinn. Mein ständig schrumpfendes Publikum an alternden Pensionisten wollte nur Coupons und Werbeflyer. Aber zumindest für den Moment bezahlten die Werbeeinnahmen noch die Kosten und hielten mein Blatt am Laufen.

Meine einzige andere Aufgabe war es, ein Auge auf Tante Pearl zu haben. Das war leichter gesagt als getan. Tante Pearl hasste die Vorstellung, dass Besucher in die Stadt kamen. Außerdem stand sie in einem ausgeprägten Geschwisterkonkurrenzkampf mit Tante Amber, ich hoffte also einfach nur, dass die beiden einmal miteinander auskamen.

Ich blickte auf die Uhr, es war erst kurz vor 5:00 Uhr. Ich fühlte mich, als hätte ich die ganze Nacht kein Auge zugetan, aber offensichtlich würde ich auch nicht mehr einschlafen. Ich war zu aufgeregt wegen des Films. Es schien zu gut, um wahr zu sein. Es musste Zauberei im Spiel gewesen sein und ich befürchtete, die Wirkung des Zaubers könnte jederzeit nachlassen.

Ich schlüpfte in meine Jeans, zog mir ein T-Shirt über und eilte nach draußen. Eilig kletterte ich die Stufen des Baumhauses hinunter und sog die feuchte Morgenluft ein. Mein Großvater hatte das Baumhaus vor Jahren am hinteren Ende des Grundstücks gebaut, von wo aus man den Weinberg überblickte. Es war ein Privatgebäude, nur ein paar hundert Meter vom Westwick Corners Inn entfernt, wo Mum und Tante Pearl im Erdgeschoss lebten.

Ich lenkte meine Aufmerksamkeit wieder auf Tante Amber. Sie führte gewiss etwas im Schilde, aber was genau? Vielleicht wollte sie nur den Geschäften ein wenig unter die Arme greifen und brachte deshalb den Film nach Westwick Corners.

Oder vielleicht auch nicht. Meines Wissens nach hatte sie noch nie etwas getan, mit dem sie nicht auf irgendeine Weise einen Vorteil für sich herausschlagen konnte. Sie hatte bereits die Filmrolle, warum sollte der Film also auch noch hier gedreht werden? Dieser Gedanke ging mir nicht mehr aus dem Kopf. Tante Amber würde nicht einfach so eine Auszeit vom WEHEX nehmen - außer es ging um Zauberei. Es waren jedoch keine verräterischen Anzeichen zu erkennen, zumindest keine, die ich sehen konnte.

Eine bessere Hexe hätte übernatürliche Späßchen natürlich leicht erkennen können, aber ich war eine nachlässige Hexe. Ich hatte eigentlich mehr üben wollen, aber das Leben war mir irgendwie dazwischengekommen. Vor allem in letzter Zeit. Zwischen Tyler und mir wurde es immer ernster und alles andere schien in den Hintergrund zu rücken. Der Gedanke an meinen gutaussehenden Freund zauberte mir ein Lächeln ins Gesicht. Tyler Gates war außerdem der Sheriff der Stadt. Er würde heute auch beschäftigt sein, mit all den Filmleuten in der Stadt.

Ich wollte zuerst noch Tante Amber in ihrem Trailer besuchen und sehen, was ich herausfinden konnte. Im Westwick Corners Inn war es ruhig und dunkel, als ich daran vorbei ging, unsere Gäste waren noch nicht beim Frühstück. Sie hatten noch ein paar Stunden Schlaf vor sich. Ich hatte viel Zeit, um mir das Set an der Hauptstraße genauer anzusehen.

Ich spazierte den Hügel hinunter und genoss die morgendliche Ruhe. Es war noch immer dunkel und ich griff zu einer Taschenlampe, um dem mit Bäumen gesäumten Weg zu folgen. Ich erreichte die Stadt und machte mich auf den Weg Richtung Hauptstraße. Als ich näherkam, erkannte ich bereits einzelne Gestalten, die auf der Straße hin und her liefen. Offensichtlich war die Filmcrew ebenfalls die ganze Nacht auf den Beinen gewesen.

Auf den sonst so verlassenen Straßen herrschte nun reges Treiben, als die Crew LKWs auslud und anschließend Beleuchtung und Ausrüstung aufstellte. Die mobilen Garderobentrailer waren auf der gegenüberliegenden Seite des Bankgebäudes geparkt. Ich suchte die Straße nach meiner rothaarigen Tante ab, konnte aber keine Spur von ihr entdecken. Sie war wohl noch in ihrem Trailer.

Ich ging in Richtung des Sets, das genau genommen nur die zwei zentralen Blöcke der Westwick Corners Hauptstraße umfasste. Ziegel- und Steinhäuser aus dem 20. Jahrhundert säumten die Straße. Das dreigeschossige Bankgebäude war das höchste Gebäude in der

Stadt und der Drehort für die erste Szene von *Überfall zu High Noon*. Alle Arten von Kameras, Lichtern und Ausrüstung wurden rund um das Gebäude aufgebaut und Dutzende Menschen eilten herum.

In Westwick Corners zu filmen, hatte gewiss einige Vorteile. Die Gebäude waren praktisch seit Jahrzehnten unberührt. Es gab kein Geld, um sie zu renovieren oder um neue zu bauen. Die Hauptstraße war auf eine verblasste und verträumte Art malerisch. Die alten Fenster und Rahmen der heruntergekommenen Gebäude stammten noch von der vorletzten Jahrhundertwende. Alles sah genauso aus wie früher, nur schäbiger. Besucher unserer Stadt beschrieben ihren Ausflug oft als regelrechte Reise in die Vergangenheit.

Nur dass die Ziegel nun mit einem Sandstrahler gereinigt wurden, die Rahmen einen frischen weißen Anstrich erhalten hatten und sich an den Gebäuden Schilder aus der Zeit um 1900 befanden. Sogar der Asphalt war mit Zentimeter hohem Dreck versehen worden, sodass die Straße nun nicht mehr asphaltiert wirkte.

All das war über Nacht geschehen. Ich konnte es nicht glauben, dass es das Werk der Filmcrew war. Zweifelsohne waren auch Tante Ambers Zauberkräfte irgendwie im Spiel gewesen. Was immer auch passiert war, das Facelift unserer Stadt zauberte mir auf jeden Fall ein Lächeln auf die Lippen.

Die wenigen Spuren von Modernität waren entweder versteckt oder entfernt worden. Es schien, als hätten sich die finanziellen Probleme unserer beinahe bankrotten Stadt über Nacht gelöst. Der Film hatte die Stadt großzügig für den Dreh bezahlt und die Besetzung und Crew brachten ebenfalls Geld nach Westwick Corners. Wir hatten Gäste im Inn und andere Geschäfte profitierten ebenfalls. Der Film und das Facelifting könnten uns wieder in die Gewinnzone führen.

Ich lief zu Mums Food Truck, der einen halben Block entfernt geparkt war. Es war ein eilig herbeigezauberter Kastenwagen aus den 60ern, auf dessen Seite geschrieben stand: Ruby's Burger. Unter den Buchstaben befand sich ein großes Verkaufsfenster, das den Blick auf eine vollausgestattete Edelstahlküche freigab. Mum kam gerade aus der Tür getreten.

Ich war überrascht, sie hier in der Stadt und nicht im Inn zu sehen, aber manchmal konnten Hexen an zwei Orten gleichzeitig sein. Oder sie schienen es zu sein. Es war zwar nur eine Illusion, aber eine sehr effektive.

„Cenny, hast du Amber gesehen?" Mum wischte sich etwas Mehl von der mit Gänseblümchen bestickten Schürze, die sie über einem Batik-T-Shirt und einer bestickten Jeans trug. Sie war immer wie ein moderner Hippie angezogen, aber sie sah dabei auch irgendwie modisch aus. Ihr eigenartiger Modestil war vollkommen ungeplant entstanden. Sie warf einfach nie etwas weg und trug gerne bequeme Kleidung.

Ich schüttelte den Kopf. „Ich suche sie gerade und wollte hinüber zum Garderobentrailer gehen." Ich hoffte, dort würde ich auch erfahren, wo sich die anderen Stars aufhielten. Vielleicht konnte ich ein paar von ihnen interviewen, bevor der Dreh losging.

„Sag ihr, sie soll vorbeikommen, wenn sie kann. Ich brauche jemanden, der für eine Weile ein Auge auf alles hat." Das war Mums Code dafür, darauf aufzupassen, dass Tante Pearl keine weitere Katastrophe anrichtete. Tante Pearl hasste Touristen, auch wenn sie Geld in unsere Stadt brachten. Dieser Film würde gewiss an ihren Nerven zehren.

Während Mum an zwei Orten gleichzeitig sein konnte, war es doch ein wenig viel, sich um das Inn zu kümmern, im Food Truck zu arbeiten und dann auch noch auf Tante Pearl aufzupassen. Sogar in ihrer rasenden Geschwindigkeit wäre sie noch zu langsam gewesen, um Tante Pearl zu beaufsichtigen. Mums Hexenkünste waren ein gewichtiger Vorteil gegenüber der Cateringkonkurrenz, aber sie waren nichts gegen Tante Pearls Kräfte. Und meine Tante neigte nicht dazu, diese Kräfte produktiv einzusetzen.

Mum deutete mit der Hand auf einige Tische hinter dem Wagen. „Was denkst du?"

Etwa ein Dutzend runder Tische stand dort im Schatten eines Weidenbaumes. Die Tische sahen einladend aus, mit rot getupften Tischdecken und Vasen mit weißen und roten Nelken darauf. Mums Plan war es, den Food Truck so weit vorzubereiten, dass es Snacks für den Vormittag und Mittagessen gab, dann würde sie sich im Inn um das Frühstück der Gäste kümmern.

„Sieht so aus, als hättest du alles geschafft. Brauchst du Hilfe mit dem Essen?" Nicht dass sie es nötig gehabt hätte, sie war eine Köchin zum Niederknien.

In die Knie würde uns allerdings vermutlich meine bockige Tante Pearl zwingen, sobald sie am Grill stand. Sie kam hinter dem Trailer hervor und machte sich gleich auf in Richtung des Grills. Der stand links vom Food Truck, etwa fünf Meter entfernt.

„Bleib du, wo du bist, Cenny. Ich habe alles unter Kontrolle." Tante Pearl wendete noch einmal und kam zu uns, wobei sie zwei Grill-zangen wie Waffen auf uns gerichtet hielt.

Ich wollte schon fragen, warum sie in aller Herrgottsfrüh mit dem Grillen beginnen wollte, aber Mum warf mir einen vielsagenden Blick zu. Dann legte sie einen Finger an ihre Lippen, um mich zum Schweigen zu bringen. Das Fleisch wäre danach zum Wegwerfen, aber das war nur ein kleiner Preis, wenn es Tante Pearl beschäftigt hielt.

„Cenny, du kommst genau richtig für einen Snack. Nimm dir ein Brötchen." Tante Pearl zeigte auf einen rechteckigen Tisch neben dem Food Truck. Er war voll beladen mit Brötchen, Salaten und Saucen. „Das ist mein Geheimrezept: auf Holzkohle gegrillte Burger."

„Es ist ja noch nicht einmal Frühstückszeit", protestierte ich. „Wie wäre es stattdessen mit Kaffee?"

Sie ignorierte mich, drehte sich ab und bemerkte offenbar nicht die ein Meter hohen Flammen, die hinter ihr vom Grill aufschossen. Die Flammen kamen den Ästen des Weidenbaumes, die darüber hingen, gefährlich nahe.

„Pass auf!" Die niedrigeren Äste des Baumes begannen zu rauchen und knisterten, als die Funken flogen. Ich sah mich nach etwas um, mit dem ich die Flammen töten könnte, aber Mum war mir bereits einen Schritt voraus. Sie flüsterte ein paar Worte und innerhalb weniger Sekunden waren die Flammen gelöscht.

Meine pyromanische Tante Pearl liebte ein großes Publikum und würde so einiges tun, um Aufmerksamkeit zu erhalten. Das beinhaltete im Normalfall Hexerei, Feuer und leider viel zu oft beides zusammen. Sie hatte Spaß daran, mich zu verärgern, weshalb ich sie häufig gekonnt ignorierte. Aber das konnte ich nicht, wenn es um Fragen der Sicherheit ging. Ich blickte hinüber zur Filmcrew. Zum Glück waren sie so vertieft in ihre Arbeit gewesen, dass sie den spontanen Grillbrand nicht bemerkt hatten.

„Entspann dich, Cenny. Ich hätte schon alles unter Kontrolle gebracht, wäre etwas passiert. Du überreagierst ständig."

„Es ist auf jeden Fall besser, wenn es gar nicht so weit kommt." Ich blickte auf den Teller voll schwarzer Fleischbratlinge neben ihr. „Niemand wird so ein Zeug essen. Die sind ja total verbrutzelt."

Mum entfernte den Teller. „Manche Leute mögen ihren Burger sicher gerne gut durchgebraten. Ich stelle die Bratlinge mal zu mir herein, dann kann ich sie bei Bedarf ausgeben."

Diese Bratlinge würden im Müll landen, aber das wusste Tante Pearl nicht. Ich rechnete im Kopf durch, wie viele Bratlinge Tante Pearl vor Mittag auf den Grill legen konnte. Das war ein teurer Preis für den Frieden, aber zumindest würde es weiteren Schaden vermeiden. Tante Pearl konnte verheerende Schäden anrichten, wenn sie wollte. Zumindest was die Burger anging, stand sie unter Mums wachsamer Aufsicht.

Ich wollte gar nicht erst daran denken, welche weiteren kleinen Katastrophen Tante Pearl geplant hatte, um den Dreh zu sabotieren. Trotz ihrer vorgeblich hilfsbereiten Art wusste ich, dass sie nichts mehr wollte, als diese Eindringlinge aus der Stadt zu jagen. Und schon gar nicht wollte ich daran denken, welche Pläne sie für das ausgebuchte Westwick Corners Inn geschmiedet hatte, in dem sie als Reinigungskraft arbeitete.

Dieser Job war Mums Idee gewesen, da er den Kontakt mit den Gästen auf ein Minimum reduzierte. Leider gab es Tante Pearl auch unbeschränkten Zugang zu den Gästezimmern und somit unbegrenzt Gelegenheit für Schandtaten mit Shampoo, Seife und Kabel zu Lasten der Gäste. Sie hatte vermutlich noch Schlimmeres im Kopf, aber Unwissen war ein Segen und ich wollte gar nicht erst daran denken, was ihr Gehirn ausbrütete.

Das dringendere Problem waren Tante Pearls Mätzchen am Grill. Ich fürchtete mich davor zu fragen, tat es aber trotzdem: „Was machst du hier? Ich dachte, Tante Amber hätte dir einen Job am Set organisiert?" Hatten sie sich etwa jetzt schon gestritten?

Tante Pearl ignorierte mich und warf noch ein weiteres halbes Dutzend Bratlinge auf den Grill. Dann drehte sie den Gashahn auf.

Tante Amber hatte versprochen, ihre älteste Schwester rund um die Uhr beschäftigt zu halten. Und doch stand Tante Pearl hier und wartete nur darauf, für Ärger zu sorgen. Sie war ein 45-Kilo-Tornado, der nur nach einem Flecken Land suchte, an dem er aufschlagen konnte. Touristen, Filmleute... in ihrer Vorstellung waren das alles Feinde. Dass sie sich bei Mums Food Truck aufhielt, war kein Zufall. Ich hoffte nur, sie würde niemanden vergiften.

„Amber hat Pearl einen tollen Job bei den Requisiten besorgt, aber Pearl hat ihn abgelehnt." Mum steckte eine einzelne blonde Strähne in ihr leuchtendes, pink-türkises Bandanatuch. „Sie meinte, der Job entspreche nicht ihren Qualifikationen."

„Das hast du falsch verstanden, Ruby. Ich habe den Job nie abgelehnt." Tante Pearl schwang ihre Grillzange durch die Luft und erwischte dabei fast einen Ast des Baumes. „Der Job wurde mir falsch dargestellt. Ich hätte Leiterin der Pyrotechnik werden sollen, nicht irgendein Lakai, der auf eine Spielzeugkiste aufpasst. Kann Wunder, dass mir Amber aus dem Weg geht. Dafür wird sie noch bezahlen."

„Du kannst doch nicht die Leiterin der Pyrotechnik sein, du hast doch gar keine Filmerfahrung." Ich seufzte. Die Geschwisterrivalität meiner Tanten kannte wirklich keine Grenzen. „Ich bin sicher, Tante Amber wollte nur helfen."

Tante Pearl schnaubte, während sie etwas Flüssigkeit aus einem Flachmann auf den Grill sprenkelte. Nur eine Millisekunde später schossen Flammen vom Grill empor. Sie blickte liebevoll in die Flammen, als sie immer höher und höher stiegen. Sie schien wie in Trance zu sein.

„Pass auf!" Mir sträubten sich die Nackenhaare. Meine 1,50 m kleine Tante, ein Feuerteufel, hatte eine Abneigung gegen jegliche Form der Autorität, sei sie formell oder informell. Die Vorstellung, dass sie mit ihrer pyromanischen Veranlagung am Grill stand, brachte mich an den Rand des Wahnsinns.

Die Flammen ließen nach, als der Alkohol verdampft war und Tante Pearl erwachte aus ihrer Trance. „Hast du etwas gesagt?" Sie lächelte uns zuckersüß zu.

„Die Requisiten sind eine tolle Gelegenheit, Pearl. Du musst irgendwo anfangen." Mum ließ die Flammen am Grill kleiner werden. „Das kannst du als Erfahrung in deinem Lebenslauf verbuchen."

„Amber hat auch keine Erfahrung", schnaubte Tante Pearl. „Wie kommt es dann, dass sie die Hauptrolle bekommen hat?"

Das fragte ich mich auch. Aber stattdessen sagte ich: „Du bist doch nur eifersüchtig."

„Bin ich nicht!"

Ich rollte mit den Augen. „Müsst ihr euch immer gegenseitig überbieten?" Mums ältere Schwestern waren nun schon über 60 bzw. 70 und Pearl war die ältere der beiden. Der Intensität der Geschwisterrivalität tat dies jedoch keinen Abbruch. Im Gegenteil, sie schien jedes Jahr noch stärker zu werden. Die beiden konnten sich keine fünf Minuten in einem Raum aufhalten, ohne zu versuchen, sich gegenseitig zu übertrumpfen. Mum sorgte dann immer wieder für Frieden und spielte die Vermittlerin, auch wenn sie die Jüngste war.

„Ich wünschte, du und Amber würdet endlich aufhören zu konkurrieren", sagte sie. „Ihr habt beide unterschiedliche Stärken, das ist alles. Ihr seid vollkommen verschieden."

Ich schnaubte unfreiwillig und die beiden funkelten mich an.

„Ich habe Lebenserfahrung, Ruby. Ich bin außerdem eine Hexe, eine verdammt gute noch dazu. Niemals arbeite ich für einen inkompetenten Möchtegern-Meister, der nicht einmal weiß, was er tut."

„Du meinst den Requisiteur? Natürlich weiß er, was er tut. Er hat viele Jahre Erfahrung, so wie alle anderen hier auch. Das sind alles Profis." Mum nickte in Richtung des Sets.

„Ich kann alle möglichen Spezialeffekte aus dem Hut zaubern. Seine sind doch ein Witz." Tante Pearl verdrehte ihre Hand und schon schossen die Flammen erneut in die Höhe.

Mum löschte sie ihrerseits mit einer Handbewegung. „Halte doch deine Tricks für ein paar Tage zurück. Niemand auf dem Filmset weiß, dass wir Hexen sind und so soll es auch bleiben."

„Aber Bill hat keine Ahnung, was er tut. Bei der Geschwindigkeit wird der Dreh ewig dauern." Sie zog ihre Augen gefährlich zusammen. „Ich will doch nur helfen, damit alles schnell abgeschlossen werden kann. Aber was ich auch vorschlage, es wird nicht angenommen."

„Keine Spielchen, Tante Pearl." Ich hatte keine Ahnung, wer Bill war oder warum sie ihn als inkompetent bezeichnete, aber ich nahm an, dass jeder, der für einen solch großen Film arbeitete, gut in seinem Job sein musste. Wenn nicht sogar der Beste. Jeder wollte doch für die Filmindustrie arbeiten und der Konkurrenzkampf war bestimmt hart.

„Cenny hat recht. Du kannst uns nicht verraten", sagte Mum. „Leiste einfach gute Arbeit und verdiene dir den Respekt der Kollegen. Zumindest hat dir Amber einen Job besorgt."

Tante Pearl schüttelte den Kopf. „Auf keinen Fall. Wenn es um Qualität geht, kann ich keine Kompromisse machen. Ich habe hohe Ansprüche, wisst ihr."

Ich hatte keine Ahnung, von welchen hohen Ansprüchen sie sprach. Vielleicht war ein weiterer Job auch einfach zu anstrengend für sie. Westwick Corners war so klein, dass die meisten Einwohner gleich mehreren Arbeiten nachgingen. Wir mussten alle Unternehmer werden, denn die einheimische Wirtschaft war praktisch nicht existent.

Die Familie West war da keine Ausnahme. Wir führten das Westwick Corners Inn und unsere Bar, den Scheiterhaufen, und hatten zusätzlich noch weitere Jobs. Wir brauchten das Geld, um unser Auskommen zu finden. Das war vermutlich der Grund, warum Tante Amber uns alle zum Film gebracht hatte.

Alle, mit Ausnahme von mir. Ich fühlte mich etwas übergangen, da Tante Amber mir keinen Job gesucht hatte, aber irgendwie war ich auch erleichtert. Die Vorhaben der Familie West neigten dazu, auszuufern. Ich konnte einfach aus der Entfernung zusehen.

Aber trotzdem.

Warum hatte ich nichts bekommen? War es, weil ich zu wenig

Hexerei übte? Ja, okay, ich hatte die Ausbildung in Pearls Schule der Zauberei abgebrochen, aber mich dafür zu bestrafen, eine lausige Hexe zu sein, war doch etwas übertrieben. Vielleicht dachte Tante Amber, ich sei nicht gut genug, aber Tante Pearl anstatt mir einen Job anzuvertrauen, war doch überraschend und verstörend. Vielleicht war es Tante Ambers Art mich wachzurütteln, aber ihr harter Erziehungsansatz schmerzte.

Ich sah zu, wie Tante Pearl kohlschwarze Bratlinge vom Grill löste und auf einen Teller warf. Gleich darauf schmiss sie sechs weitere Fleischstücke auf den Rost.

„Vielleicht solltest du gar nicht für den Film arbeiten. Was werden deine Schüler in der Zwischenzeit machen?" Pearls Schule der Zauberei, Tante Pearls Schule für Hexerei, hatte genau Null Schüler und war ein sinkendes Schiff, auch wenn Tante Pearl das Gegenteil behauptete. Genau genommen, steckten alle unsere Geschäfte in der Krise, inklusive der *Westwick Corners Weekly*. Der Filmdreh war das größte Ereignis in der Stadt seit Jahrzehnten und wir alle wollten - nein, mussten - ein Teil davon sein.

„Ich brauche mal eine Pause vom Unterrichten. Du weißt doch, wie schnell ich mich langweile", schnappte Tante Pearl. „Diese Schüler sind wirklich manchmal eine Zerreißprobe für meine Geduld."

„Wie kann das hier besser sein?" Ich musterte meine grauhaarige Tante. „Du wendest Fleisch auf einem Grill. Und du bist total schlecht darin."

„Das ist überhaupt nicht besser, Cendrine. Das ist ja der Punkt", schniefte Tante Pearl. „Der Job bei den Spezialeffekten sollte mir ein Ventil für meine Kreativität bieten. Amber hat mir volle kreative Entscheidungsfreiheit versprochen. Sie meinte, wenn ich ihr helfen würde, in den Film zu kommen, dann würde es sich für mich lohnen. Dann speist sie mich mit diesem Job ab, der unter meinen Talenten und Fähigkeiten liegt."

Ich war geneigt zu fragen, wie genau sie Tante Amber dabei geholfen hatte, den Dreh nach Westwick Corners zu holen, aber das würde unsere Diskussion in eine andere Richtung führen.

„Du kannst keine Hexerei einsetzen. Oder Feuer." Mich beschlich das Gefühl, dass die Hilfe, die Tante Pearl geleistet hatte, noch ein Nachspiel haben würde. Manchmal war es besser, etwas nicht zu wissen.

„Du weißt doch, dass ich das nicht tun würde, Cendrine." Tante Pearl zog eine übertriebene Schnute und das Funkeln in ihren Augen zeugte davon, dass sie log. „Ich befolge immer die Regeln."

Ich hielt mich zurück und wollte keinen Streit vom Zaun brechen. Tante Pearl hatte Tante Amber wahrscheinlich zu dem Requisitenjob gedrängt, indem sie ihr Schlimmeres androhte. Ihre Enttäuschung bedeutete allerdings nur, dass wir uns auf irgendeine Form von Rache gefasst machen mussten. Wie der Vergeltungsschlag aussehen würde, war noch nicht klar, aber wir alle fürchteten Tante Pearls Ausbrüche von „Kreativität". Es war eine Gratwanderung, ihren Launen nachzugeben und sie trotzdem von Schwierigkeiten fernzuhalten. Kein Wunder, dass Tante Amber ihr den Job als Requisitenhelferin gegeben hatte.

Und dass Mum sie um Hilfe am Grill gebeten hatte. Wenn Tante Pearl schon mit dem Feuer spielen musste, stand sie dabei zumindest unter Beobachtung.

um und ich ließen Tante Pearl nur widerwillig am Food Truck zurück, aber wir mussten uns um das Frühstück im Inn kümmern. Es kam selten vor, dass unser schönes Bed & Breakfast komplett ausgebucht war, so wie heute. Die meisten Crewmitglieder und Schauspieler hatten eine modernere Unterkunft in Shady Creek gewählt, eine Stunde entfernt, aber einige hatten sich auch entschieden, in der Stadt zu bleiben. Zu unseren Gästen zählten auch einige VIPs und wir wollten uns richtig ins Zeug legen, um einen guten Eindruck zu machen. Vielleicht konnten wir ja einige Stammgäste gewinnen oder etwas gratis Werbung erhalten.

Ich rieb den Käse für die Omeletts, während Mum Gemüse schnibbelte. Wir hatten gerade unseren Rhythmus gefunden, als ein schriller Schrei unsere Arbeit unterbrach.

„Wie könnt ihr mich hier mir selbst überlassen?" Oma Vis geisterhafte Form schwebte in der Küche hin und her. „Ich mag all diese Eindringlinge hier nicht. Was machen die alle hier?"

„Sie drehen einen Film, Oma. Das ist nur vorübergehend." Ich war überrascht, dass ihr Tante Amber im Vorfeld nichts über den Film gesagt hatte, aber Tante Amber hatte uns allen ja nur wenig Infos gegeben.

„Ich habe keine paar Tage. Ich will all diese Leute hier weghaben." Ihre Erscheinung schwebte in der Form, wie sie es nur tat, wenn sie sehr aufgebracht war. Oma hatte es Mum nie verziehen, dass sie unseren Familiensitz in ein Bed & Breakfast verwandelt hatte und das hier war nun noch das Sahnehäubchen obendrauf.

„Du bist ein Geist, Oma. Du hast alle Zeit der Welt." Oma lebte nun mit mir im Baumhaus. Auch wenn ein Geist als Mitbewohnerin ideal zu sein schien, eine WG mit Oma Vi war schwierig. Wenn ich Gäste habe, versucht sie ständig, meine Aufmerksamkeit für sich alleine zu haben, beschwert sich aber über die Einsamkeit, wenn wir nur zu zweit sind.

„Erinnere mich nicht ständig daran. Macht das Haus wenigstens wieder zum alten."

Sie meinte das Bed & Breakfast, auch wenn dieses mit Ausnahme der Gäste unverändert geblieben war. „Wir müssen Geld verdienen, Oma. Die Leute werden bald wieder weg sein." Ich fühlte mich nicht wohl dabei, aber das Geld stand einfach momentan im Vordergrund. Entweder vermieteten wir Zimmer oder wir mussten in eine andere Stadt mit mehr Arbeitsplätzen ziehen.

„Ein paar Tage sind mir schon zu viel. Ich versuche ja, geduldig zu bleiben, aber die haben ihre Zeit hier schon mehr als ausgereizt. Ich habe genug davon. Es wird Zeit, hier mal das Schreckgespenst zu spielen." Sie schwebte in Richtung der Tür, die zum Speisesaal führte.

Ich eilte hinüber und blockierte ihren Weg mit meinem Körper. „Geist, Oma. Du bist ein Geist, kein Schreckgespenst. Bitte, mach das nicht. Ich mache es wieder gut, versprochen." Ich blickte hinüber zu Mum, aber die kehrte uns den Rücken zu und werkelte am Herd.

„Du weißt, dass ich einfach durch dich hindurchgehen kann, Cenny." Sie schwebte ungefähr zwanzig Zentimeter vor meinem Gesicht. „Lass mich das nicht tun müssen."

„Also gut. Warum mixen wir nicht später gemeinsam ein paar Tinkturen?" Bestechung war meine einzige Waffe. Meine Oma konnte großes Unheil anrichten, wenn sie ihren Willen nicht durchbrachte. „Das haben wir schon lange nicht mehr gemacht."

Großmutters Aura erstrahlte in einem sonnigen Gelb. „Das wäre wunderbar. Wir könnten Liebestränke brauen und diese ganzen Filmleute verhexen." Sie kicherte wie ein Teenager. „Denk nur an das Chaos, den wir anrichten könnten!"

„Das klingt spaßig." Meine Stimme klang etwas höher als normal, ich hoffte dennoch, überzeugend zu klingen. Ich hatte nicht die Absicht, Hexerei gegen die Filmleute einzusetzen, aber das musste Oma Vi nicht wissen. „Vielleicht machen wir das morgen, wenn sich die Dinge etwas eingespielt haben."

Sie schüttelte langsam den Kopf. „Nein, da musst du dir schon etwas Besseres einfallen lassen. Was soll ich denn in der Zwischenzeit tun?"

„Warum suchst du nicht ein paar Filme oder Serien heraus? Wir könnten den ganzen Abend lang *Verliebt in eine Hexe* oder *Bezaubernde Jeannie* ansehen. Nur so als Vorschlag." Ich wollte ihr den Arm tätscheln, aber natürlich ging meine Hand durch sie hindurch.

„Ist das alles, was du anzubieten hast? Das ist wohl kaum meine Zeit wert", sagte Oma Vi. „Außerdem ist mir im Moment nicht nach Komödien. Ich möchte eigentlich lieber ein wenig Dampf ablassen und ein paar Leute erschrecken. Dann könnte ich mein eigenes Drama verursachen."

„Bitte tu das nicht, Oma." Ich hielt die Hand hoch. Es war offensichtlich, woher Tante Pearl ihre Bockigkeit hatte, aber es war auch klar, dass wir mit Oma Vi sehr weit gegangen waren. Ich senkte meine Stimme zu einem Flüstern, damit Mum mich nicht hören konnte. „Vielleicht könnten wir Amber und Pearl verhexen. Du weißt schon, damit sie sich vertragen."

„Hmm." Sie schwebte gedankenversunken hinauf zur Decke. Einige Sekunden später ließ sie sich fallen und hielt dieses Mal nur fünf Zentimeter vor mir. „Das ist eine sehr gute Idee, Cenny. Du wirst etwas Neues lernen und meine Töchter werden sich endlich einmal verstehen."

„Abgemacht", sagte ich. „Ich hole ein paar Kräuter aus dem Garten und dann sehen wir uns später am Abend im Baumhaus." Tinkturen zu brauen, war die einzige Hexerei, die ich ganz gut beherrschte, auch wenn ich bezweifelte, dass ein Zaubertrank stark genug sein konnte, um gegen die Persönlichkeiten meiner Tanten anzukommen. Aber es schien Oma Vi zumindest für den Moment zufriedenzustellen.

„Tschüssi..." Oma Vis Bild löste sich auf.

Meine Gedanken kehrten zurück zu Tante Pearl. Sie unbeobachtet inmitten der Filmleute zurückzulassen, war riskant gewesen, aber wir hatten kaum eine andere Wahl gehabt. Zumindest war es noch früh am Vormittag, eine Zeit, zu der sie sich normalerweise noch besser verhielt und sich nicht sofort aufspielte. Der Grill schien ihr inneres Feuer für den Moment zu befriedigen.

Wir mussten zu zweit im Bed & Breakfast sein, eine musste kochen und die andere das Frühstück servieren. Als Serviererin hatte ich natürlich noch ein weiteres Motiv, nämlich ein paar Interviews mit unseren berühmteren Gästen zu arrangieren. Dann würde vielleicht, nur vielleicht, endlich einer meiner Artikel die Leser fesseln. Ich hatte mehrere Artikel über den Filmdreh geplant und außerdem Kritiken über die Filmstars. Ich musste nur einige von ihnen treffen, während ich das Frühstück servierte.

Ganz oben auf meiner Liste stand Steven Scarabelli, der legendäre Produzent, der ebenfalls in unserem Hotel abgestiegen war. Aber dazu kam es nicht, zumindest noch nicht. Es stellte sich heraus, dass ich ihn nur um ein paar Minuten verpasst hatte, da er das Frühstück ausgelassen hatte und zum Set aufgebrochen war, während wir in der Küche gestanden hatten.

Zum Glück mussten Mum und ich uns nicht so lange um die Gäste kümmern und wir konnten zurück zum Food Truck. Die Hauptstraße war geschäftig und in der Zwischenzeit waren noch mehr Gebäude gestrichen worden. Die neuen Fassaden der Straße standen in starkem Kontrast zu den Gebäuden in den Nebenstraßen. Die heruntergekommenen Häuser sahen noch immer aus wie vorher und die Farbe blätterte von den Fassaden.

In mir keimte Hoffnung auf und ich war froh, dass der Film Westwick Corners bereits jetzt neues Leben eingehaucht hatte, auch wenn der Dreh selbst noch gar nicht begonnen hatte. Die Einwohnerzahl der Stadt war innerhalb eines Jahrzehnts von Tausenden auf einige wenige Hundert geschrumpft und die fehlenden Arbeitsplätze ließ die jungen Leute die Stadt verlassen, sobald sie mit der Schule fertig waren. Einige gingen ins nahegelegene Shady Creek, andere weiter fort nach Seattle. Aber vielleicht konnte der Film diesem Trend entgegenwirken. Vielleicht lächelte uns nun das Glück zu.

Wenn den Filmleuten unsere Stadt gefiel, würden sie vielleicht zurückkehren. Wir könnten uns als eine Art Hollywood des Nordens positionieren. Der Film wäre eine einzigartige Möglichkeit, die uns da in den Schoß gefallen war. Ein Film konnte zum nächsten führen und Arbeitsplätze und Geld bringen. Hexen brachten vieles zustande, aber wir konnten kein Geld herbeizaubern. Diese Gelegenheit durften wir uns also nicht entgehen lassen.

Ich war tief in Gedanken versunken, als ich bereits in die Nähe des Food Trucks kam. Ein roter Blitz sprang mir ins Auge. Er war so hell, dass er von einem weißen Lieferwagen reflektiert wurde und ich musste mir die Hand vor die Augen halten. Als ich nähertrat, erkannte ich die Ursache. Eine platinblonde Granate in einem paillettenbesetzten roten Abendkleid posierte vor dem Food Truck.

Zunächst dachte ich, es wäre eine der Schauspielerinnen, aber als ich näher kam, sah ich, dass das nicht der Fall war. Ein schreckliches Gefühl braute sich in meiner Magengrube zusammen.

Mum sah es ebenso. „Oh nein! Ich hatte Pearl doch gesagt, dass Carolyn hier nicht willkommen ist. Warum muss sie immer alles ruinieren?"

Ich hatte darauf keine Antwort. Carolyn Conroe war Tante Pearls Alter Ego, ein verhexter Marilyn-Monroe-Klon, in den sich meine Tante immer dann verwandelte, wenn sie Aufmerksamkeit brauchte. Vor allem männliche Aufmerksamkeit.

Tante Pearl behauptete, sie hasse Männer, gleichzeitig lebte sie aber auch irgendeine teuflische Fantasie durch die Rolle als Carolyn Conroe aus. Die ganze Sache war mir peinlich, aber keiner um sie herum, schien ihren Unfug wahrzunehmen.

Ihr hautenges paillettenbesetztes Kleid spannte an ihren Kurven, als sie einen Teller mit hochgetürmten Bratlingen balancierte. Sie zwitscherte den männlichen Bewunderern, die beinahe zombieartig zum Food Truck drängten, so etwas wie ein Sirenenlied zu. Ich sah mindestens zwanzig davon, kein einziger davon war ein Einheimischer. Offensichtlich gehörten sie alle zur Filmcrew. Ich bezweifelte, dass im Moment viel Arbeit vorangebracht wurde.

Carolyn brachte den Dreh zum Stillstand, indem sie sie mit Burgern und blondem Haar lockte. Wenn wir die Hollywoodgrößen beeindrucken wollten, mussten wir Ablenkungen wie diese vermeiden. Unsere Zukunft hing davon ab, dass der Dreh reibungslos funktionierte.

Als ich näherkam, konnte ich Carolyns Bewunderer studieren. Einige von ihnen sabberten praktisch, während sie Carolyn tranceartig anstarrten. „Zumindest wissen wir, was sie vorhat."

„Stimmt", antwortete Mum. „Und so können wir sie von Amber fernhalten. Dieser Konkurrenzkampf ufert aus und ruiniert alles."

Ich nickte. Das Letzte, was wir gebrauchen konnten, war ein übernatürlicher Schönheitswettbewerb, bei dem jede Schwester versuchte, die andere auszustechen. Üblicherweise war es Tante Pearl, die solche Dinge anzettelte. Sie verübelte es ihrer jüngeren Schwester, dass sie besser aussah und eine erfolgreichere Karriere hatte.

Ich war überrascht, dass Tante Pearl es noch immer wagte, ihre Carolyn-Conroe-Nummer durchzuziehen, wenn Tante Amber in der Nähe war. Genau genommen, verletzte sie mit dieser Aufmachung nämlich die WEHEX-Regeln. Es gab nur wenige Fälle, in denen es einer Hexe erlaubt war, jemand anderen zu verkörpern, sei es eine reale oder fiktive Person. Tante Pearl brach ständig die Regeln, aber nach einem früheren Vorfall war sie dieses Jahr bereits verwarnt worden. Als Vizepräsidentin des WEHEX war Tante Amber eine strikte Verfechterin der Regeln. Einen Showdown zwischen den beiden konnten wir nicht gebrauchen.

„Ich werde Tante Amber suchen. Ich muss mit ihr sprechen." Ich suchte die Straße ab und war froh, keine Spur von ihr zu entdecken. Das hieß nämlich, dass ich sie finden konnte, bevor sie Carolyn sah.

Carolyn saß auf einem der Esstische, posierte vielsagend und gewährte durch den hohen Schlitz ihres Kleides, der bis zum Oberschenkel reichte, einen großzügigen Blick auf ihre Haut.

Ich konnte Mum damit nicht alleine lassen.

Die Zahl der Tische hatte sich während unserer Abwesenheit verdoppelt, offensichtlich sollten Tante Pearls Spielchen noch mehr Männer anlocken. Alle hatten sich mit Burgern, Sandwiches, Salaten oder kalten Getränken eingedeckt. Einige Männer bedienten sich selbst, andere standen nur ehrfürchtig vor Carolyn und bemerkten nicht, dass sie gerade gelackmeiert wurden. Wenn man darüber nachdachte, vollbrachte Pearl tatsächlich eine Meisterleistung, denn die Filmcrew war vermutlich an den Anblick wunderschöner Hollywoodschauspielerinnen gewöhnt.

Ich ging zu Carolyns Tisch und hakte mich bei ihr ein, um sie von ihren männlichen Bewunderern fortzuführen. „Warum machst du das? Du bringst doch den Drehplan durcheinander."

Carolyns blutroter Mund formierte ein unschuldiges O, als sie sich einen Finger an die Lippen legte. „Ich tue doch gar nichts. Ich kann doch nichts dafür, wenn diese Männer hungrig sind."

„Sie sind nicht hungrig. Sie sind... ach, egal." Ich funkelte sie an. „Mich veräppelst du nicht, Tante Pearl. Ich weiß, was du vorhast."

„Hör auf, mich so zu nennen! Mein Name ist Carolyn. Und ich habe nicht die leiseste Ahnung, wovon du sprichst. Sie fuhr mit ihren manikürten Fingernägeln durch ihr platinblondes Haar. Die Nägel waren in exakt dem Rotton ihrer Lippen gestrichen. Das Kleid war ebenfalls in der Farbe gehalten. „Okay, ich verstehe. Du musst wohl mit Amber gesprochen haben. Kann ich jetzt nicht einmal kochen? Sie ist offensichtlich eifersüchtig und hat Angst, dass ich ihr die Show stehle."

„Nein, ich habe Tante Amber noch nicht einmal gesehen, aber ich bezweifle, dass sie eifersüchtig auf dich ist. Verwandle dich jetzt einfach wieder in dein normales Ich, bevor ich etwas unternehme."

„Ach, hör doch auf, dich zu beschweren, Cendrine. Lass mich doch auch einmal ein bisschen Spaß haben. Zumindest hast du einen Job, der zu dir passt."

Mum kam wieder aus dem Trailer heraus und roch wohl den

Ärger. Sie trat von hinten an Carolyn heran, sodass nur ich ihren Gesichtsausdruck sehen konnte. Sie rollte mit den Augen, sagte aber nichts.

Ich erkannte natürlich Tante Pearls Ablenkungsstrategie, aber es half nichts. „Warum glaubst du jetzt plötzlich, dass mein Job zu mir passt? Du hast meine Zeitung doch eine Sackgasse genannt."

„Das ist auch eine Sackgasse, genauso wie dein Leben." Carolyn zuckte mit den Schultern. „Du strebst nicht nach Höherem. Du pflegst deine Hexenkraft nicht, du gibst dich mit diesem nichtsnutzigen Sheriff als Freund zufrieden und du bist einfach schwierig. Du solltest es mittlerweile wissen, aber ich sage es dir noch einmal: Du erntest nur, was du sähst."

Wie auf Kommando kam plötzlich Sheriff Tyler Gates schnellen Schrittes auf uns zu. Als er näherkam, erkannte ich, dass mein ansonsten so ruhiger Freund wütend war. Sein Lächeln war einem mürrischen Ausdruck gewichen. Und er war nicht der Einzige.

Wutentbrannt wandte ich mich wieder an Tante Pearl. „Nur weil ich Pearls Schule der Zauberei nicht besuche, heißt das noch nicht, dass ich eine Versagerin bin. Deine Ablenkungsmanöver funktionieren nicht. Du weißt, wie wichtig dieser Film für die ganze Stadt ist. Kannst du nicht einfach mal du selbst sein?"

„Nein, nicht so..." Mum brach mitten im Satz ab, als vom Grill hohe Flammen in die Höhe schlugen.

„Oh oh!" Carolyn schlug eine Hand vor den Mund. „Hilfe!"

Ich zog sie vom Grill weg, als die Flammen nun zwei Meter hoch standen. „Tante Pearl!"

„Ich habe dir doch gesagt, du sollst mich nicht..."

Ich ignorierte sie und führte sie zur Seite. „Du wirst noch die ganze Stadt in Brand stecken."

Zwei Männer, die in der Nähe standen, zogen ihre T-Shirts aus und rannten zum Grill. Gemeinsam brachten sie die Flammen unter Kontrolle.

„Ach herrje..." Tante Pearl wurde in Scarlett-O'Hara-Manier ohnmächtig.

Einer der Männer eilte an Carolyns Seite. „Geht es Ihnen gut?" Er legt seinen Arm schützend um sie und führte sie weg vom Grill.

„Was ist mit uns?" Mum drehte sich zu mir.

„Ich nehme an, wir sind unsichtbar." Ich blickte auf die verkohlten Reste auf dem Grill und fragte mich, wie oft das heute noch passieren würde.

„Wohl kaum." Tyler legte seinen Arm um mich. Er kannte unser Familiengeheimnis, was es etwas leichter machte, eine Hexe zu sein. „Ich denke, ihr solltet Pearl besser einen neuen Job besorgen. Irgendetwas ohne Zugang zu Brandbeschleunigern."

Mum schüttelte den Kopf. „Ich weiß nicht, was ich tun soll, Tyler. Sie verweigert den Job, den Amber ihr beschafft hat, und sie kann nicht mit mir arbeiten, weil sie ständig irgendwas mit dem Essen anstellt. Sieh nur, wie sie den Grill angezündet hat..."

„Überlass das mir. Ich finde schon eine Lösung", sagte ich. „Und ich werde auch ein Auge auf sie haben."

„Gut", sagte Tyler. „Denn Brayden beobachtet mich mit Argusaugen. Er hat geschworen, dass mein Kopf rollen wird, sollte beim Dreh etwas schiefgehen." Brayden Banks war der Bürgermeister... und mein Ex-Verlobter. Es passte ihm nicht, dass Tyler und ich nun zusammen waren und er suchte ständig nach einem Vorwand, um Tyler zu feuern.

Tyler tat mir leid. Er konnte nicht gewinnen, egal was er tat. Würde es während des Drehs zu Problemen kommen, würde Brayden einen Weg finden, sie Tyler anzuhängen. Würde der Dreh ein Erfolg werden, würde Brayden ihn für sich einheimsen.

Ich richtete meine Aufmerksamkeit wieder auf Tante Pearl. Irgendwie musste ich sie beschäftigt halten. Eine Meisterhexe wie sie konnte viel Schaden anrichten und ihre Launen konnten dafür sorgen, dass in Zukunft kein Film mehr in Westwick Corners gedreht werden würde. Das wäre nicht gut für uns.

Alles in allem wäre Tante Ambers Idee, ihr einen Job am Set zu geben, wohl die beste, auch wenn Tante Pearl schnell mal die Sicherung durchbrannte. Ich könnte sie überwachen und gleichzeitig den Dreh beobachten. Der Job bei den Requisiten beinhaltete außerdem wenig Kontakt mit anderen Menschen. Ich musste Tante Pearl nur davon überzeugen, dass der Job genauso wichtig war, wie Tante Ambers Hauptrolle.

„Ich werde mit Tante Amber sprechen", sagte ich. „Wir finden sicher eine Lösung."

Wir konnten Feuer immer noch mit Feuer bekämpfen.

KAPITEL 3

Ich fühlte mich schon ein wenig schlecht, während ich Tante Pearl beobachtete, die langsam die Straße entlang nach Hause trottete. Nachdem ich sie zuerst mit einem Vergessenszauber belegt hatte, der ihr Kurzzeitgedächtnis auslöschte, schickte ich sie nun auf einen erfundenen Botengang für Pearls Schule der Zauberei. Das würde mir Zeit verschaffen, um Tante Amber zu finden und Tante Pearl ihren Job als Requisitenhelferin zurückzuholen.

Nur dieses Mal würde ich ihre Erinnerung verändern, damit Tante Pearl dachte, dass es ihre eigene Idee war. Etwas schuldig fühlte ich mich zwar, aber nur bis ich mich daran erinnerte, dass Tante Pearl mit mir ständig solche Sachen abzog. So viel zu ihrer schlechten Meinung über meine Zauberkräfte. Obwohl ich mich selbst nur ungern als Hexe bezeichnete, hatte ich in den letzten Monaten doch heimlich an meinen Kräften geübt. Endlich machte es sich einmal bezahlt.

Der Vergessenszauber war verzwickt, denn auch alle anderen Menschen, die an derselben Sache beteiligt waren, mussten verhext werden. Die männlichen Fans meiner Tante erinnerten sich nun daran, zum Food Truck gegangen zu sein, der noch geschlossen gewesen war. Es war ein anspruchsvoller Zauber, den ich erst ein paar

Mal geübt hatte. Ich hatte ihn zwar nicht ganz perfekt ausgeführt, aber schon ganz gut.

Immerhin hatte ich gerade eine Meisterhexe verhext. Ich muss wohl nicht extra erwähnen, dass ich stolz auf mich war.

Mein Zauber hatte die letzten zehn Minuten ihres Lebens ausgelöscht. Die Tische, das Essen, die Männer,… alles weg. Sogar Carolyn war fort. Tante Pearl hatte sich augenblicklich wieder in ihr verschrobenes altes Ich verwandelt. Der einzige Beweis für Carolyns Burger-Gemetzel waren der verkohlte Grill, den Mum mit einem Fingerschnippen wieder in Ordnung bringen konnte. Tante Pearl wäre stolz auf mich gewesen – wenn auch wütend darüber, dass ich meine Hexerei an ihr ausprobierte.

Sie verhielt sich manchmal wirklich wie eine Zweijährige im Körper einer Siebzigjährigen. Ihr Alter Ego Carolyn war nur ein Ventil für ihre Launen. Wir hatten ja schon befürchtet, dass sie entweder – als Carolyn – zu viel Aufmerksamkeit der Gäste erregen würde, oder sie – als ihr bockiges Ich – verschrecken würde.

Wir hätten ihre Langeweile vermutlich vorausahnen müssen, da Mum und ich vorübergehend ihren Job als Reinigungskraft im Inn übernommen hatten. Sie hatte einfach zu viel Zeit. Zu viel Zeit, um viele Probleme zu verursachen. Und zu viel Zeit, sich über Tante Ambers Filmrolle zu ärgern. Kein Wunder, dass sie verstimmt war. Zum Teil war es sicher auch meine Schuld.

Ich wollte mir noch einen Kaffee aus dem Food Truck mitnehmen, bevor ich zum Filmset ging. Da spürte ich einen Luftzug in meinem Nacken.

„Cendrine!" Tante Amber tauchte plötzlich vor mir auf und stellte sich zwischen mich und den notwendigen Koffeinschub. Ihr rotes Haar war zurückgebunden und gab den Blick auf ein teuer aussehendes Paar Diamantohrringe und eine dazu passende Halskette frei. In ihrem seidenen Abendkleid sah sie glamourös und wie ein Filmstar aus den 50er Jahren aus.

Allerdings sollte sie einen Western rund um 1900 drehen. Ihre Diamanten und High Heels passten überhaupt nicht zu den staubigen Straßen. „Solltest du dich nicht für deine Szene bereitmachen?"

Sie winkte ab. „Ich brauche dringend deine Hilfe. Ich kann meine Assistentin nirgendwo finden."

„Das ist aber Pech." Ich entschied mich gegen den Kaffee und ging in Richtung des Sets. Dabei stieg ich über einige elektrische Kabel, während ich die Straße absuchte. Beinahe erwartete ich schon von irgendwoher eine Cinderellakutsche, die Tante Amber zu Hilfe kam. Glücklicherweise passierte das nicht, aber einige Männer, die vorher noch bei Carolyns Grillspektakel dabei gewesen waren, standen herum. Sie schienen uns nicht zu bemerken.

„Vielleicht kann Tante Pearl dir helfen. Sie sollte gleich zurück sein."

Tante Amber schnaubte. „Das kann doch nicht dein Ernst sein. Sie hat doch die Aufmerksamkeitsspanne eines Goldfischs. Ich brauche jemanden, der detailorientiert ist. Jemand, der verlässlich einen guten Job macht."

Ich sah mich um. „Ich werde die Augen nach deiner Assistentin offenhalten."

„Jemanden wie dich." Tante Amber lud mir ein Armvoll Kleider auf, der mich beinahe zu Boden drückte. „Bring die zu meinem Trailer. Ich brauche sie in einer Stunde gebügelt wieder."

„Es tut mir leid, Tante Amber, aber ich habe keine Zeit" Ich versuchte, ihr die Kleider zurück in die Hand zu drücken, aber sie drückte fester. Für einen Moment geriet ich ins Wanken, dann fand ich mein Gleichgewicht wieder. Ich lehnte mich mit all meinem Gewicht gegen sie, aber sie bewegte sich keinen Millimeter.

„Dann nimm dir die Zeit, Cendrine. Es ist wichtig."

„Ich bin mir sicher, deine Assistentin taucht früher oder später wieder auf." Zumindest hatte Tante Amber ihre Zauberkraft nicht dafür eingesetzt, die Kleider zu bügeln. Ich drehte mich wieder zum Food Truck, aber sie stellte sich mir in den Weg.

„Dafür habe ich keine Zeit. Nimm sie einfach schon mal." Sie nickte in Richtung der Trailer.

Ich wollte meine Arme hochreißen, aber sie zog sie einfach wieder nach unten. Die dicken Wollkleider waren unglaublich schwer. Das hohe Gewicht brachte mich ins Wanken.

„Ich habe Mum versprochen, ihr nach dem Frühstück beim Aufräumen zu helfen." Ich wollte nicht lügen, hatte aber auch nicht die Zeit oder die Absicht, Tante Ambers Garderobenassistentin zu sein. Ein Nein würde sie nie akzeptieren. Sobald ich Ja sagte, würde sie mir ein Dutzend genauso unangenehmer Aufgaben aufdrücken. Ich musste mich wehren.

„Verdammt noch mal, Cenny. Wir sind Hexen. Sprich doch einfach einen Zauber."

„Du könntest dasselbe tun", entgegnete ich. Das Kleid oben auf dem Stapel war gerüscht mit verschiedenen Schichten Unterröcken. Abgesehen davon, dass der Stapel unglaublich schwer war, konnte ich kaum darüber hinweg sehen. Jedes Mal, wenn ich mit der Hand den Stapel zusammendrückte, um etwas zu sehen, ging er gleich wieder nach oben. Ich nahm all meine Kräfte zusammen und hievte die Kleider über eine Schulter, damit ich wenigstens sehen konnte, was vor mir passierte.

Ich blickte mich um, um jemandem Tante Ambers Kleider in die Hand zu drücken, aber jeder schien mich zu ignorieren und alle liefen wie Ameisen um mich herum. Ich fragte mich immer noch, wie eine Hexe Mitte 60 ohne Schauspielerfahrung eine Hauptrolle in einem großen Hollywoodfilm ergattern konnte. Irgendetwas lief hier nicht sauber und ich war mir nicht sicher, ob mir das gefiel.

„Mach es einfach, okay? Ich muss mich für die Szene mit dem Überfall bereitmachen." Sie rückte den Gürtel an ihrem Kleid zurecht.

„So kannst du nicht gehen", entgegnete ich. „Du musst sowieso zu deinem Trailer und dich umziehen. Warum nimmst du also nicht gleich die Kleider mit? Außerdem weiß ich gar nicht, wo dein Trailer ist."

Zu spät. Tante Amber rannte bereits hinter ein Gebäude und flüsterte etwas vor sich hin. Nur Sekunden später kam sie wieder aus ihrem Versteck hervor, in einem blauen Kleid mit hohem Spazierkragen im Stil von 1900. Ihr Diamantschmuck war verschwunden, nun trug sie einen großen weiß-blauen Hut und einen passenden Sonnenschirm. Ohne ein weiteres Wort verschwand sie hinter den alten Türen des Bankgebäudes.

Meine Arme schmerzten, aber ich konnte diese Kleider ja auch nicht gut herumliegen lassen. Sie sahen teuer aus und ich wollte sie nicht beschädigen. Vielleicht konnte ich sie jemandem am Set geben. Dann wären sie irgendwo sicher verstaut. Tante Ambers Assistentin würde früher oder später auftauchen.

Ich brauchte freie Hände, um meine Story schreiben zu können, oder vielleicht sogar gleich ein Dutzend Stories, bevor der Dreh abgeschlossen war. Denn ich fürchtete, dass die ganze Sache genauso schnell wieder zu Ende war, wie sie begonnen hatte, sobald Tante Ambers Zauber erst einmal gebrochen war. Die Filmbosse waren offensichtlich verhext worden, wenn sie einen solchen Drehort wie unsere Stadt überhaupt in Betracht zogen. Die Filmstars und die Crew würden abziehen und wir würden wieder mal kaum unser Auskommen finden. Ich musste die Stars interviewen, bevor der Fehler bemerkt wurde, und alle zusammenpackten und abzogen.

Ich wollte vor allem ein Interview mit dem wichtigsten Mann am Set führen. Einige gute Stories vom Filmdreh konnten die *Westwick Corners Weekly* über Wasser halten. Alles was ich brauchte, waren ein paar gute Geschichten rundherum.

Aber dazu musste ich mich beeilen und das bedeutete erst einmal, diese Kleider loszuwerden. Meine Laune besserte sich, als ich mich den Trailern am gegenüberliegenden Ende des Sets näherte. Tante Ambers Trailer musste hier irgendwo sein.

„Brauchst du Hilfe?" Ein Mann um die 30 lächelte mich an und deutete auf die Kleider.

Ich nahm dankend an und legte sie in seine Arme. „Danke. Ich soll die zu Amber Wests Trailer bringen."

„Amber West?" Der Mann runzelte die Stirn. „Der Name sagt mir nichts."

„Groß schlank, rothaarig, um die 60?" Die Hexe, die für diesen verrückten Dreh verantwortlich ist, dachte ich bei mir.

Er runzelte die Stirn und sah verblüfft aus.

Die Hauptrolle wollte ich schon sagen, aber ich hielt inne. Vielleicht hatte sie gelogen oder übertrieben. Wer wusste schon, was echt war und was nicht.

„Amber West… oh ja, klar. Jetzt erinnere ich mich." Er nickte hinüber zu einigen Trailern, die weiter hinunter die Hauptstraße geparkt waren. „Ihr Trailer ist da vorne. Komm mit, ich zeig's dir."

Ich folgte ihm und war verblüfft, dass er so wenig mit Tante Ambers Namen anfangen konnte. Immerhin sollte sie ja die Hauptdarstellerin sein. Andererseits hatte Mum auch erwähnt, dass der Filmdreh in letzter Sekunde organisiert worden war. Tante Amber hatte ihre Rolle erst gestern erhalten, nachdem die ursprüngliche Hauptdarstellerin zurückgezogen hatte.

Ich folgte ihm die Stufen eines Trailers hinauf, der offensichtlich kleiner und älter als die anderen war. Tante Ambers Name war in Blockbuchstaben auf ein kleines weißes Kartonschild neben der Tür aufgedruckt. Das vermittelte gewiss nicht den Eindruck eines Stars und es gab auch kein Anzeichen für eine Assistentin. Der Trailer war leer.

„Hier sind wir." Der Mann legte die Kleider auf einen klappbaren Küchentisch und streckte seine Hand aus. „Entschuldige, ich habe mich nicht vorgestellt. Ich bin Rick Mazure. Der Drehbuchautor."

Ich schüttelte seine Hand. „Wow, du hast *Überfall zu High Noon* geschrieben? Und *Überfall zu Mitternacht* ebenfalls?"

Er nickte.

„Ich bin Cendrine West, Journalistin für die *Westwick Corners Weekly*." Ich erwähnte nicht, dass ich auch Herausgeberin, Anzeigenverantwortliche, Redakteurin und Kaffeeköchin der Zeitung war. „Danke, für den Umweg. Ich wusste nicht, dass der Trailer zwei Blöcke entfernt sein würde."

„Das ist überhaupt kein Problem. Ich bin sicher, du findest hier ein paar Geschichten, die was hergeben, sowohl auf dem Set als auch abseits", sagte Rick. „Ich würde dir ja helfen, aber ich muss los. Ich muss noch ein paar Änderungen in letzter Minute einbauen und einige Leute werden ziemlich ungemütlich, wenn Dinge nicht gestern schon erledigt wurden."

Ich lächelte. „Ich weiß genau, was du meinst." Da ich nicht vorhatte, auf Tante Amber zu warten, folgte ich ihm nach draußen und sah zu, wie er zurück zum Set eilte. Ich wollte ein gezwungenes

Gespräch vermeiden. Daher wartete ich, bis er einen halben Block Vorsprung hatte, und ging dann in die gleiche Richtung.

Mein Büro war in der Nähe des Rathauses sowie des Food Trucks und so war ich am schnellsten, wenn ich durch das Set hindurch abkürzte. Mit etwas Glück würde ich einem Star über den Weg laufen und ein Interview landen können.

Westwick Corners war in eine Stadt des frühen 20. Jahrhunderts verwandelt worden oder zumindest in die Hollywoodversion davon. Die Crew hatte sich in der letzten Stunde noch einmal vervielfacht und nun waren überall alte Autos, Pferde und Kleider aus dieser Zeit zu sehen. Die frisch gestrichenen Häuser gefielen mir zwar, aber irgendwie fehlte auch der frühere schäbige Glanz unserer Stadt. Es war wie die Lieblingsjeans, die bereits abgetragen war und an den richtigen Stellen Löcher hatte. Plötzlich wirkte Westwick Corners wie eine eigenartige, sterile Version eines früheren Selbst.

Der kleine Parkplatz des Supermarkts gegenüber der Bank war mit Requisiten vollgestellt und eine Crew legte geschäftig Kabel, errichtete Leuchten und positionierte Gegenstände. Ein gutes Dutzend Männer und Frauen in Kostümen vermischte sich mit der Crew. Die Männer trugen alle Hüte und die Frauen lange Kleider, die an der Taille gefährlich eng geschnürt waren.

Ich erblickte Tante Amber in dem Moment, als auch sie mich sah. Irgendwie hatte sie schon wieder ihr Outfit geändert, dieses Mal trug sie eines der alten Kleider, die ich soeben in ihrem Trailer abgeladen hatte. Hexerei natürlich. Für jemanden so Hochrangigen des WEHEX ging sie mit den Regeln äußerst flexibel um. Ich fragte mich, wie viele sie davon gebrochen hatte, um diese Rolle zu ergattern.

„Cendrine! Hilf mir mit meinem Text." Sie lief auf mich zu und hielt ihre üppigen Röcke hoch, um sie auf der staubigen Straße sauber zu halten.

„Ich habe es dir doch gesagt, ich bin spät dran, ich muss Mum helfen." Ich senkte meine Stimme. „Du bist eine Hexe. Du kannst dir den Text doch mit einem Fingerschnippen einprägen." Zur Unter-mauerung schnippte ich mit den Fingern.

„Große Schauspieler prägen sich den Text nicht nur ein. Sie verwandeln sich in ihren Charakter." Sie schnaubte. „Jede Geste, jede Nuance, jeder Tonfall ist wichtig. Ich brauche dich, um mir Feedback zu geben. Ich bin die weibliche Hauptrolle, also muss ich es gut machen."

„Ich bin keine Schauspielexpertin, Tante Amber. Vielleicht kann dir jemand der anderen Schauspieler helfen. Außerdem muss ich wirklich los." Ich wollte noch hinzufügen, dass sie nicht bis zur letzten Minute hätte warten müssen, um ihren Text zu lernen, aber ich wollte sie auch nicht verärgern.

Tante Amber seufzte. „Also gut. Aber dann komm zumindest mit und lerne Steven kennen." Sie fuhr sich mit einer Hand durch ihr Haar. „Er freut sich, dass ich ihn davon überzeugt habe, den Film hier zu drehen. Besonders nachdem die weibliche Hauptrolle so plötzlich verstarb und er sich in einer echten Zwickmühle befand. Er will, dass ich ihren Platz einnehme."

„Warte mal... sie ist gestorben? Ich dachte, sie hätte die Rolle hingeschmissen." Ich hatte keine Ahnung, dass Tante Amber die Rolle bekommen hatte, weil jemand gestorben war. Tante Ambers Ersatz für die Hauptrolle war ja schon interessant genug für die Einheimischen, da sie in Westwick Corners geboren war. Der Tod ihrer Vorgängerin machte das alles allerdings noch brisanter.

Tante Amber winkte ab. „Eine lange Geschichte, ist jetzt egal. Das Wichtigste ist doch, dass Steven meint, ich wäre ein ungeschliffener Diamant. Er wird mich zu einem Star machen!"

Ich blickte auf all die Menschen, die über das Set wuselten. Ich konnte Steven Scarabelli nicht entdecken oder sonst jemanden, der die Aktivitäten überwachte. Alle schienen genau zu wissen, was sie taten, so als ob sie es schon hundert Mal zuvor getan hatten. „Westwick Corners scheint etwas Low Budget für ihn zu sein."

Ich war bestimmt kein Hollywood-Insider, aber sogar ich wusste, dass Steven Scarabelli eine große Nummer war. Seine Filme waren nicht mehr so populär wie die aus früheren Jahrzehnten, aber sie gewannen noch immer Oscars und Golden Globes. Er galt allgemein als Hollywoodgröße und alle Schauspieler schienen gerne mit ihm zu arbeiten.

„Das ist einer der Gründe, warum er sich dafür entschieden hat. Er meinte es sei... authentisch." Tante Amber griff nach meiner Hand. „Komm, ich stelle dich ihm vor."

KAPITEL 4

Zehn Minuten später saß ich neben Tante Amber in Steven Scarabellis Bürotrailer. Ehrfürchtig blickte ich auf den legendären Hollywoodregisseur und Produzenten, auch wenn der Mann mir gegenüber total gewöhnlich wirkte, ganz und gar nicht wie eine Hollywoodikone. Sein müder Gesichtsausdruck ließ ihn älter wirken als den Mann, den ich im Fernsehen gesehen hatte. Er sah aus, als könnte er einen langen, erholsamen Urlaub gebrauchen.

Er stand auf, beugte sich über den Schreibtisch, schüttelte meine Hand und schenkte mir ein freundliches Lächeln. Seine legere Kleidung, bestehend aus weißem T-Shirt und dunkler Jeans, ließ ihn mehr wie ein Crewmitglied aussehen.

„Willkommen in Westwick Corners." Es war ein bisschen lahm, aber ich wusste nicht, was ich sonst sagen sollte. Wenn eine Stadt an dem Hochstapler-Syndrom litt, dann unsere, die sich nun auch noch hinter einem frischen Anstrich versteckte. Ich wusste, dass Steven Scarabelli jeden Moment wieder zu Sinnen kommen und das ganze Ding abblasen konnte. Wir waren doch nicht das Material, aus dem Hollywoodträume gemacht wurden.

„Es ist toll hier zu sein. Ich würde diesen kleinen Schatz hier gar nicht kennen, hätte ich nicht mit Amber darüber gesprochen. Deine

Tante und ich kennen uns schon lange." Er nickte Tante Amber zu, die strahlte. „Dieser Film wird eure Stadt überall bekannt machen, Cenny. *Überfall zu High Noon* wird noch größer werden als *Überfall zu Mitternacht*. Es wird ein garantierter Hit für Steven und seine Investoren."

„Davon gehe ich aus." Steven Scarabelli schob Tante Amber einen Vertrag über den Tisch. „Hier ist der fertige Vertrag, den du noch unterschreiben musst. Alle außer Dirk haben schon unterschrieben, er sollte jede Minute hier sein. Sobald ich seine Unterschrift habe, können wir loslegen."

Meine Kinnlade klappte nach unten. In Steven Scarabellis letztem Blockbuster hatte einer der größten Hollywoodstars mitgespielt. „Dirk... so wie Dirk Diamond? Er kommt hierher, in diesen Trailer?" Männer liebten Dirk Diamond für seine billigen Abenteuerfilme. Frauen liebten seine Filme wegen... naja, Dirk Diamond.

Steven schmunzelte. „Er kommt besser bald, sonst bin ich in großen Schwierigkeiten."

Ich war überrascht, dass Steven den Vertrag mit seinen Schauspielern noch nicht abgeschlossen hatte, aber da es ja ein Folgefilm war, handelte es sich vermutlich nur um eine Formalität. Oder vielleicht liefen die Dinge in Hollywood auch informeller. Was ich wiederum bezweifelte, aber was wusste ich schon?

Ich wandte mich an Tante Amber. „Ist Dirk in der Stadt untergebracht?" Was ich eigentlich fragen wollte: War er einer unserer Gäste im Westwick Corners Inn? Ich hatte seinen Namen nicht im Gästeregister gesehen, aber viele Stars stiegen ja auch unter falschem Namen ab, um die Anonymität zu wahren.

„Natürlich!", sagte sie. „Steven wohnt ebenfalls bei uns, gemeinsam mit einigen anderen Schauspielern. Der Rest ist in Shady Creek untergebracht." Sie kritzelte ihre Unterschrift auf den Vertrag und schob ihn lächelnd über den Tisch hinüber zu Steven. „Bitteschön. Ich gehöre ganz dir."

Steven grinste. „Ich habe gestern spät nachts bei euch im Inn eingecheckt. Es sieht wunderbar aus."

Unser idyllisches, gemütliches Inn kam natürlich überhaupt nicht an eines der schicken Hotels in Beverly Hills ran. Es bot vermutlich vom Standard viel weniger als Steven es gewohnt war, daher war es sehr freundlich von ihm, uns so zu loben. Ich hoffte nur, er würde nicht enttäuscht sein. Die nächsten Luxusunterkünfte lagen eine Stunde entfernt in Shady Creek, ich nahm also an, die Bequemlichkeit hatte über Komfort gesiegt.

„Unsere kleine Stadt wird berühmt werden, Cenny!" Amber stand auf und bedeutete mir, ihr zu folgen. „Komm, ich zeige dir das Set."

Ich malte mir schon aus, wie Fans nach Westwick Corners pilgerten, Geld ausgaben und in unserem Inn abstiegen. Ich folgte meiner Tante nach draußen und war froh, dass sich ihre Laune gebessert hatte. Wir hielten abrupt an, als wir beinahe mit einer kleinen, dunkelhaarigen Frau zusammengestoßen wären. Ich entschuldigte mich, als sie sich an uns vorbeidrängte und in Stevens Trailer trat.

Ich zeigte aufgeregt auf die Frau. „Das ist Arianne Duval! Ein echter Hollywoodstar!"

Tante Amber schlug meine Hand nach unten. „Zeig doch nicht auf Leute, Cenny. Du blamierst mich doch vor meinen Kollegen."

Ich wandte mich zu Tante Amber. „Wie genau bist du eigentlich an diese Hauptrolle gekommen? Du hast doch nicht einmal Schauspielunterricht genommen."

„Steven meinte, ich sei ein Naturtalent. Darum spiele ich an der Seite von Dirk."

Meine Kinnlade klappte erstaunt nach unten. Tante Amber hatte noch nie geschauspielert oder war öffentlich aufgetreten. Zumindest nicht soweit ich wusste. „Du hast ihn verhext, nicht wahr?"

Tante Amber antwortete nicht.

„Du weißt doch, dass es nicht zählt, solange es natürlich passiert."

„Es ist doch natürlich. Steven hat erkannt, dass ich ein Naturtalent bin." Tante Amber verzog das Gesicht und wandte sich ab. Die Diskussion war somit zu Ende.

Ich erstarrte, als ich Dirk Diamond in unsere Richtung kommen sah. Sein braunes Haar war an den Schläfen ergraut und er war kleiner als ich dachte, aber dennoch unglaublich gutaussehend. Er trug ein Westernhemd, Cowboystiefel und eine Jeans.

Eine Frau in fünf Zentimeter hohen Absätzen trippelte neben ihm her. Über ihrem modischen geblümten Kleid trug sie einen weißen, zugeknöpften Leinenblazer. Das braune Haar hatte sie zu einem lockeren Knoten hochgebunden. Sie trug kein Kostüm, daher ging ich davon aus, dass sie keine der Schauspielerinnen war. „Das ist er! Das ist…"

„Dirk Diamond", beendete Tante Amber meinen Satz. „Er ist mein Kollege. Die Frau neben ihm ist seine Agentin, Kim Antonelli."

„Ich kann's nicht glauben." Ich war immer der Überzeugung gewesen, Filmstars seien normale Menschen und es amüsierte mich, wenn andere Leute sich dümmlich verhielten, wenn sie auf ihre Idole trafen. Und so stand ich hier: fasziniert von einem Star. Dirk Diamond war wirklich eine Erscheinung, sogar abseits der Leinwand. Ich fühlte mich wie magnetisch von ihm angezogen.

Sprachlos grinste ich wie ein Idiot.

„Hallo." Er zwinkerte mir zu, bevor er sich an Tante Amber wandte. „Wir sehen uns gleich, Amber." Dann ging er an uns vorbei zu Scarabellis Trailer.

„Dirk Diamond hat mir gerade zugezwinkert!" Die ganze Vorstellung, dass Tante Amber neben einem Star wie Dirk Diamond spielte, war absurd. „Da ist doch Hexerei im Spiel. Irgendwie hast du es geschafft, die ganze Crew und alle Schauspieler zu verhexen, damit sie dich für einen Star halten."

„Natürlich bin ich ein Star." Tante Amber schmollte. „Zweifelst du etwa an meinen Fähigkeiten?"

„Wie genau wurdest du denn *entdeckt*?" Ich malte mit den Fingern Gänsefüßchen in die Luft. Da musste noch mehr dahinterstecken. Das tat es immer, wenn eine Hexe involviert war.

„Steven und ich kennen uns schon lange. Er hat mir immer gesagt, ich solle in die Schauspielerei gehen und dass ich Charisma hätte." Tante Amber zuckte mit den Schultern. „Er hat seine weibliche Hauptrolle in letzter Minute verloren. Freunde helfen nun mal Freunden. Es ist doch auch egal, wie das alles zustande gekommen ist. Hauptsache es ist nun so."

Was ihre Version der Geschehnisse anging, blieb ich skeptisch.

„Warum nun nach all den Jahren? Du hattest doch nie Interesse an der Schauspielerei.“

„Steven saß in der Klemme als Rose plötzlich starb. Ich helfe ihm doch nur. Es hätte ewig gedauert, ein Casting durchzuführen und einen neuen Vertrag zu verhandeln. Steven kann sich Verzögerungen oder ein neues Talent nicht leisten. Er hat mit seinem Film das Budget bereits überzogen. Also bin ich eingesprungen.“

„Rose? Rose wer?“

„Rose Lamont.“

Ich atmete tief ein. „Dirk Diamonds Frau? Wann ist das passiert?“ Ich hatte in den Nachrichten nichts davon gehört und Dirk schien mir auch nicht besonders betrübt zu sein. Andererseits war er auch ein Schauspieler, er wusste also, wie er seine Gefühle verbergen konnte. Ich blickte mich um und sah gerade noch, wie er in Stevens Trailer ging.

„Vor ungefähr einer Woche. Rose Lamont erlitt ein Hirnaneurysma. Dirk hielt die Sache unter Verschluss. Es war noch nicht einmal in den Nachrichten“, sagte Tante Amber. „Sie war erst 37. Was für eine Schande.“

„Dirk scheint nicht besonders zu trauern“, sagte ich. „Ich bin überrascht, dass der Dreh nicht verschoben wurde, wenn sie erst vor kurzem verstarb.“ Mich beunruhigte ebenfalls, dass der Dreh so kurzfristig nach Westwick Corners verlegt wurde. Gab es da eine Verbindung? Was immer es auch war, das Timing schien verdächtig. Ein Star war tot und der andere Star, immerhin der Ehemann, ging einfach so zur Tagesordnung über.

„Dirk, dieser tapfere Kerl, hat entschieden weiterzumachen“, sagte Tante Amber. „Nach einigem Zuspruch meinerseits natürlich.“

„Warst du dabei, als es passierte?“ Rose Lamont war jung, sportlich und nach außen hin gesund gewesen. Aneurysmen kamen nicht oft vor, aber offensichtlich trafen sie auch gesunde Personen. Dennoch erschien mir das Timing verdächtig und ich musste sichergehen, dass Tante Amber nicht in die Sache verwickelt war, auch nicht indirekt.

„Natürlich nicht! Cenny, willst du etwa andeuten, dass ich etwas Böses getan habe, um diese Rolle zu ergattern? Jetzt bin ich aber beleidigt." Sie schüttelte den Kopf. „Ich war in London und habe Zeugen, die das bestätigen können."

Bevor ich antworten konnte, drangen Schreie aus Stevens Trailer. Ich drehte mich um.

Stevens und Dirks Stimmen ertönten über den Parkplatz, so laut als ob wir selbst noch drinnen stehen würden. Die beiden stritten sich über den Vertrag. Kim stand draußen vor dem Trailer. Sie zuckte zusammen, als Dirks Stimme noch lauter wurde.

Ich runzelte die Stirn. „Wenn sie seine Agentin ist, sollte sie dann nicht drinnen an seiner Seite verhandeln?"

Tante Amber antwortete nicht.

Dirk donnerte die Stufen herunter und wandte sich an Kim. „Gehen wir."

Kim folgte ihm einige Meter, dann blieb sie stehen. Sie drehte sich um und fixierte Steven, der hinter Dirk die Stufen heruntergelaufen war. Sie hob ihre Hand, um ihn aufzuhalten. „Es tut mir wirklich leid, Steven."

„Komm schon, Kim. Du hast ihm nichts mehr zu sagen." Dirks Gesicht war vor Zorn rot angelaufen. „Gehen wir."

Kim folgte Dirk wie ein ausgeschimpfter Welpe und trug einen geplagten Gesichtsausdruck.

Steven rannte dem Paar hinterher. „Das kannst du nicht machen, Dirk."

„Da läuft irgendetwas schief", flüsterte Tante Amber. „Dirk sollte doch den Vertrag unterzeichnen. Ich vermute mal, so weit ist es nicht gekommen."

Kim griff Dirks Arm und hielt ihn zurück, nur einige Meter von uns entfernt. „Du machst einen Fehler, Dirk. Du hast Steven schon mündlich deine Zusage erteilt. Du willst ein paar Bedingungen neu verhandeln? Dann lass mich mit Steven reden und ich sehe, was ich tun kann."

Steven Scarabelli stand in der Nähe, unsicher ob er den beiden nun folgen oder zurück in seinen Trailer gehen sollte.

„Sag mir nicht, was ich tun soll, Kim." Dirk entriss sich aus ihrem Griff. „Außer du willst auch noch gefeuert werden. Ich werde in

Zukunft weder für Scarabelli noch sonst jemanden arbeiten. Ich gründe mein eigenes Unternehmen. Mir steht ein höherer Anteil am Gewinn zu."

„Aber Steven hat dich zu einem Star gemacht." Kim war offensichtlich frustriert. „Du weißt, dass dieser Film ein Hit werden wird, genauso wie der erste. Es ist leichtverdientes Geld und du kennst deinen Text bereits. Du musst nur ein paar Wochen lang das Ding hier drehen, Begeisterung vorspielen und schon ist der Film erledigt. Das ist eine beschlossene Sache."

Dirk stampfte auf den Boden. „Das ist eine Lüge! Steven hat weder mich, noch sonst irgendwen zu einem Star gemacht. Die Leute trauen ihm viel zu viel zu. Das ist überhaupt keine beschlossene Sache. Ich habe nie unterschrieben und daher habe ich das Recht, meine Meinung zu ändern."

„Aber Steven hat dir vertraut. Als wir letzte Woche die Bedingungen verhandelten, warst du noch mit allem einverstanden." Kim bedeutete auf das Set. „Steven hat im Vertrauen auf deine mündliche Zusage weitergemacht. Er hat in diesen Film alles investiert, was er hat. Die Schauspieler und die gesamte Crew werden arbeitslos, wenn du nicht mitziehst. Und Steven muss sie bezahlen."

„Das ist mir egal. Das ist Stevens Problem. Das Drehbuch ist beschissen und ich will meinen Namen nicht dafür hergeben." Dirk bedeutete mit seiner Hand einen Telefonhörer und winkte Kim davon. „Ruf mich später an."

Wir sahen zu, wie Dirk Diamond in Richtung seines Trailers eilte. Er hatte nichts mehr von dem Typen, den ich auf der Leinwand vergötterte. Genauer gesagt, war er mir gerade schrecklich unsympathisch. Er war der Inbegriff einer fordernden, launischen Diva. Ein totaler Idiot. Aber er war der Star und er wusste es. Jeder würde sich verbiegen, nur um seinen Launen nachzugeben. Sie hatten keine andere Wahl, wenn sie die Kameras am Laufen halten wollten.

Kim Antonelli sagte kein Wort. Das musste sie auch nicht. Ihr Gesichtsausdruck verriet ihren Unmut.

Steven ging hinüber zu Kim. „Kannst du ihn nicht zur Vernunft bringen, Kim? Ich mache, was immer er verlangt, das verspreche ich.

Zeit ist Geld und die ganzen Leute warten hier darauf, dass die Kameras angehen. Finde heraus, was Dirk will. Was es auch ist, ich mache es."

„Ich werde es versuchen, Steven." Kim lächelte ihm zu. „Aber du weißt doch, wie unberechenbar er ist."

Steven sah verzweifelt aus. „Das ist es ja, was mir Sorgen bereitet. Die Investoren sitzen mir im Nacken und ich bin mit meinen Zahlungen im Rückstand. Ohne diesen Film gehe ich pleite."

„Tu ja nichts Unüberlegtes", flüsterte ich zu Tante Amber. Sie wollte diese Rolle unbedingt und ich fürchtete, sie würde einen neuen männlichen Hauptdarsteller herbeizaubern.

„Es tut mir leid, Steven. Ich habe versucht, mit ihm zu reden, aber er hört nicht auf mich", sagte Kim. „Ich fühle mich schrecklich, aber was kann ich tun? Seine Agentin bin ich doch nur auf dem Papier. Er tut sowieso, was er will. Ich bin auch auf diesen Gehaltsscheck angewiesen."

Ein Mann lief auf uns zu und winkte mit einigen Blättern. Es war Rick Mazure, der Mann, der mir vorher mit Tante Ambers Kleidern geholfen hatte. „Steven, ich bin mit den Änderungen fertig. Es hat mich die ganze Nacht gekostet, aber sie sind fertig. Ich denke, sie sind ziemlich gut. Kannst du sie absegnen?"

Steven winkte ab. „Nicht jetzt, Rick. Ich habe keine Zeit, sie zu lesen, Dirk hat gerade das Set verlassen. Falls es uns nicht gelingt, ihn zu beruhigen, haben wir keinen Film, den wir drehen können."

„Schon wieder? Ich verstehe das nicht." Ricks Schultern sackten enttäuscht zusammen. „Dirk hat doch alle Änderungen bekommen, die er verlangt hat."

„Ich weiß. Mach einfach weiter und verteil das neue Drehbuch. Ich bin sicher, du hast gute Arbeit geleistet, ich muss es mir nicht ansehen. Hoffen wir einfach, dass Dirk sich bald einkriegt, damit wir loslegen können."

„Alles klar, Chef." Rick ging in die gleiche Richtung davon wie Dirk.

„Vielleicht kann ich Dirk zur Vernunft bringen." Tante Amber wandte sich an Steven. „Lass mich mal sehen, was ich tun kann."

„Es ist einen Versuch wert. Ansonsten verliere ich Millionen." Steven fuhr sich mit der Hand über die Stirn. „Was immer du auch tust, schlimmer als jetzt kann es nicht werden." Er drehte sich um und ging langsam zurück zu seinem Trailer, die Schultern ließ er hängen, als würde die Welt gerade untergehen.

„Komm!" Ich griff Tante Ambers Arm und gingen in Richtung des Sets. Wir holten Rick bald ein. „Du musst sehr enttäuscht sein, dass all deine Änderungen umsonst sind", sagte ich.

Rick zuckte mit den Schultern. „Bei Dirk weiß man nie, was passiert. Er ist unberechenbar, aber am Ende funktioniert es immer irgendwie. Ich arbeite mit Dirk noch an einem anderen Projekt, einem ziemlich coolen Thriller. Das Drehbuch habe ich gerade fertig geschrieben. Ich habe alle seine Wünsche erfüllt, denn sein Name auf der Leinwand macht einen Film zum garantierten Erfolg."

Wir gingen mit Rick in Richtung des Sets wo Dirk auf seinem Weg zum Trailer angehalten hatte und sich nun mit einem Crewmitglied stritt.

„Zumindest ist Dirk noch nicht fort." Tante Amber ging zu ihm hinüber und ich folgte ihr.

Dirk drehte sich zu Rick und blickte ihn wütend an. „Was willst du?"

„Hattest du schon Gelegenheit, einen Blick auf das Drehbuch zu werfen?" Rick wedelte mit den Zetteln vor Dirks Gesicht. „Ich habe hier eine Kopie."

„Lass gut sein, Rick. Dein Drehbuch ist scheiße. Ich komme nie über die ersten Seiten hinaus. Dein sogenannter Thriller ist zum Einschlafen."

Rick erblasste. „Ich bin offen für Anregungen. Sag mir einfach welche Stellen..."

Dirk fuhr aufgeregt mit der Hand herum, um ihn zu unterbrechen. „Das ganze Ding ist Müll. Verschwende nicht meine Zeit. Ich habe genug von euch allen. Ich starte meine eigene Produktionsfirma mit meinen eigenen Drehbüchern. Keiner von euch Parasiten wird mehr an meinem Talent verdienen."

Plötzlich tauchte Kim mit einem gequälten Gesichtsausdruck an

Dirks Seite auf. Als seine Agentin erhielt sie einen Anteil an seinen Einnahmen, aber offenbar musste sie dafür viel ertragen.

„Dirk, wir müssen reden." Tante Amber lächelte. „Das kannst du doch im Schlaf. Erinnere dich daran, was ich dir über Professionalität erzählt habe."

Dirks finsterer Blick verwandelte sich in ein Lächeln. „Du hast wie immer recht, Amber. Ich wünschte, ich wäre mehr wie du."

Meine Kinnlade klappte nach unten. Tante Amber musste Dirk irgendwie in der Hand haben, aber es war kein Zauberspruch involviert. Wäre es Zauber, müsste ich ihn ebenfalls spüren. Aber es gab keinen magnetischen Zug, kein Gefühl oder sonst irgendwie eine Kraft, die in der Luft lag. Dennoch war es kaum zu glauben.

Kim seufzte und war erleichtert, dass jemand ihren Boss zur Vernunft hatte bringen können.

„Dirk ist mein Schützling." Tante Amber wandte sich zu mir. „Ich habe Dirk bei seinem großen Durchbruch im Showbusiness geholfen. Genauer gesagt drehte er seinen ersten Film mit Steven Scarabelli. Wir kennen uns schon sehr, sehr lange."

„Ja", sagte Dirk. „Wir haben eine gemeinsame Vergangenheit."

„Dieses Mal braucht Steven *uns*." Tante Amber tätschelte Dirks Arm. „Jetzt geh zu Steven und sieh zu, dass du das wieder in Ordnung bringst. Du wirst später froh darüber sein."

Dirk schürzte die Lippen und dachte einen Moment lang nach. „Okay. Komm schon, Kim."

Kim folgte ihm auf dem Fuß, als er umkehrte und wieder zurück in Richtung Stevens Trailer lief.

Ich musterte meine Tante und bewunderte die Macht, die sie offenbar über Dirk hatte. Er hatte nur auf sie gehört, auf niemanden sonst.

Sie erkannte meinen Blick und grinste. „Was?"

„Nichts." Sie wollte ein Lob, aber das konnte sie sich abschminken. Ich wollte ihr Ego doch nicht noch größer werden lassen, als es ohnehin schon war.

„Hast du denn keine Arbeit zu erledigen?" Tante Amber klopfte mit dem Fuß auf den Boden und starrte mich an.

„Wie? Oh, ja, das habe ich." Ich hätte nicht gedacht, dass Tante Amber an meine Artikel denken würde.

„Meine Kleider bügeln sich nicht von selbst."

„Äh... klar, ich kümmere mich darum." Ich hatte keinerlei Absicht, mich um ihre Garderobe zu kümmern, aber ich brauchte jetzt auch keinen Streit am Set. Ich hatte keine Ahnung, woher Ambers chamäleonartigen Launen kamen, aber meine normalerweise ausgeglichene Tante wurde beinahe schon so schlimm wie Dirk. Oder Tante Pearl.

Da fiel mir ein, dass ich sie noch nicht nach Tante Pearls Job gefragt hatte.

„Gut. Ich muss aufs Set." Tante Amber entließ mich mit einer Handbewegung, drehte sich um und überquerte die Straße zur alten Bank.

Von Dirk oder Kim war glücklicherweise keine Spur zu sehen. Sie mussten bereits mit Steven in seinem Trailer sprechen. Ich blieb zurück und wartete, bis Tante Amber im Gebäude verschwunden war. Dann rannte ich zu Stevens Trailer, um zu lauschen. Sobald Dirk und Kim verschwunden waren, wollte ich Steven für meine Story befragen.

Ich kam nicht weit, als ich vertraute Stimmen neben dem Bankgebäude hörte. Ich konnte niemanden sehen, aber ich hörte Dirk Diamond, der mit Steven Scarabelli sprach. Ich ging näher heran, als die Stimmen lauter wurden.

„Wir können das Drehbuch nach deinen Wünschen abändern", sagte Steven.

„Also gut. Ich will diese Dinge hier geändert haben."

Papier raschelte.

„Kein Problem", sagte Steven. „Danke, Dirk. Ich bin sehr froh, dass wir das regeln konnten."

„Ach, eine Sache noch", sagte Dirk.

„Was denn?"

„Schmeiß die Alte raus. Entweder Amber West geht, oder ich."

Ich hielt die Luft an. Das würde Tante Amber überhaupt nicht gefallen.

KAPITEL 5

Überfall zu High Noon wurde offensichtlich immer mehr zu *Erpressung zu High Noon*. Ich blickte über die Straße und beobachtete, wie die Crew am Set hektisch die Änderungen im Drehbuch umsetzte. Noch nie zuvor war ich auf einem Filmset hinter den Kulissen gewesen. Die eiligen Aktivitäten, die ich vorher noch als Chaos wahrgenommen hatte, waren in Wirklichkeit eine fein orchestrierte Symphonie aus Besetzung und Crew. Sie bewegten sich nach vorne und hinten, während sie gleichzeitig hunderte von Aufgaben ausführten, um das Set für die nächste Szene vorzubereiten. Und vermutlich waren darunter hunderte unnötiger Aufgaben, die alle nur aufgrund Dirk Diamonds Arroganz und seiner unverschämten Forderungen erfüllt werden mussten.

Ich hätte nicht gedacht, dass mehr als ein bisschen Text geändert wurde, aber das Drehbuch hatte sogar verlangt, dass die Bank in einem anderen Blauton gestrichen wurde! Farbdämpfe drangen durch die Luft, als die Maler zusammenräumten und ihr Gerüst wieder abbauten.

Mein Respekt für die Crew wuchs, die die Launen eines verzogenen Filmstars ertragen musste. Trotz Dirks Änderungswünschen in letzter Minute war das Set nun bereit, um loszulegen. Es gab nur noch ein paar letzte Textänderungen von Rick Mazure, um ihn nach Dirks Änderungen weiterhin authentisch wirken zu lassen.

Ich blickte mich um und war überrascht, Tante Pearl nur einige Meter entfernt stehen zu sehen. Zum Glück hatte sie noch nicht mit Tante Amber gesprochen, denn das würde nur zu einem Streit und einer weiteren Verzögerung des Drehs führen. Mir war noch nicht klar, ob Tante Pearl ihre Meinung geändert hatte oder nur gekommen war, um sich die Action anzusehen. Auf jeden Fall war es gut. Sobald die Kameras liefen, würde sie sehen, wie interessant ein Job als Requisitenhelferin sein konnte.

Jeder schien nun entspannt und zufrieden zu sein, bereit loszulegen. Alle außer Dirk, der so aussah, als wolle er gerade überall, nur nicht auf diesem Set sein. Dirks Ungeduld stieg mit jeder Minute und ich hoffte nur, er würde nicht davonstürmen, bevor Rick mit den letzten Textänderungen auftauchte.

Es überraschte mich immer noch, dass Dirk an dem Dreh mitwirkte, trotz des plötzlichen Todes seiner Frau. Konnte es sein, dass ihm ein Dreh wichtiger war, als seine Frau zu betrauern? Aber angesichts seiner Tirade vor Stevens Trailer bezweifelte ich das. Rose Lamont war sowohl seine Frau als auch seine Filmpartnerin gewesen. Entweder war er sehr stoisch oder … es war zu schrecklich, um darüber nachzudenken.

Andererseits hatte ich so viele Krimiserien gesehen, dass ich auch wirklich immer vom Schlimmsten ausging. Natürlich war es möglich, dass etwas faul an der Sache war, besonders da Rose jung und sportlich war. Man konnte doch nicht erwarten, dass solche Leute einfach tot umfielen. Ich nahm mir vor, mehr über ihren plötzlichen Tod in Erfahrung zu bringen.

Noch eigenartiger war allerdings meine dem Rentenalter nahe Tante als Ersatz für Rose Lamont. Die beiden waren nicht einmal annähernd im gleichen Alter und ich bezweifelte, dass Tante Amber derselbe Hitgarant wie eine Mitte Dreißigjährige sein würde. Da ich bereits wusste, dass Dirk sie gefeuert haben wollte, ahnte ich Schreckliches.

Eigenartigerweise schien Tante Amber auch bereits in dieser

Szene gar keinen Auftritt mehr zu haben. Sie stand einige Meter entfernt und posierte für Fotos. Sie hatte ihren eigenen Fotografen angeheuert, um Bilder für ihr Portfolio schießen zu lassen. Entweder war sie in letzter Minute aus der Szene herausgeschrieben worden oder sie hatte ihre Hauptrolle deutlich ausgeschmückt. Mein Bauchgefühl sagte mir, dass es letzteres sein musste.

„Ein wenig nach links drehen." Der Fotograf richtete seine Kamera ein. „Ja, das ist gut. Genau so."

„Schieß ja genug Fotos von meiner Schokoladenseite." Tante Amber grinste in die Kamera. Sie hatte bereits Dutzende Bilder von ihrer Schokoladenseite, ihrer Brokkoliseite oder sonst irgendeiner Seite. Sie hatte auch bereits Fotos mit Dirk, Arianne und anderen Schauspielern gemacht, die zunehmend von ihr genervt waren. So sehr, dass Steven sie sogar dafür gerügt hatte.

„Hier sind die Textänderungen." Rick Mazure eilte atemlos und zerzaust auf das Set. Sein Jackett war zerknittert, sein Hemdknopf stand offen und eine feine Schicht Schweiß lag auf seiner Stirn. „Es sind einige Änderungen dabei, jeder soll sich also seinen Text noch einmal ansehen." Er reichte allen eine Kopie des Drehbuchs von einem hohen Stapel blauen Papier.

Ein dicker, glatzköpfiger Mann fluchte neben mir vor sich hin. Bill Kazinsky sah genau so aus, wie Tante Pearl ihn beschrieben hatte, aber er wirkte auf keinen Fall faul. Während er weiterfluchte, führte er jede Requisitenänderung aus, die Dirk Diamond verlangt hatte.

„Ich dachte, die wären nur marginal." Bill klopfte mit dem Finger auf das Drehbuch. „Was zur Hölle ist das? Es sollten doch Messer sein, keine Pistolen. Wie soll ich das jetzt machen?"

„Ist das denn so eine große Sache?", fragte ich.

„Ja, es ist eine große Sache. Ich bin hunderte Kilometer von meinem Studio entfernt und keine meiner verfluchten Requisiten passen. Warum kann das nicht einfach von Anfang an richtig gemacht werden?"

Rick hielt ihm abwehrend seine Hand hoch. „Tut mir leid, Bill. Ich habe es so geändert, wie es von mir verlangt wurde. Wenn du Fragen hast, spricht mit Steven. Er ist der Boss."

Von dem was ich bislang gesehen hatte, bezweifelte ich das. Dirk Diamond schmiss den Laden hier.

„Ja, klar." Bill fluchte weiter und ging hinüber zu einem Bereich, der einige Meter entfernt lag. Requisiten und Ausrüstung türmten sich dort drei Meter hoch in einem Halbkreis. Es glich einer Festung, zu der es nur einen Eingang gab und in deren Inneren alles gesichert gelagert wurde.

Ich folgte ihm und blieb außerhalb des Requisitenkreises stehen. Das kleine Stonehenge ließ nur Platz für einen Menschen im Inneren. Bill drehte sich zur Seite und glitt durch die Öffnung. Frustriert durchsuchte er das Inventar.

„Wo soll ich jetzt alte Pistolen finden? Die wachsen ja auch nicht gerade auf Bäumen." Der übergewichtige Kerl stand in seiner Festung und wischte sich über die Stirn.

„Du brauchst Waffen? Ich habe Waffen." Tante Pearl tauchte neben mir auf. In jeder Hand ließ sie eine Pistole kreisen. „Ich kann dir im Handumdrehen mehr besorgen."

Ich bedeutete ihr zu schweigen. Das war nicht der richtige Zeitpunkt, um mit ihrer Hexenkraft anzugeben oder anzudeuten, sie hätte Kontakte zu Waffenschmugglern. Eine bewaffnete Tante Pearl ließ Angstschweiß in mir ausbrechen. Pistolen waren noch schlimmer als Feuer.

„Hmm... lass mich mal sehen." Bill kam aus seiner Höhle und griff nach einer der Pistolen. Er ließ sie in seiner Hand kreisen. „Das könnte klappen. Wir brauchen aber sechs."

„Kein Problem, warte kurz." Tante Pearl verschwand hinter einer Ecke und kam in nur weniger als einer Minute mit einer Tragetasche zurück. Der Inhalt war so schwer, dass ihre Schulter nach unten hing. Sie reichte Bill die Tasche. „Versuch's mit denen."

Schön, dass sich Tante Pearl wieder für den Requisitenjob interessieren zu schien.

Bill nahm eine Pistole aus der Tasche. „Hey, die sehen richtig alt aus. Wo hast du die her?"

„Das ist nicht wichtig, solange sie dir passen." Tante Pearl verbeugte sich und klimperte mit den Augenbrauen. „Zu deinen Diensten, Bill."

Ich wandte mich an Bill. „Solltest du die Pistolen nicht erstmal testen, um zu sehen, ob sie funktionieren?" Tante Pearls übertrieben freundliche Art bedeutete doch, dass sie etwas vorhatte. Vermutlich wollte sie Tante Amber eins auswischen. Geschwisterrivalität unter Hexen war das Schlimmste.

„Oh, ja, du hast recht. Aber wir haben nicht genug Zeit." Bill runzelte die Stirn. „Da fällt mir ein, ich habe ein paar Revolver, die funktionieren könnten. Warum kann Rick die Szene nicht einfach von Anfang an richtig schreiben?"

Bill kniete nieder und blickte in eine große Kiste. „Verdammt, sie sind nicht in meiner Requisitenkiste. Ich muss zurück zum Trailer laufen und sie holen."

Tante Pearl hielt ihre Hand hoch. „Ich hole sie, sag mir einfach wo sie sind."

Bill schüttelte den Kopf. „Sie sind sicher versperrt." Er deutete auf Tante Pearl. „Pass auf die Kiste auf. Lass niemanden etwas nehmen." Er machte kehrt und eilte davon.

Tante Pearl war empört. „Ich mache die ganze Arbeit und erhalte keinen Dank. Ich habe ihm die Waffen besorgt. Aber anstatt dass ich etwas Sinnvolles mache, stecke ich hier fest und babysitte eine dämliche Spielzeugkiste. Dafür werde ich nicht gut genug bezahlt."

„Du hast gerade erst angefangen. Du hast doch noch gar nichts gemacht. Außerdem bezahlt dir niemand etwas. Du hast dich freiwillig gemeldet, um bei den Requisiten zu helfen, erinnerst du dich?" Es war klar, dass Bill ihre Hilfe eigentlich nicht brauchte.

„Ich hatte mir einen Actionfilm auch etwas spannender vorgestellt. Langsam bereue ich das hier. Vielleicht bringe ich einfach selbst etwas Schwung rein." Tante Pearl rieb sich gedankenverloren das Kinn.

Ein Schauer durchzog mich. Eine nachdenkende Tante Pearl war äußerst gefährlich.

„Denk ja nicht daran, noch mehr Pistolen herzuzaubern. Die Leute könnten auf falsche Gedanken kommen." Niemand würde Tante Pearl für eine Terroristin halten, aber es gäbe bestimmt eine Panik, wenn sie bis auf die Zähne bewaffnet war.

„Ich könnte allen viel Zeit ersparen. Bill ist nicht gerade schnell auf den Beinen. Viele hochbezahlte Talente stehen hier einfach nur rum." Sie verschränkte ihre Arme und klopfte mit den Füßen auf den Boden. „Ich habe ihm ja meine Hilfe angeboten, aber er will sie nicht annehmen. Er fühlt sich offensichtlich von mir bedroht."

„Das bezweifle ich", sagte ich. „Er macht das schon jahrelang. Er mag langsam sein, aber er weiß, was er tut."

Tante Pearl schüttelte langsam den Kopf. „Wenn er das Drehbuch gelesen hätte, wüsste er, dass die letzten Änderungen auch Dynamit beinhalteten."

„Woher weißt du das?"

Tante Pearl rollte mit den Augen und zog einige Blätter Papier aus ihrer Gesäßtasche. „Lass mal sehen... hier, genau, auf Seite drei." Sie tippte mit ihrem Zeigefinger darauf.

„Wo hast du das her?" Ich lehnte mich nach vorne, um besser lesen zu können. In der Fußzeile stand Version 5, was neuer war als die Kopie, die Rick Bill gerade gegeben hatte.

„Rick hat sie mir gegeben." Ich nahm ihr das Drehbuch aus der Hand und hielt es über ihren Kopf. „Es ist eine Vorabansicht."

„Bist du dir sicher, dass du das richtig gelesen hast?" Ihr Grinsen verriet mir, dass sie log. Über das Drehbuch, das Dynamit oder beides. Ich wusste nur, dass die Sache mit ihrem Requisitenjob ein großer Fehler war.

„Natürlich bin ich mir sicher. Rick hat das Drehbuch vorsichtshalber mir gegeben, er weiß doch, wie unorganisiert und inkompetent Bill ist. Vielleicht spreche ich selbst mal mit Steven Scarabelli. Er wird mich vermutlich vom Fleck weg als Chefrequisiteurin und Pyrotechnikerin einstellen. Ich bin doch viel besser in dem Job."

Was sollte Pyrotechnik in einem Western, fragte ich mich. Doch dann dachte ich an das Dynamit. Ich erschauderte bei der Vorstellung, dass Dirk Diamond einen Safe in die Luft sprengte und das alte Bankgebäude dann zu einem Ziegelhaufen zusammenfiel. Denn mein Gefühl sagte mir, dass Dynamit, das von Tante Pearl kam, echt war.

Das Gebäude war viel zu alt, um dem standzuhalten und die Reparaturkosten konnten wir uns nicht leisten. Hoffentlich log Tante Pearl, aber ich konnte nicht darauf vertrauen. Ich musste Rick Mazure finden und ihre Aussage bestätigen lassen.

Oder Tante Amber. Sie war vermutlich die Einzige, die dem Machtstreben ihrer Schwester Einhalt gebieten konnte.

Tante Amber.

Ich blickte hinüber an die Stelle, an der ihre Fotos geschossen worden waren, aber sie war weg. Nur der Fotograf war noch dort und packte seine Ausrüstung zusammen.

Ich suchte das Set nach Tante Amber ab und sah sie am anderen Ende, wo sie mit Steven Scarabelli sprach... oder besser gesagt stritt. Angesichts ihres tränenverschmierten Gesichts war anzunehmen, dass sie die Nachricht erhalten hatte. Steven hatte Dirk Diamonds Forderungen nachgegeben und sie gefeuert.

Ich kämpfte gegen den Drang hinüberzulaufen und meine Tante zu umarmen. Das würde sie nur noch weiter demütigen. Sollte ich ihr von der Unterhaltung zwischen Dirk und Steven erzählen? Aber was würde das schon bringen. Egal, was ich sagte, es würde am Ergebnis nichts ändern.

Außerdem wollte ich den Dreh nicht weiter gefährden. Die Besetzung und die Crew brachten Geld nach Westwick Corners. Unser Inn war ausgebucht und Mum erzielte Einnahmen mit dem Catering. Würde Steven Scarabelli die Stadt verlassen, um woanders zu filmen, wäre das Desaster perfekt. Falls der Dreh denn jemals beginnen würde.

„Das wirst du noch bereuen!" Tante Amber wandte sich ab und stürmte vom Set in Richtung ihres Trailers. Sie stieß dabei beinahe mit Bill zusammen, der gerade mit einer Holzkiste zurückgekehrt war. Sie schrie ihn an und drückte ihn zur Seite.

Bill rief etwas Unfreundliches und trat zur Seite. Dann ging er zu den Schauspielern am Set. Er stellte seine Holzkiste auf den Boden, schloss sie auf und zog dann Pistolen heraus, die er einzeln den Schauspielern reichte. Dann schloss er die Kiste wieder und kam zu uns herüber. Er hielt die Holzkiste über die große Kiste, in die er vorher geblickt hatte. Dann ließ er sie mit einem lauten Krach darauf fallen. Der Fotograf erschreckte und sprang hoch.

„Cenny? Hörst du mir zu?" Tante Pearl zog mich am Arm, offensichtlich hatte sie nichts von Tante Ambers Rausschmiss mitbekommen.

„Wie?" Ich nickte, auch wenn ich kein Wort von dem gehört hatte, was Tante Pearl gesagt hatte. Zum Glück wurde ich durch einen Ruf des Regisseurs gerettet. Die Schauspieler nahmen ihre Plätze ein und ich nahm mir vor, nach Tante Amber zu sehen, sobald die erste Szene im Kasten war.

Zumindest konnte der Dreh jetzt endlich beginnen.

„Alle auf ihre Plätze." Steven Scarabelli war ans Set zurückgekehrt, atemlos und hochrot im Gesicht. Offensichtlich war der Optimismus nun wieder seiner Verzweiflung gewichen.

„Das ist hoffentlich die letzte Änderung. Pass auf das Zeug auf, Pearl. Ich brauch mal ne Kippe." Bill zeigte auf Tante Pearl, bevor er über die Straße lief.

„Was ist darin...?"

Ich legte eine Hand auf die knochige Schulter meiner Tante und hielt einen Finger an meine Lippen.

Sie funkelte mich böse an, blieb aber ruhig.

„Action!", rief Steven.

Die Türen der Bank wurden aufgerissen und Dirk Diamond rannte aus dem Gebäude. Er lief die Straße entlang zu einem schwarzen Ford Model T, dessen Motor noch lief, sein langer schwarzer Mantel wehte dabei dramatisch in der Luft. In der einen Hand hielt er eine Pistole, in der anderen einen Sack voller Beute. Ein weiterer Mann mit Jeans und einer Wildlederweste folgte ihm mit gezogener Waffe und die beiden rannten über die Straße.

Der Fahrer des Fords sprang vom Fahrersitz und winkte Dirk hektisch zu. In der anderen Hand hielt er ein Messer.

Dann sprangen drei Männer hinter dem Gebäude auf der anderen Straßenseite hervor und richteten die Pistolen auf Dirk und den anderen Mann. Der eine eröffnete das Feuer und traf Dirks Komplizen. Der Mann ließ seine Waffe fallen und schrie auf. Er schleppte sich zum Auto und hielt seine Waffe an sich gedrückt, als er sich auf den Rücksitz fallen ließ.

Nun rannte Arianne Duval schreiend aus der Bank. Sie hielt auf dem hölzernen Gehweg inne, als sie die Männer sah. Der Mann mit dem Messer hatte wieder den Fahrersitz erreicht, gerade als auf der Hauptstraße eine wahre Westernschießerei ausbrach. Die Kugeln flogen durch die Luft, Pferde scheuten und Hunde bellten. Als sich der Staub schließlich legte, lagen fünf Männer regungslos am Boden.

„Nein!", rief Arianne. Sie lief hinüber zu Dirk und kniete neben ihm. Dann drehte sie sich zur Kamera und flüsterte. „Er ist tot."

„Schnitt! Gute Arbeit!" , ertönte Stevens Stimme. Er zeigte einen Daumen nach oben und lief zu den Trailern.

Die Schauspieler standen auf und klopften sich den Staub von den Kostümen.

Alle außer Dirk Diamond.

Der würde nie wieder aufstehen.

KAPITEL 6

„Dirk wurde erschossen", kreischte Arianne.

„Du kannst aufhören, Arianne. Die Kamera ist aus." Ein großgewachsener, blonder Schauspieler, einer von denen, die geschossen hatten, winkte sie vom Set herunter.

Tante Pearl schnaubte. „Natürlich wurde er erschossen. Es ist immerhin eine Schießerei, Dummchen. So endet das normalerweise." Sie drehte sich zu mir. „Hier weiß ja wirklich keiner, was er tut."

„Tante Pearl, hör auf! Jetzt ist gerade kein Sarkasmus angebracht." Dirk trug ein weißes Cowboyhemd unter seiner Jacke. Von meinem Blickwinkel aus erkannte ich, wie sich ein roter Kreis langsam auf seinem Hemd ausbreitete. Das konnte nicht Teil des Films sein. Ein gestellter Schuss beinhaltete oft künstliches Blut, aber die Szene hatte mit dem Schuss selbst geendet, daher war gar keines notwendig gewesen.

Arianne hatte es ebenfalls bemerkt.

Ich schlug die Hand vor den Mund, als ich erkannte, was passiert war. All die anderen Schauspieler, mit Ausnahme von Arianne, hatten das Set verlassen. Dirk blieb regungslos am Boden liegen. Er hatte sich keinen Zentimeter bewegt.

„Mir steht's bis hierher." Tante Pearl fuhr sich mit dem Handrücken unter dem Kinn entlang. „Du kannst dir ja gar nicht vorstellen, wie es ist, wenn man den ganzen Tag Anweisungen von einem inkompetenten Hanswurst erhält. Ich werde Steven um eine Beförderung bitten. Ich würde den Job viel besser machen als Bill, sogar wenn ich eine Hand auf den Rücken gebunden hätte."

Ich funkelte sie an. Zum Glück waren alle so von Ariannes Schreien abgelenkt, dass sie Tante Pearls Wutanfall nicht bemerkten.

„Ich habe versucht, ihm zu helfen, aber er ist viel zu stur, als dass er seine Fehler einsieht."

Ich ignorierte sie. Dirk hätte schon längst wieder auf den Füßen stehen sollen.

Wir waren gerade Zeugen eines tragischen Unfalls geworden... Oder - mit hoher Wahrscheinlichkeit - eines Mordes.

Arianne rannte hysterisch zwischen dem Gebäude und der Stelle herum, wo Dirks lebloser Körper auf der staubigen Straße lag. „Kann mir mal jemand helfen? Er atmet nicht!"

Es dauerte einen Moment, bis alle verstanden, was Arianne gerade geschrien hatte. Dann liefen sie zu Dirk.

„Zu spät." Einer der Schauspieler kniete neben ihm. „Ich fürchte, er ist tot."

Ein kollektives Einatmen der etwa zwanzigköpfigen Crew, die sich in einem losen Halbkreis um Dirk herum aufgestellt hatten, war zu vernehmen. Auch wenn niemand so traurig aussah wie Arianne, zeugten einige Gesichter von Angst. Alle waren schockiert.

„Er ist wirklich erschossen worden. Das ist nicht mehr gespielt." Ich drehte mich zu Tante Pearl, aber sie war weg.

Ich sah sie eilig das Set verlassen. Sie war bereits einen halben Block entfernt und hatte Steven eingeholt. Der hatte das Set sofort nach der Szene verlassen. Seinem entspannten, gewöhnlichen Gang nach hatte er noch überhaupt nicht realisiert, was gerade passiert war.

Bill lief auf mich zu, eine Zigarette steckte in seinem Mundwinkel. Er zog tief ein, dann nahm er die Kippe aus dem Mund und trat sie am staubigen Boden mit seinen Füßen aus. „Was zur Hölle ist gerade passiert? Warum steht die Crew hier nur so rum?"

„Dirk hat eine Kugel abbekommen. Er ist tot."

Seine Augen verengten sich. „Du hältst dich wohl für besonders witzig, oder?"

„Das ist kein Witz."

„Ich glaub's nicht. Wurde das Drehbuch noch einmal geändert?" Bill blickte aufgeregt zwischen mir und dem leblosen Dirk hin und her.

„Ich fürchte nicht." Ich suchte in seinem Gesicht ein Anzeichen von Unehrlichkeit, aber er wirkte aufrichtig überrascht.

Er wurde blass und begann, aufgeregt herumzugehen. „Wie konnte das nur passieren? Wer hat ihn erschossen? Wer war das?"

Ich senkte meine Stimme. „Ich weiß es nicht, aber die Kugel scheint aus einer deiner Pistolen gekommen zu sein."

„Das ist unmöglich", entgegnete Bill. „Meine Pistolen waren nicht geladen, das sind sie nie. Da sind keine echten Patronen drinnen."

„Bist du dir da sicher?" Ich blickte hinüber an die Stelle, wo ich Tante Pearl und Steven zuletzt gesehen hatte. Sie führten eine heftige Diskussion und bemerkten offensichtlich die Tragödie nicht, die sich vor uns abspielte.

„Natürlich bin ich mir sicher. Ich habe doch jede Pistole überprüft, bevor ich sie ausgegeben habe. Ich habe nicht einmal Patronen." Er funkelte mich an. „Denkst du, ich habe was damit zu tun, dass Dirk erschossen wurde? Warum zur Hölle sollte ich das tun?"

Ich winkte ab. Da fielen mir viele Gründe ein. „Niemand beschuldigt hier irgendwen. Ich gehe nur die Fakten durch. Dirk wurde erschossen."

Arianne kam zu uns herübergelaufen. Sie hielt vor Bill und funkelte ihn wütend an. „Du hast uns geladene Pistolen gegeben? Wir könnten alle tot sein! Wie kannst du nur so dumm sein?"

„Natürlich habe ich euch keine geladenen Pistolen gegeben. Hältst du mich für einen Vollidioten? Da waren nur Platzpatronen in den Pistolen." Bill kratzte sich am Kopf. „Ich verstehe das nicht."

„Du wirst einiges erklären müssen, Bill", sagte Arianne. „Du hast als Einziger diese Waffen angefasst."

„Wir wissen nicht, ob alle geladen waren. Es wurde nur eine Kugel abgeschossen", beschwichtigte ich. Das konnte natürlich erst später überprüft werden, aber ich wollte vermeiden, dass alle hier ausrasteten und voreilige Schlüsse zogen.

Bill hielt abwehrend seine Hand hoch. „Die waren nicht geladen, das schwöre ich. Irgendjemand hat die Waffen geladen, nachdem ich sie ausgegeben habe."

„Wenn jemand sich daran zu schaffen gemacht hätte, hätten wir es doch gesehen", warf ich ein. „Du hast sie doch erst kurz vor dem Dreh rausgegeben. Alle hatten das Set im Blick."

„Trotzdem hat sich irgendjemand daran zu schaffen gemacht. Vielleicht hat Pearl etwas damit zu tun. Wo ist sie überhaupt?"

„Sie hat die Pistolen nie angefasst. Da bin ich sicher." Bills verzweifelter Versuch, die Schuld abzuschieben, machte mich wirklich wütend. Ich verstand, dass er verärgert, verzweifelt oder auch beides war, aber das war keine Entschuldigung dafür, Tante Pearl zum Sündenbock für seine Nachlässigkeit zu machen. Zum Glück hatte sie seine Anschuldigungen nicht gehört. Sie konnte gewiss selbst auf sich aufpassen, aber genau das machte mir ja Angst. Ich wollte ihr keinen Grund geben, irgendetwas in Brand zu setzen.

Bills Gesicht lief von dem nicht mehr allzu unterdrückten Zorn rot an. „Du musst für eine Minute weggesehen haben."

„Nein, ich hatte sie die ganze Zeit im Auge. Frag sie doch selbst. Vielleicht hat sie etwas gesehen, was mir nicht aufgefallen ist." Ich deutete mit dem Kopf in die Richtung, in die sie verschwunden war. „Sie ist am anderen Ende der Straße und spricht mit Steven."

Kein Zweifel, dass Tante Pearl gerade versuchte, sich Bills Job zu angeln, aber das war im Moment unwichtig. Ohne Dirk Diamond konnte der Dreh nicht weitergehen. Bills Job als Requisiteur wurde also auch nicht mehr gebraucht. Ein toter Megastar bedeutete, dass es keinen Film geben würde. Zumindest nicht so schnell.

Arianne zitterte und schlug schluchzend die Hände vor das Gesicht. „Wie konnte das nur passieren? Da ist Dirk noch auf den Beinen und quicklebendig. Und in der nächsten Sekunde ist er tot."

Der Zeitpunkt war natürlich verdächtig. Zuerst Rose Lamont, Dirks Ehefrau und Filmpartnerin, und nun Dirk selbst. Auch wenn Rose anscheinend an einem Gehirnaneurysma gestorben war, es war doch ein sehr großer Zufall, dass ein Paar innerhalb weniger Tage verstirbt. War Dirks Tod ein trauriger Unfall oder wollte jemand die beiden tot sehen?

Eine geladene Waffe und echte Patronen statt Platzpatronen zeigten doch, dass sich jemand an den Pistolen zu schaffen gemacht hatte. Und dennoch bestand Bill darauf, dass er jede Waffe überprüft hatte. Ich hatte ihn die Waffen ausgeben gesehen. Neben Dutzenden Zeugen war die ganze Sache ja auch aufgezeichnet worden. Es würde einfach sein, den Schützen auf dem Band zu identifizieren.

Aber angenommen es wäre Mord, wer würde so eine Tat schon inmitten von Dutzenden Zeugen verüben? Der Mörder war entweder äußerst dreist oder unglaublich dumm. Oder er wollte die Sache einfach einer unschuldigen Person anhängen.

Ich schluckte schwer und hoffte, dass meine Eingebung falsch war.

KAPITEL 7

Ich griff nach meinem Handy und wählte Sheriff Tyler Gates' Nummer. „Komm zum Filmset, schnell! Dirk Diamond wurde erschossen."

Dutzende Schauspieler und Crewmitglieder standen in erstauntem Schweigen in einem weiten Kreis um Dirk Diamonds leblosen Körper. Die Neuigkeiten hatten sich schnell verbreitet. Jeder war zum Set zurückgekehrt, schweigend und schockiert von den Ereignissen. Langsam dämmerte allen, dass die männliche Hauptrolle erschossen worden war und somit auch die Aussicht auf einen Gehaltsschecks ziemlich schlecht war. Damit schwand auch die Hoffnung, dass Westwick Corners schon bald das Hollywood des Nordens werden könnte.

„Bin schon hier." Tylers Stimme ertönte im Echo, als er auf mich zukam, nur wenige Meter von Dirks Leiche entfernt. Seine Miene war versteinert, seine Lippen hatte er zu einer dünnen Linie zusammengepresst. „Amber hat mir davon erzählt."

„Tante Amber? Die Neuigkeiten verbreiten sich ja schnell." Ich runzelte die Stirn. „Ich dachte, sie hätte das Set bereits verlassen."

Tyler deutete mit dem Kopf an die Stelle, an der Amber stand. „Sie meinte, sie wäre hier gewesen, als es passierte. Sie kam ins Rathaus und holte mich."

Ich folgte Tyler, als er zu Dirks Leiche ging. Über sein Handy rief er die Tatortermittler. Westwick Corners war zu klein, um eine eigene Spurensicherung zu haben, deshalb musste der Sheriff auf die Ermittler aus Shady Creek zurückgreifen. Tyler würde alles hier organisieren müssen, bis seine Verstärkung eintraf.

Ich war erleichtert und verwirrt zugleich, Tante Amber zurück auf dem Set zu sehen. „Ich muss so gebannt auf den Film geachtet haben, dass ich sie nicht bemerkt habe."

„Da ging es sicher drunter und drüber", sagte Tyler. „Erzähl mir, was passiert ist."

Ich berichtete ihm, was ich gesehen hatte. „Soweit ich das beurteilen kann, lief alles nach Plan. Außer natürlich, dass Dirk Diamond nicht mehr aufstand, nachdem die Szene im Kasten war."

Bill drängte sich an mir vorbei, um Tylers Aufmerksamkeit auf sich zu ziehen. „Nur für den Fall, dass ein Schuldiger gesucht wird, ich war es nicht. Ich habe Dirk nicht getötet."

„Das hat doch niemand gesagt." Tyler strich sich nachdenklich über das Kinn. „Warum denken Sie das?"

„Weil jemand eine meiner Pistolen sabotiert und richtige Kugeln eingesetzt hat." Bill fuhr sich mit der Hand über seine Halbglatze. „Ich weiß nicht, wie und wann es passiert ist, aber jemand will mir was anhängen. Meine Pistolen waren nicht geladen."

Tyler zog die Augenbrauen nach oben. „Wo waren Sie, als die Schießerei begann?"

Bill sah ihn verlegen an. „Kurz eine rauchen. Gleich nachdem ich die Waffen ausgeteilt habe. Ich habe mich persönlich versichert, dass in jeder Pistole nur Platzpatronen waren. Jemand muss sich danach daran zu schaffen gemacht haben."

„Irgendwelche Zeugen?" Tyler zog ein Notizbuch aus seiner Hemdtasche. „Wer hatte Zugang zu den Pistolen?"

Bill blickte sich nervös um. „Nun, Pearl hat mir geholfen."

„Sie hatte die Pistolen aber nie in der Hand." Ich funkelte Bill wütend an, als er seine Andeutungen wiederholte, Tante Pearl könnte etwas damit zu tun haben. Außerdem war ich genervt, dass sie sich genau jetzt dazu entschlossen hatte, zu verschwinden, und dass es mir zufiel, sie zu verteidigen.

Ich war so wütend darüber, dass Bill Tante Pearl anprangerte, dass ich verleitet war, ihn zu verfluchen. Aber das würde die Sache auch nicht besser machen. Außerdem beherrschte ich nur gute Magie, ein Fluch war also sowieso unmöglich. Wenn ich doch nur einen Wahrheitsspruch könnte, dann könnte ich ihn über alle Anwesenden legen. Tante Pearl würde es können, sollte so etwas überhaupt existieren.

Andererseits war es auch unverantwortlich, sich so in eine Mordermittlung einzumischen. Ich frage mich, wer ein Motiv hatte. Auch wenn jeder Dirk Diamond zu hassen schien, er war auch ein wichtiger Pfeiler für ihre Existenz. Sein Tod war ein großer Schaden für alle.

Zumindest für alle, die ich kannte.

Ich konzentrierte mich wieder auf Bill und Tyler. Ihre Diskussion wurde mit jeder Sekunde aufgeregter.

„Ich sage nur, dass mir Pearl geholfen hat", gab Bill zu. „Ich habe die Pistolen im Trailer ausprobiert, bevor ich sie ans Set gebracht habe. Sehen Sie doch in meinem Trailer nach, wenn Sie wollen. Da werden Sie keine Kugeln finden."

„Das werde ich tun", sagte Tyler. „In der Zwischenzeit halten Sie sich zur Verfügung. Ich brauche Ihre Aussage, sobald ich hier fertig bin." Er war umsichtig genug, die Stelle noch nicht als Tatort zu bezeichnen, aber seinem Ausdruck zufolge hatte er bereits erkannt, dass es sich nicht um einen Unfall handelte.

„Oh oh." Ich blickte über die Straße und sah Bürgermeister Brayden Banks auf uns zu eilen. Unter den leger angezogenen Crewmitgliedern wirkte er deplatziert. Seine Schuhe, seine Hose, ja sogar sein dunkles Jackett schienen mit einer braunen Schicht Staub überzogen zu sein.

Das Letzte, was Bürgermeister Brayden Banks wollte, war schlechte Publicity. Das Vorletzte, was er wollte, war, dass Tyler Gates weiterhin hier als Sheriff arbeitete. Tyler und ich begannen unsere Beziehung ein paar Monate, nachdem ich meine Verlobung mit

Brayden gelöst hatte. In einer Kleinstadt gab es wohl kaum eine merkwürdigere Situation.

„Cenny." Brayden nickte mir zu, bevor er sich an Tyler wandte. „Irgendwelche Spuren, Sheriff?"

Brayden stach in Westwick Corners heraus: Seine Erscheinung, die Erfolg ausstrahlen sollte, war sorgfältig gepflegt. Ich musste es wissen. Mein früherer Verlobter war schon immer der Meinung gewesen, dass er für Größeres als Westwick Corners bestimmt war.

„Ich beginne gerade erst mit den Ermittlungen", sagte Tyler. „Die Spurensicherung aus Shady Creek ist unterwegs."

„Gut. Sie werden alle Hilfe brauchen können, die Sie bekommen können." Braydens kaum versteckte Schelte blieb weder von mir noch Tyler unbemerkt. Das Amt als Bürgermeister von Westwick Corners war für ihn nur eine Treppenstufe auf seinem Weg zur Politikergröße. So zumindest sah Brayden die Welt. Jedes Hindernis auf diesem Weg musste ausgeräumt werden.

Braydens Blick wanderte zu Dirks Leiche, dann deutete er mit der rechten Hand auf das Set. „Ich will all diese Kameras weghaben und die Handys aller Anwesenden werden konfisziert. Die Presse wird sich darauf stürzen wie die Geier. Das Letzte, was wir brauchen können, ist eine Meute an Reportern, die die Sache aufbauschen." Der Bürgermeister wollte keine schlechte Publicity für Westwick Corners. Nicht zum Wohle der Stadt, sondern zu seinem eigenen. Und er würde tun, was immer nötig war, um voranzukommen.

Tyler schien Braydens Einmischung gelassen hinzunehmen, aber ich schäumte innerlich. Immerhin war ich die Presse. Ich wusste nicht, was schlimmer war: Dass Brayden vergaß, dass ich eine Reporterin war, oder dass er so missbilligend über meinen Berufsstand sprach.

Aber ich musste mich beherrschen. Tyler brauchte meine Hilfe, wenn er seinen Job behalten wollte. Brayden würde sich auf jede Gelegenheit stürzen, um Tyler feuern zu können.

Brayden blickte sich um und versicherte sich, dass niemand ihr Gespräch mithörte. „Sie haben bis heute Mitternacht, um den Mörder zu finden und zu verhaften. Ansonsten sind Sie gefeuert."

KAPITEL 8

Die Spurensicherung aus Shady Creek war in Rekordzeit zur Stelle, um den Tatort zu untersuchen, während sich der Gerichtsmediziner um Dirks Leiche kümmerte. Die Polizei aus Shady Creek half bei der Spurensicherung und so war Tyler der Einzige, der am Set ermitteln konnte.

Mord oder kein Mord, unsere Kleinstadt hatte einfach kein Budget für mehr Beamte, egal ob angestellt oder aus Shady Creek ausgeliehen. Zum Teil war das darauf zurückzuführen, dass wir es uns nicht leisten konnten, aber der eigentliche Grund dafür war viel beunruhigender. Brayden Banks wollte nicht, dass Tyler mit seinen Ermittlungen Erfolg hatte, aber ich musste dafür sorgen, dass er die Oberhand behielt.

Ich wandte mich an Tyler. „Du kannst doch nicht wirklich alle Handys konfiszieren, so wie Brayden es verlangt, oder? Ich weiß, er hat dir den Befehl erteilt, aber das würde doch nur zu einem Aufstand führen. Das wird doch genau zu dieser Aufregung führen, die er unbedingt vermeiden will. Das wird auf uns zurückfallen."

Tyler schüttelte den Kopf. „Das rückt die Sache viel zu sehr ins Rampenlicht. Aber ich muss dafür sorgen, dass er sich nicht weiter einmischt." Er zwinkerte mir zu. „Vielleicht kannst du mir ja ein wenig helfen?"

„Das kann ich." Ich setzte nie leichtfertig meine Zauberei ein, aber wenn es guten Grund dafür gab, dann diesen hier. Ich konzentrierte mich auf meinen früheren Verlobten und dachte dabei, dass es nicht oft vorkam, dass ich einen Zauber gleich zweimal am Tag ausführte. Nachdem ich mich vergewissert hatte, dass mich niemand hörte, konzentrierte ich mich wieder auf Brayden und flüsterte:

Vernebelter Geist, vernebelte Sicht,
Vergiss deine Sorgen, schlaf und denk nicht.
Bald wachst du auf und weißt es nicht mehr,
dass dich die Gedanken plagen so sehr,
Diese zehn Minuten existieren nicht mehr.

Es funktionierte bei Brayden genauso, wie es vorher bei Tante Pearl funktioniert hatte. Schuldbewusst und stolz zugleich blickte ich Brayden hinterher. Er zockelte langsam die Straße zum Rathaus hinunter und rieb sich den Kopf.

„Gut gemacht, Cenny."

Ich fuhr zusammen, als ich Tante Pearls Stimme hörte. Ich hatte nicht bemerkt, dass sie und Steven auf uns zugekommen waren. Seinem entspannten Gesichtsausdruck nach wusste er noch gar nicht, was Dirk gerade zugestoßen war.

„Deine Stunden machen sich bezahlt", flüsterte sie. „Vielleicht wird doch noch eine Hexe aus dir."

Ich griff sie rasch am Arm. „Ich muss mit dir sprechen. Dirk Diamond ist wirklich tot." Ich zeigte auf Dirks Leiche, die nun mit einem weißen Tuch bedeckt war.

Tante Pearl drehte sich abrupt zu mir, ihren Gesichtsausdruck konnte ich nicht interpretieren. „Was in aller Welt sehen die Leute nur in Dirk Diamond? Er übertreibt immer so, dass es schon gar nicht mehr echt aussieht. Sogar seine Totenstellung ist lausig."

„Das ist hier keine Yogastunde, Tante Pearl. Das hier ist echt", sagte ich. „Dirk ist wirklich tot."

„Mit der Einstellung überrascht mich das nicht." Tante Pearl schüttelte den Kopf. „Dieser Film wird ein wahres Desaster werden."

„Moment... habe ich das gerade richtig gehört? Dirk Diamond ist tot?" Stevens Gesicht war rot angelaufen und er blickte zuerst mich, dann Tante Pearl an. „Das kann doch nicht sein. Wir haben doch vor zehn Minuten noch gedreht."

„Genau da ist es ja passiert. Eine der Pistolen war wirklich geladen." Ich erzählte ihm, was geschehen war.

Steven hörte zu und ging in Gedanken alles noch einmal durch. „Das ist unmöglich! Er kann doch nicht tot sein." Er sah aus, als würde er auf der Stelle ohnmächtig werden. „Das ändert alles."

Ich bekämpfte den Impuls, Tante Amber zu suchen. Was wir gerade beobachtet hatten, war entweder ein schrecklicher Unfall oder ein kaltblütiger Mord gewesen. Die nächsten paar Minuten waren entscheidend für die Beweissicherung und die Zeugenbefragungen. Das war zwar ein Job für Tyler und die Polizei aus Shady Creek, aber ich konnte zumindest dafür sorgen, dass niemand abhaute.

Tante Pearl sah unbeeindruckt aus. Sie ging an mir vorbei und hinüber zu Bill, der gerade an seinen Kisten voller Requisiten und Equipment hantierte.

Ich folgte ihr und hielt sie am Arm fest, damit sie sich nicht mit Bill anlegen konnte. „Hast du Tante Amber gesehen?" Plötzlich bemerkte ich, dass ich nicht mehr wusste, was Wirklichkeit und was Zauberei war. Tante Amber hatte gewiss gehext, um den Film nach Westwick Corners zu bringen. War sie noch weiter gegangen?

Es bestand die Chance, dass Dirks Tod gar nicht echt gewesen war. Aber tief in meinem Herzen wusste ich, dass das nicht stimmte. Tante Amber hielt sich immer strikt an die Regeln. Zumindest... meistens. Auch wenn sie gehext hatte, um den Film in die Stadt zu bringen, sie hatte sich nicht eingemischt, nachdem Steven sie gefeuert hatte. Sie hatte ihre Hexerei nicht eingesetzt, um ihren Job zurückzubekommen und sie hätte sie auch bestimmt nicht eingesetzt, um jemanden umzubringen.

Dennoch hatte ich sie noch nicht gefunden. Vielleicht gab es eine Möglichkeit, die Tragödie ungeschehen zu machen.

„Zum letzten Mal habe ich Amber bei den Trailern gesehen", sagte Tante Pearl. „Ich vermute mal, alle haben jetzt ihren Job verloren."

Ich lenkte meine Aufmerksamkeit wieder auf das Set. Um uns herum schwirrten in etwa fünfzig Personen. Auch wenn jeder noch unter Schock stand, niemand wirkte betroffen oder gar überrascht von Dirks Tod. Das erschien mir eigenartig, denn immerhin hatten sie alle jahrelang zusammengearbeitet.

„Wie kann das sein?" Der Schweiß war Steven Scarabelli auf die Stirn getreten.

„Ich kann es nicht glauben. Er ist wirklich tot." Rick Mazure schüttelte seinen Kopf und blickte auf Dirks Leiche. „Tot. Einfach so. Was machen wir jetzt, Steven?"

„Wir werden schon eine Lösung finden", sagte Steven, auch wenn er wenig überzeugt wirkte.

Arianne war hysterisch. „Was zur Hölle ist passiert, Bill? Warum hast du die Pistolen nicht überprüft, bevor du sie verteilt hast? Da war eine echte Kugel drinnen. Jeder von uns könnte ihn erschossen haben."

„Ich sage es nochmal: Es kann keine von meinen Pistolen gewesen sein", sagte Bill. „Da waren nur Platzpatronen drinnen."

„Ich habe keine Ahnung, was wir ohne Dirk tun sollen." Rick dachte nach. „Ich kann ihn doch nicht einfach aus dem Drehbuch streichen. Er war der Star."

„Es muss einen Weg geben, alles in Ordnung zu bringen. Vielleicht können wir alte Szenen in den Film einbauen?"

Arianne ließ nicht von Bill ab. „Dieses Mal hast du es wirklich versaut, Bill. Diese Pistolen kamen von dir und niemandem sonst. Wie konntest du uns nur geladene Waffen geben? Überprüfst du sie denn nie, bevor du sie ausgibst"

Tante Pearl murmelte betreten: „Oh oh."

Umgehend drehte ich mich zu ihr. „Was hast du gemacht?" Was, wenn der tödliche Schuss auf einen fehlgeschlagenen Zauber zurückzuführen war? Tante Pearl war keine, die ihre Fehler zugab, nicht einmal, wenn so etwas Tragisches passierte. Hexerei oder nicht, Bill würde wohl seinen Job verlieren. Dann würde Tante Pearl ihn sich angeln und dabei noch mehr Unheil anrichten.

Allerdings würde es ohne Dirk auch keinen Film geben und wie groß standen daher die Chancen, dass Tante Pearl bekam, was sie wollte?

Gleich Null.

„Ich verstehe das alles nicht. Ich habe die Waffen überprüft." Bill funkelte Tante Pearl an, sagte aber nichts. Er schien sich dasselbe zu denken wie ich: Vielleicht war Tante Pearl einen Moment lang unaufmerksam gewesen, während sie auf die Requisiten aufpasste. Oder vielleicht war noch etwas Schlimmeres vorgefallen.

Arianne ließ sich erschöpft in einen Stuhl fallen. Sie weinte leise und hatte ihr Gesicht in den Händen vergraben. Steven und Rick standen einige Meter entfernt und sprachen miteinander. Rick wandte mir den Rücken zu, aber ich konnte an Stevens panischem Gesichtsausdruck erkennen, dass sie wohl gerade darüber sprachen, was sie als nächstes tun sollten.

Der Rest der Crew stand einige Meter entfernt und sprach mit gesenkter Stimme. Sie mutmaßten, was gerade passiert war und was als nächstes geschehen sollte.

Vor der Kamera war Dirk Diamond sehr beliebt gewesen, aber hinter der Kamera hatte er offenbar mehr Feinde als Freunde. Die Existenz jedes Einzelnen hier hing von Dirk ab, es ergab also keinen Sinn, dass jemand ihn umbrachte. Seine Berühmtheit war der einzige Grund, warum der Film Erfolg hatte. Was eine eilig gedrehte Fortsetzung hätte werden sollen, stand nun still. Ohne Dirk würde der Film vermutlich gar nicht gedreht werden. Das ließ wenige Verdächtige übrig. Wenn ihn jemand tot hatte sehen wollen, warum konnte er dann nicht warten, bis der Film im Kasten war? Außerdem würde es dann weniger Zeugen geben.

Tyler deutete auf eine Plane, die über ein halbes Dutzend Tische neben dem Food Truck gespannt worden war. „Alle müssen das Set räumen. Setzen Sie sich bitte alle da rüber. Cenny, sieh zu, dass niemand abhaut. Ich werde in ein paar Minuten die Aussagen aufnehmen."

Ich nickte und Steven hatte bereits allen Crewmitgliedern bedeutet, ihm zu folgen. Sie setzten sich an die Tische, ihre Blicke blieben jedoch auf uns gerichtet. Die meisten hatten das Ausmaß der Situation bereits erkannt. Die Männer, die an der Schießszene beteiligt gewesen waren, sahen fassungslos aus und hatten wohl erkannt, dass auch einer von ihnen das Opfer hätte sein können.

Ich hingegen war überzeugt, dass die Kugel von Anfang an für Dirk bestimmt gewesen war. Aber wie konnte ich das beweisen?

Bill war am Set geblieben. „Denk gar nicht daran, mir das anzuhängen. Meine Pistolen waren auf alle Fälle nur mit Platzpatronen geladen. Ich habe sie alle überprüft, bevor ich sie ausgegeben habe. So wie ich das immer mache."

„Was genau willst du mir sagen, Bill? Dass ich etwa diese Pistolen geladen habe?" Tante Pearl stand nun aufgebäumt vor Bill, ihre Hände hatte sie in die Hüfte gestemmt.

„Es ist zu früh für Mutmaßungen." Tylers Gesichtsausdruck blieb neutral, als er die Patronenhülsen studierte. „Irgendeine Waffe war geladen. Entweder es war eine Waffe aus den Requisiten oder eine Waffe, die jemand ans Set mitgebracht hat. Sind Sie sich sicher, dass Sie jede einzelne überprüft haben?"

„Natürlich bin ich mir sicher. Ich habe nicht einmal Patronen." Bill zeigte auf seine Requisiten. „Überprüfen Sie es doch selbst. Die Pistolen sind in der großen Holzkiste in einem Koffer."

„Das werde ich gleich tun."

Bill atmete hörbar erleichtert aus. Er blickte sehnsüchtig zum Food Truck, wo die anderen warteten. „Gut. Ich werde mir einen Kaffee holen."

Tante Pearl blickte Bill hinterher. „Er ist wirklich nachlässig."

Bill fuhr herum. „Das habe ich gehört. Du solltest mich am allerwenigsten beschuldigen, Pearl."

Tyler hielt seine Hand hoch und rief: „Bleiben Sie bitte hier, Bill. Ich habe noch weitere Fragen zu den Waffen."

„Lass gut sein." Tante Pearl hob ihre Hand. „Ich kann deine Fragen beantworten. Im Gegensatz zu Bill war ich ja die ganze Zeit hier."

„Ich habe mit Bill gesprochen. Zu dir komme ich später." In Tylers

Gesicht zeigte sich nun deutlich sein Frust. Er hatte schon genug zu tun, ohne dass Tante Pearl sich einmischte.

Ich funkelte Tante Pearl ebenfalls wütend an. Sie war keineswegs die ganze Zeit bei der Requisitenkiste gewesen, wie sie behauptete. Ich hatte gesehen, wie sie das Set mit Steven verlassen hatte, bevor die Schüsse fielen. Offensichtlich log sie, aber ich konnte auch nicht genau sagen, wann sie gegangen war.

Tyler bedeutete uns, ihm zu folgen und wir gingen hinüber zu Bills Lager. Er zeigte auf die Holzkiste mit den Requisiten. „Sie ist verschlossen. Hast du einen Schlüssel?"

Ich atmete erleichtert auf. Das Schloss bedeutete zumindest, dass Tante Pearl aus dem Schneider war. Man könnte natürlich magisches Aufbrechen in Betracht ziehen, aber sie hatte ja auch kein Motiv, einen Star umzubringen, den sie noch nie zuvor getroffen hatte.

Bill nickte. Er zog einen Schlüsselring aus der Tasche und reichte ihn Tyler.

Der zog sich einen Handschuh über, dann öffnete er die Kiste. Er hob den Deckel und blickte hinein, dann zog einen kleinen Koffer hervor. Dieser war ebenfalls verschlossen.

„Versuchen Sie es mit dem kleinen goldenen Schlüssel", sagte Bill.

Tyler öffnete den Koffer und blickte hinein. Das Innere war mit rotem Samt ausgekleidet, darin befanden sich sechs Ausbuchtungen für Pistolen. „Es gibt Platz für sechs Pistolen, aber nur fünf Waffen sind hier im Koffer."

„Das war schon so, als ich die Pistolen verteilt habe", sagte Bill. „Eine Pistole hat gefehlt."

„Das hätten Sie aber schon früher erwähnen können." Tyler nahm eine Waffe aus dem Koffer und musterte sie. Dann öffnete er die Trommel und blickte hinein. Dasselbe tat er mit jeder der anderen Waffen. „Wie Sie gesagt haben. Die Waffen sind nicht geladen."

Bill atmete hörbar erleichtert durch. „Jemand hat seine eigene Waffe mitgebracht."

„Wer hat einen Schlüssel zu dieser Kiste?", fragte Tyler.

„Nur Steven und ich. Er hat auch einen Schlüssel, falls ich meinen verliere." Bill nickte zum Food Truck, wo Steven bei den anderen stand.

„Es würde mich nicht überraschen, wenn du deinen Schlüssel verlierst", brummte Tante Pearl.

„Konzentrieren wir uns", sagte ich. Tante Pearl lenkte wieder einmal von der ganzen Untersuchung ab, dafür hatten wir keine Zeit.

Bill wurde wütend. „Du hättest doch auf alles aufpassen sollen, Pearl. Es ist deine Schuld genauso wie meine."

Ich zog Tante Pearl zu mir, gerade als sie zu einer Antwort ansetzen wollte. „Jetzt ist nicht der richtige Zeitpunkt für einen Streit, Tante Pearl. Lass ihm das letzte Wort."

Sie entriss mir ihren Arm und hielt Bill die Faust unter die Nase. „Ich lasse mich sicher nicht für deine Fehler einsperren!"

„Niemand geht hier ins Gefängnis." Es war genau wie in den Momenten vor einem Aufprall: Jeder wusste, dass das Unheil passieren würde, und niemand konnte es mehr verhindern. Aber ich war eine Hexe. Vielleicht konnte ich doch noch etwas ausrichten.

KAPITEL 9

Die ganzen Leute, die herumliefen und Sachen anfassten, machten mich wahnsinnig. Tyler konnte unmöglich alles im Auge behalten, nicht einmal mit meiner Hilfe. Also tat ich, was jede panische Freundin tun würde: Ich nahm das Ruder in die Hand.

Die Umstände ließen mir keine andere Wahl als einen Versteinerungszauber einzusetzen.

Ich kniff meine Augen zusammen und flüsterte die Worte, die ich in den *Perlen der Weisheit* gelesen hatte, Tante Pearls gigantischem Buch der Zaubersprüche. In diesem Moment bereute ich zutiefst, nicht mehr geübt zu haben, und hoffte, dass ich die Lage nicht noch schlimmer machte, als sie bereits war.

Meine Unsicherheit in Bezug auf meine Zauberkräfte hatte bereits einige kleine Schäden angerichtet. Des Öfteren hatte ich Zaubersprüche falsch durchgeführt, was vor allem darauf zurückzuführen war, dass ich eben zu sehr grübelte, ob ich alles richtig machte. Genau genommen, funktionierten meine Sprüche immer nur in Situationen wie diesen, wenn blitzschnelles Handeln erforderlich war. Ich hatte einfach keine Zeit, alles zu hinterfragen, auch wenn es halsbrecherisch erschien, meine übernatürlichen Kräfte ohne gründliches Denken einzusetzen.

Ich öffnete ganz langsam meine Augen und hoffte, dass mein Zauber gewirkt hatte. Was würde passieren, wenn ich ein Wort verdreht hätte? Aber zu meinem Erstaunen hatte es geklappt.

Jeder, sogar Tante Pearl, war versteinert. Zauberkraft war mein letztes Mittel gewesen, aber ich fand, der Einsatz war gerechtfertigt. Ich musste schließlich Bill und Tante Pearl in ihrem Zank unterbrechen, damit wir uns wieder auf die Ermittlungen konzentrieren konnten.

An diesem Tag hatte ich schon mehr Zaubersprüche als in einem ganzen Jahr gesprochen und es war noch nicht einmal Mittag. Wären wir hier nicht mit einer solchen Tragödie konfrontiert, hätte ich meine Leistungen vielleicht sogar kurz gefeiert. Aber jetzt blieb keine Zeit für Selbstlob.

Von Tante Pearl fiel der Zauber schon wieder langsam ab, er hatte an ihr nicht so gut wie an den anderen funktioniert.

Sie rieb sich den Kopf und sah verwirrt aus, ganz so, als ob sie an einem merkwürdigen Ort aufgewacht war. Sie starrte mich an. „Was zum Henker geht hier vor? Hast du gerade…"

„Dich verhext? Ja. Tut mir leid, aber du hast mir keine Wahl gelassen." Ich blickte mich um und war froh, dass die gut fünfzig Leute noch immer versteinert an ihrer Stelle standen. Zaubersprüche wirkten auf jeden anders und irgendwie hatte Tante Pearl eine Resistenz dafür entwickelt. Vermutlich weil sie als Kind ständig mit Tante Amber geübt hatte.

Sie verzog das Gesicht, als hätte sie gerade in eine Zitrone gebissen. „Dann hast du ja doch noch etwas von mir gelernt."

Zauberei ohne Übung konnte gründlich in die Hose gehen. Ein schlecht gesprochener Spruch war schon schlimm genug, aber noch schlimmer waren die unbeabsichtigten Konsequenzen. Die konnten nicht immer zurückgenommen werden. Ein Grund, warum ich sie nur sehr zögerlich einsetzte.

Tante Pearl war nun wieder vollständig erwacht und klatschte vergnügt in die Hände, als sie all die Leute um sich herum in ihrer versteinerten Pose sah. „Sehr gut gemacht, Cenny. Siehst du, was möglich ist, wenn du dich anstrengst?"

„Nur damit wir eines klarstellen, du musst sofort deinen Streit mit Bill beenden, okay? Lass den Sheriff seine Arbeit machen und dann kommt alles in Ordnung. Es gibt keinen Grund, dich mit Bill anzulegen."

„Sheriff Gates?", schnaubte Tante Pearl. „Der hat es doch auf mich abgesehen. Mir soll was angehängt werden und ich muss mich verteidigen."

Ich blickte zu Tyler, der regungslos neben Bill stand. „Hier geht es nicht um dich, Tante Pearl. Bitte sei wenigstens einmal kooperativ. Für das Wohl der Stadt." Aus dem Augenwinkel erkannte ich eine Regung. Einige Leute begannen sich zu bewegen, auch Bill. Der Zauber war vorbei.

Bill schüttelte den Kopf und blickte sich verwirrt um, bevor er sich wieder Pearl zuwandte. „Und noch ein Wort von dir und ich lasse dich vom Set werfen!"

„Ach ja?" Tante Pearl stand nur Zentimeter von Bill entfernt und stemmte die Hände in ihre knochigen Hüften.

Ich funkelte sie zornig an. „Tante Pearl, wir haben keine Zeit…"

„Okay, das reicht." Bills Gesicht leuchtete rot. „Du bist gefeuert. Fort mit dir!"

„Steven hat mich eingestellt. Du hast keine Befugnis…", erwiderte Tante Pearl.

„Aufhören, beide!", rief ich. „Niemand geht hier irgendwohin, ohne dass es der Sheriff erlaubt!" Ich spürte die Blicke auf mir, jeder schien nun wieder bei Bewusstsein zu sein.

Tyler sah uns ebenfalls verwirrt an. „Habe ich etwas verpasst? Ich dachte, wir sprachen gerade über die Pistolen."

Ich drehte mich zu ihm und zuckte mit den Schultern. „Wir kamen wohl vom Thema ab."

Aber Tyler hörte nicht zu. Er stellte den kleineren Koffer auf Bills Arbeitstisch, beugte sich darüber und griff dann in die Requisitenkiste. „Moment mal. Hier auf dem Boden dieser Kiste ist noch etwas anderes. Warum war diese Pistole nicht in dem Koffer?" Er richtete sich wieder auf und hielt eine Waffe in die Höhe, die identisch mit den anderen war.

Bill runzelte die Stirn. „Das ist ja die vermisste Pistole. Wie ist die zurück in die Kiste gekommen? Da war vorher bestimmt noch nichts drinnen."

„Sind Sie sich da sicher?" Tyler runzelte die Stirn. „Mich beunruhigt immer noch, dass Sie uns nicht von Anfang an davon erzählt haben."

„Ich dachte nicht, dass es wichtig ist. Es bedient sich ja auch jeder selbst an meinen Sachen. Außerdem gibt es noch einen zweiten Schlüssel. Meine Requisiten verschwinden immer wieder, also war es keine große Sache. Manchmal ist es echt unmöglich, meine Arbeit zu machen." Bill schüttelte den Kopf und deutete dann auf die Waffe. „Lassen Sie mich mal sehen."

Tyler hielt sie vor ihm in die Höhe. „Sie können Sie ansehen, aber nicht anfassen. Sie wollen doch keine Beweise vernichten, oder?"

Bill senkte seine Hand und musterte die Waffe mit zusammengekniffenen Augen. „Das ist auf jeden Fall meine Waffe. Auf dem Lauf ist meine Gravur. Ich verstehe immer noch nicht, wie sie da rein gekommen sein soll." Er war nun noch blasser und schwitzte heftig.

„Vielleicht haben Sie sie hineingelegt und darauf vergessen." Tyler roch an der Waffe. „Das Problem ist allerdings… sie wurde kürzlich abgefeuert."

Bill kratzte sich am Kopf. „Das ist unmöglich. Ich habe heute Morgen die Kiste geleert. Da waren definitiv keine Pistolen drinnen. Sie war auch nicht in der Waffenkiste in meinem Trailer, jemand muss sie also vor Drehbeginn an sich genommen haben."

„Vielleicht haben Sie sie übersehen?" Tyler zog die Augen zusammen. „Wo waren Sie, als die Schüsse abgefeuert wurden?"

„Genau hier", sagte Bill. „Ich habe die Pistolen verteilt und habe dann den Koffer in der Requisitenkiste verstaut."

„Und Sie behaupten immer noch, dass die Kiste zu keinem Zeitpunkt unbeaufsichtigt war? Nicht einmal für eine Minute?"

„Nun… vielleicht für fünf Minuten, als ich eine rauchen war. Aber Pearl war die ganze Zeit hier. Richtig, Pearl?"

Tante Pearl nickte. „Ich habe die Kiste nie aus den Augen gelassen. Ich habe mit Sicherheit niemanden gesehen."

Bill deutete hinüber zum Food Truck. „Ich muss mit Steven sprechen. Holen Sie mich, wenn Sie mich brauchen."

Tyler, Tante Pearl und ich blickten ihm schweigend hinterher.

Dann drehte sich Tyler zu Tante Pearl. „Hast du während des Drehs irgendetwas gesehen oder gehört, Pearl? Irgendjemand, der außer den Schauspielern am Set war, oder sonst irgendetwas?"

„Nein, außer dass Steven um die Requisiten schlich." Sie runzelte die Stirn. „Er schien geradezu darauf zu warten, dass ich mal verschwand. Er wirkte nervös."

„Wie war das genau?" Tyler zog sein Notizbuch heraus. „Wann war Steven hier?"

„Während der Szene mit der Schießerei." Jetzt blickte Tante Pearl zu mir. „Cenny war auch hier."

„Ich habe Steven hier nie gesehen. Er stand immer dort drüben." Ich bedeutete an die Stelle, wo Steven und Tante Amber vorher gestanden hatten. „Er und Amber stritten sich vor der Schießerei."

„Taten sie das auch noch, als die Schüsse fielen?", fragte Tyler.

„Ich weiß es nicht. Ich habe Tante Amber auf jeden Fall das Set verlassen gesehen. Was Steven angeht, ich hatte ihn nicht die ganze Zeit im Auge. Ich erinnere mich erst wieder an ihn, als ich ihn mit Tante Pearl sah." Ich blickte zu meiner Tante und suchte nach Bestätigung. „Sie gingen gemeinsam über die Straße."

Tante Pearl nickte. „Gleich danach kam Steven herüber, als Cenny und ich bei den Requisiten standen."

„Daran erinnere ich mich nicht." Ich schüttelte den Kopf. „Ich habe nur dich daneben gesehen. Ich bin mir sicher, ich habe Steven nicht in der Nähe gesehen. Außerdem habe ich mit Sicherheit niemanden gesehen, der die Kiste auf- oder zusperrte." Tante Pearls Aussagen passten überhaupt nicht mit meiner Erinnerung zusammen. Irrte sie sich oder versuchte sie, Tyler in die Irre zu führen?

Tante Pearl schien meine Gedanken zu lesen und zeigte mit dem Finger auf mich. „Du warst doch viel zu sehr auf den Dreh konzentriert. Zumindest solltest du den Schützen gesehen haben. Oder warst du in Gedanken wieder bei deinem Freund?"

Ein Lächeln zeichnete sich auf Tylers Lippen ab. „Sprechen wir mal darüber. Kannst du uns von der Szene genau erzählen, Cenny? Wer war Dirk zugewandt?"

„Ich weiß es nicht… alles ging so schnell. Da war eine große Staubwolke und viel zu viele Leute in der Szene, ich konnte nichts richtig erkennen", gab ich zu. „Vielleicht sehen wir ja auf dem Band etwas."

„Gute Idee", meinte Tyler. „Das werden wir überprüfen."

„Wirst du denn Steven nicht verhaften?", fragte Tante Pearl. „Oder Bill? Ich glaube, die beiden stecken unter einer Decke."

Tante Pearl hatte eine solche Abneigung gegen Sheriff Gates, dass sie ständig versuchte, ihm eins reinzuwürgen. Vielleicht tat sie das gerade wieder. Aber dafür war jetzt wirklich nicht der richtige Zeitpunkt. Ein Mann war gestorben und ein Mörder lief frei herum.

„Das ist doch ein bisschen verfrüht. Ich sammle immer noch Beweise." Dann drehte sich Tyler wieder zu mir. „Was hast du noch gesehen?"

Ich blickte hinüber zu den Tischen am Food Truck und lies meinen Blick zu Steven wandern. Er sprach mit einigen Kameraleuten, aber immer wieder blickte er zu uns herüber.

Ich erzählte, was ich gesehen hatte. „Ich beobachtete den Dreh, aber ich war abgelenkt von Steven und Tante Amber, die sich stritten." Ich zeigte mit der Hand ungefähr in die Richtung, in der sie gestanden hatten. „Ich hörte die Schüsse, dachte mir aber nichts dabei, bis Dirk nicht mehr aufstand. Ich bin davon ausgegangen, dass das alles zum Film gehört."

„Wie viele Schüsse wurden abgefeuert?", fragte Tyler.

„Ich erinnere mich nicht… vielleicht ein Dutzend?" Wie peinlich. Ein Mann war vor meinen Augen erschossen worden und ich konnte mich nicht einmal an die einfachsten Details erinnern. „Ist das denn wichtig? Ich meine, die meisten davon waren doch Platzpatronen."

Als eine weibliche Stimme neben mir ertönte, zuckte ich zusammen.

„Kann ich jetzt zurück in meinen Trailer?" Arianne Duvals Gesicht war mit Mascara verschmiert. Sie zitterte unkontrolliert, trotz des warmen Wetters.

„Ich muss Ihnen noch ein paar Fragen stellen, bevor Sie gehen", sagte Tyler. „Ist Ihnen während der Szene etwas Ungewöhnliches aufgefallen?"

Arianne schüttelte den Kopf. „Nicht am Set. Aber Bill hat mir meine Waffe nicht wie üblich gegeben. Ich musste hierher kommen und sie mir in letzter Minute holen."

Tyler zog eine Augenbraue nach oben. „Wo holen?"

„Hier aus der Requisitenkiste." Sie senkte die Stimme. „Bill ist so unzuverlässig. Er schleicht sich immer weg um zu trinken und ich war verärgert, weil niemand hier war. Deshalb habe ich mir selbst eine Pistole aus der Kiste gefischt."

„War die Kiste unverschlossen?", fragte Tyler.

Arianne nickte. „Das ist sie oft."

Bill, der gerade zurückgekehrt war, begann zu schimpfen.

Ich blickte alarmiert zu Tante Pearl. Irgendjemand log hier. „Tante Pearl, bist du dir sicher, dass du die ganze Zeit hier warst?"

Tante Pearl rollte mit den Augen. „Okay, vielleicht war ich für eine Minute weg. Bill rief mich vom Trailer aus an. Er meinte, ich sollte einen Sattel suchen, der am Set vergessen worden war."

Das musste vor meiner Ankunft passiert sein. Aber ich hatte doch gesehen, wie Bill die Pistolen verteilte. Ich wandte mich an Arianne: „Wann haben Sie Ihre Waffe erhalten?"

Arianne blickte zu Bill. „Das war vielleicht fünf Minuten vor Drehbeginn. Ich sah, dass bereits jeder außer mir eine Waffe hatte. Deshalb bin ich hierhergelaufen. Bill hat meine sicher wieder vergessen, so wie jedes Mal."

Bill schüttelte den Kopf.

Falls Arianne seine Geste bemerkte, so zeigte sie es nicht. „Ich nahm mir eine Waffe aus der Kiste und lief zurück, dann drehten wir die Szene." Plötzlich erschrak sie. „Habe ich die Kugel abgefeuert, die Dirk getötet hat?"

Tyler antwortete nicht. Stattdessen drehte er sich zu Bill. „Stimmt das? Ihre Kiste war unverschlossen?"

„Wenn sie das war, dann war es nicht meine Schuld... diese verdammten Drehbuchänderungen. Alle fünf Minuten wollte Dirk irgendwas anderes haben. Und das waren nicht irgendwelche Kleinigkeiten. Er hat aus dem Messerkampf nicht nur eine Schießerei gemacht, sondern hat auch noch ein Pferd in das Drehbuch geschrieben. Können Sie sich das vorstellen… ein Pferd? Ich musste einen Sattel aus dieser Zeit finden und natürlich ein Pferd, bevor die nächste Szene gedreht wurde. Ich kann doch nicht an zwei Orten gleichzeitig sein! Und trotzdem wird mir die Schuld gegeben, wenn hier irgendetwas schief häuft."

„Hör auf, andere zu beschuldigen, Bill." Arianne drohte ihm mit der Faust. „Du musst dich nur um die Requisiten kümmern. Wie schwer kann das schon sein?"

Bill verdrehte die Augen. „Als ich sah, dass eine Waffe fehlte, hatte ich keine Zeit mehr. Ich dachte mir, dass es sowieso niemand bemerkt."

Arianne war wütend. „Und du bist einfach davon ausgegangen, dass ich nicht so wichtig wie die anderen bin?"

Bill ignorierte sie. „Ich ging davon aus, dass Dirk das Drehbuch sowieso wieder ändern würde. Ich verstehe nur nicht, wie die sechste Waffe in die Kiste kommen konnte, ohne dass es jemand bemerkte"

Tyler warf mir einen vielsagenden Blick zu.

Er dachte dasselbe wie ich: Bill, Arianne, Tante Pearl, einer von den Dreien log, vielleicht sogar alle drei.

Der Dreh und somit auch unser schönes Geld war gerade dabei, sich in Luft aufzulösen… und es gab nichts, was ich dagegen tun konnte.

KAPITEL 10

Tyler brauchte meine Hilfe, ob es ihm nun bewusst war oder nicht. Zumindest teilweise war hier Zauberkraft im Spiel und ich machte mir wirklich Sorgen, dass sich Tante Pearl an den Waffen zu schaffen gemacht hatte. Ob beabsichtigt oder nicht, die Konsequenzen waren real. Was, wenn ihre Handlungen die Spuren zum Täter verwischten?

Oder noch schlimmer: Was, wenn ihre Handlungen überhaupt erst zu Dirks Tod geführt hatten?

Ich blickte zu Tyler, der nun gegenüber dem Kameramann saß, einem grauhaarigen, schwergewichtigen Kerl um die 50. Bislang schien jede Befragung nur noch mehr Unklarheiten über die Waffen aufzuwerfen. Statt neuer Spuren schienen alle Aussagen wieder auf Bill und Tante Pearl sowie ihre widersprüchlichen Angaben zu deuten. Wir waren keinen Schritt weiter.

Ich spitzte meine Ohren und schnappte Bruchstücke der Unterhaltung auf. Der Mann erzählte von den Sekunden vor dem Schuss und Tyler machte sich Notizen. Er hatte die Erstbefragung der meisten Crewmitglieder abgeschlossen, nur noch wenige Aussagen fehlten.

Der Platz vor der Bank, wo Bill erschossen worden war, war nun mit gelbem Polizeiband abgesperrt. Arianne hatte wieder zurück in ihren Trailer dürfen. Die Befragungen hatten ergeben, dass sie immer am Set war, aber der Flugbahn der Kugel nach konnte sie ihm nicht in die Brust geschossen haben. Auch wenn niemand komplett als Täter ausgeschlossen werden konnte, die Augenzeugen bestätigten Ariannes Position während des Drehs. Die tödliche Kugel stammte nicht aus ihrer Waffe.

Tante Pearls Stimme wurde immer lauter. „Warum hast du niemandem von der fehlenden Waffe erzählt, Bill? Wenn du mich fragst, lässt dich das sehr verdächtig aussehen. Vielleicht hast du ja Dirk getötet und vertuschst es jetzt."

„Dich hat niemand gefragt", entgegnete Bill.

„Nun, es wird Zeit, dass es jemand tut." Tante Pearl schnaubte. *„Wenn du mich fragst,* verschwendet Sheriff Gates wertvolle Zeit. Du hast mir selbst erzählt, dass du Dirk Diamond nicht ausstehen kannst. Dem Sheriff hast du das aber nicht gesagt. Du verheimlichst doch etwas."

„Mach dich doch nicht lächerlich. Ich gebe zu, ich habe Dirk gehasst, vor allem die Art, wie er mit Steven umgesprungen ist. Aber ihn zu töten wäre doch so, als lege man die Gans um, die goldene Eier legt. Wir sind doch jetzt alle unseren Job los." Er warf die Arme in die Luft. „Außerdem bin ich nicht der Einzige, alle haben ihn gehasst. Aber ohne Star kein Film."

„Ich wette, ich könnte jemanden auftreiben. Ein unentdecktes Talent, der nicht gleich Gott und die Welt fordert", sagte Tante Pearl. „Allerdings müsste ihm wohl eine Gefahrenzulage bezahlt werden. Offensichtlich ist die Lebenserwartung von Schauspielern derzeit gering."

Hier zumindest stimmte ich Tante Pearl zu. Sowohl Rose Lamonts als auch Dirk Diamonds Tod waren mehr als verdächtig.

Bill schnaubte. „Der ganze Dreh ist unorganisiert. Zuerst ändern wir den Drehort in letzter Sekunde und dann diese ganzen Drehbuchänderungen. Ich habe die verschwundene Waffe nicht erwähnt, denn die Schauspieler scheinen ja sowieso immer unantastbar zu sein. Was immer sie auch tun, nie bekommen sie Ärger dafür. Niemand hält sich hier an die Regeln."

Noch immer hatte niemand die Verlegung des Drehortes von Hollywood nach Westwick Corners erklärt. Ich bezweifelte zwar, dass es etwas mit dem Mord zu tun hatte, aber in einer Kleinstadt ließ sich eine solche Tat gewiss besser vertuschen.

„Die Änderung von einem Messerkampf auf eine Schießerei wirkt mir recht drastisch. Sind die Drehbuchänderungen immer so extrem?", fragte ich.

Bill verdrehte die Augen. „Dirk lässt ständig alles umschreiben. Aber wenn ich mich aufrege, bekomme ich Ärger. Ich mache keine große Sache daraus, ich kann es mir nicht leisten, gefeuert zu werden. Steven ist meine letzte Chance, er ist der Einzige, der mich noch anheuert."

„Ich verstehe gut, warum er deine letzte Chance ist", sagte Tante Pearl. „Steven hat ein weiches Herz. Sonst würde es doch niemand lange mit dir aushalten. Du schleichst dich immer raus zum Trinken."

„Ich bin eine rauchen gegangen, okay? Noch mehr solche Bemerkungen und ich schmeiß dich raus. Nur Steven zuliebe bist du noch da."

Tante Pearl schnaubte. „Ich tue wohl eher dir einen Gefallen. Sogar ein betrunkenes Ich ist besser als ein nüchternes Du. Ich würde den Job viel besser machen."

Darüber ließ sich streiten, denn immerhin hatte Tante Amber Pearl den Job über Steven verschafft. Sollte der Dreh unerwartet doch fortgesetzt werden, würde Tante Pearl bestimmt auch ihren Job verlieren, nachdem Tante Amber nicht mehr mit Steven sprach.

Bill streckte seine Hand abwehrend aus, als wollte er Tante Pearl von sich fernhalten. „Denk nicht einmal daran oder du wirst es bereuen."

„Drohst du mir etwa?" Tante Pearl stemmte die Hände in die Hüften und bäumte sich auf.

„Tante Pearl, hör auf!"

„Geh besser mal davon aus, dass ich dir drohe." Bill hielt Tante Pearl die Faust unter die Nase. „Hau besser ab, sonst schieß ich dir noch eine dieser Kugeln hinterher."

Plötzlich schoss neben uns eine zwei Meter hohe Feuerwand in die Höhe. Ich schützte meine Augen vor dem gleißenden Licht und trat zurück.

„Was zum…“ Bill wich vor den Flammen zurück. „Es ist noch schlimmer, als ich dachte. Du willst uns alle umbringen.“

„Du hast ‚feuern‘ gesagt. Ich habe das nur optisch untermalt.“ Tante Pearl klimperte mit den Wimpern. „Du solltest dich genauer ausdrücken.“

Bills Gesicht war vor Ärger dunkelrot angelaufen.

Gerade rechtzeitig konnte ich ihn noch aufhalten. „Aufhören. Beide. Helft mir, das Feuer auszumachen.“ Der Schweiß lief mir über das Gesicht, ich griff nach der Holzkiste und zog sie von den Flammen weg. „Jetzt ist keine Zeit für Spielereien, Tante Pearl. Deine Tage bei den Spezialeffekten sind endgültig gezählt.“

„Aber ich bin wirklich gut darin.“ Sie schmollte.

„Mach das sofort aus!“ Ich konnte keinen weiteren Hexenspruch sprechen, in der Hitze des Gefechts fiel mir keiner ein.

„Du willst, dass ich zaubere?“

Bevor ich antworten konnte, kam Tyler mit einem großen Behälter aus einem Wasserspender hergeeilt und entleerte den Inhalt über den Flammen. Wir alle brachen in Husten aus, als uns der Rauch in den Rachen stieg.

„Danke“, sagte Bill.

Tyler schüttelte den Kopf und eilte dann zurück zu dem Mann, den er gerade befragte.

Tante Pearl grub uns ein immer tieferes Loch. Ich hoffte nur, dass Brayden die Flammen vom Rathaus aus nicht bemerkt hatte. Steven Scarabelli bereute es mit Sicherheit bereits, hierhergekommen zu sein, und würde nie wieder einen Fuß in diese Stadt setzen.

„Mach einfach weiter, Bill. Mir ist egal, ob du mich gefeuert hast“, sagte Tante Pearl. „Ich eröffne meine eigene Firma für Spezialeffekte und dann sorge ich dafür, dass du in dieser Stadt nie wieder Arbeit finden wirst.“

„Mir doch egal“, schnaubte Bill. „Ich kann es kaum erwarten, aus dem Kaff wegzukommen. Niemand in der Filmindustrie wird jemals mit dir arbeiten wollen, das garantiere ich dir.“

„Schließ heute Nacht besser ab." Tante Pearl grinste boshaft. „Andererseits, lass gut sein. Ich habe schließlich einen Schlüssel zu deinem Zimmer. Nicht dass ich Schlüssel bräuchte, um irgendwo reinzukommen."

„Was soll das schon wieder bedeuten?", rief Bill wütend. „Du bist also diejenige, die sich an meinen Requisiten zu schaffen gemacht hat? Ich wusste es!"

„Tante Pearl, hör auf", flüsterte ich und zog sie zur Seite. „Willst du dich jetzt selbst belasten?" Es würde nicht ausreichen, Tante Pearl den Generalschlüssel des Inns wegzunehmen, damit Bill vor ihr in Sicherheit war. Ich musste sie irgendwie ablenken, damit sie den Streit mit ihm vergaß. „Ich brauche deine Hilfe."

Sie verzog ihre Unterlippe zu einem Schmollmund. „Jeder behauptet immer, er braucht meine Hilfe, aber dann ist es immer nur langweilig. Amber hat mich doch absichtlich bei Bill abgestellt, damit sie mich aus dem Weg hat."

„Genau deshalb brauche ich dich. Ich will, dass du mit Amber sprichst und herausfindest, welchen Zauberspruch sie verwendet hat, um den Dreh nach Westwick Corners zu holen." Ich blickte hinüber zu Tyler. Er würde bestimmt keine Hilfe von meiner Familie wollen, denn meine Tanten bedeuteten ständig Ärger. Aber er brauchte jede Hilfe, die er kriegen konnte, wenn er gegen Bürgermeister Brayden Banks ankommen wollte.

„Warum die Mühe? Wir haben doch schon die Waffe, die abgefeuert wurde." Tante Pearl zeigte auf Bill. „Wir wissen doch beide, dass Bill es getan hat. Er ist viel zu dumm, um seine Spuren zu verwischen und mit einem Mord davonzukommen."

Bill stand außer Hörweite, schien aber trotzdem den Inhalt unserer Unterhaltung erraten zu können. Zur Antwort zeigte er Tante Pearl den Finger.

„Ja, es stimmt, Bill ist ein schlechter Lügner und nicht besonders gut in seinem Job. Seine Geschichte ist verdächtig, aber die Waffe alleine reicht nicht aus. Überlass das mal mir. Ich brauche deine Talente bei etwas anderem. Ich muss wissen, wie Tante Amber es geschafft hat, dass *Überfall zu High Noon* überhaupt in Westwick Corners gedreht wurde?"

„Du willst also, dass ich gegen meine eigene Schwester ermittle? Ich bin doch nicht Big Brother. Oder Big Sister." Tante Amber malte Anführungszeichen in die Luft.

„Soll es etwa jemand anderes tun?"

Tante Pearl schüttelte den Kopf. „Ich bezweifle, dass Dirk durch Zauberei getötet wurde. Aber sogar wenn Amber es versemmelt hat, sie hatte sicher nie vor, jemanden umzubringen."

„Ich weiß nicht, was passiert ist und wer die Schuld an all dem trägt, aber ich weiß, dass der Dreh irgendwie mit Zauberkraft hierher verlegt wurde. Wir müssen wissen, was real ist und was nicht, ansonsten könnten die Ermittlungen in die falsche Richtung führen."

„Du meinst, Sheriff Gates könnte in die falsche Richtung ermitteln." Tante Pearl schnaubte. „Der Sheriff würde einen Mörder doch nicht einmal erkennen, wenn er direkt vor ihm steht. Warum sollte ich ihm helfen?"

„Tu es für mich, Tante Pearl." Ich drückte sie etwas fester am Arm, als es notwendig gewesen wäre. „Und beeil dich, wir haben keine Zeit zu verlieren."

Ich hoffte nur, dass es noch nicht zu spät war.

Tyler und ich blickten Tante Pearl hinterher, die sich auf die Suche nach Tante Amber machte. Kaum war sie weg, kam auch schon Brayden Banks auf uns zugelaufen, sein Gesicht vor Wut rot angelaufen.

„Oh, oh", sagte Tyler. „Da kommt Ärger auf uns zu."

Ich nickte Brayden höflich zu, aber er wich meinem Blick aus. Unsere Trennung lag schon einige Monate zurück, aber in so einer Kleinstadt lief man sich oft über den Weg, egal wie sehr wir versuchten, es zu vermeiden. Und es war nicht gerade hilfreich, dass mein neuer Freund Braydens Untergebener war. Für mich war es schon schwer, aber für Tyler musste es schlimmer sein.

Brayden ließ seinen Blick über das Set schweifen, bevor er Tyler von oben bis unten musterte. „Den Mörder von Dirk Diamond zu finden hat absolute Priorität. Ich will, dass Sie um sich nichts Anderes kümmern. Der Fall sollte schon gelöst sein."

„Ich bin dran", sagte Tyler.

Brayden schüttelte langsam den Kopf, ganz so wie ein Vater, der von seinem Sohn enttäuscht war. „Ich sehe hier nicht, dass viel vorangeht. Sie wissen doch gar nicht wo anfangen, oder?"

„Nun, wir haben bereits einige gute Spuren..."

„Spuren?", schnaubte Brayden. „Sie sollten den Mörder bereits gefasst haben!"

Brayden Banks einzige Motivation war es, sich selbst und Westwick Corners gut dastehen zu lassen. In genau dieser Reihenfolge. Der Mord an einem Hollywoodstar war für ihn ein Ticket nach oben. Aber nur, wenn der Fall gelöst werden würde. Dann würde er natürlich den ganzen Ruhm für sich einheimsen.

Tyler ließ sich nicht beirren. „Die Autopsie wird morgen abgeschlossen sein und ich habe die Liste der Verdächtigen eingegrenzt."

„Muss ich eigentlich Ihren Job machen, Sheriff Gates? Scarabelli ist der Täter. Das sieht doch jeder." Braydens angedeutetes Lächeln zeigte mir, dass er es trotz der Umstände genoss, Tyler in aller Öffentlichkeit zu belehren.

Tyler setzte zu einer Erwiderung an, besann sich dann aber eines Besseren.

„Haben Sie ihn bereits befragt?" Brayden klopfte ungeduldig mit dem Fuß auf den Boden, wodurch sich eine Staubschicht über seine italienischen Kalbslederschuhe legte.

Tyler schüttelte den Kopf und sagte leise: „Scarabelli ist der nächste auf meiner Liste."

Ich verspürte das Bedürfnis, Tyler zu verteidigen. „Er hat bereits die vermeintliche Mordwaffe gefunden. Die Spurensicherung muss sie noch untersuchen."

„Dich hat niemand gefragt", bellte Brayden.

Tyler presste seinen Mund zu einer dünnen Linie zusammen, er hielt sich offensichtlich zurück.

„Warum haben Sie Scarabelli nicht sofort befragt?", wollte Tyler wissen. „Es heißt, dass er und Diamond Probleme wegen des Vertrages hatten. Also hat Scarabelli ihn umgebracht. Das löst nicht nur das Vertragsproblem, sondern er kassiert auch noch das Geld von der Versicherung. Nur für den Fall, dass Ihnen das nicht klar war."

„Steven Scarabelli hat eine Versicherung auf Dirk abgeschlossen? Das glaube ich nicht!" Ich dachte an Tante Pearls Aussage, dass Steven neben der Requisitenkiste gestanden sei. Das würde ihn an den Tatort bringen. Aber ich hatte ihn dort nicht gesehen und ich stand

immerhin genau daneben. Entweder irrte sich eine von uns beiden…
oder log.

Brayden schüttelte den Kopf. „Du bist so naiv. Scarabelli wusste,
dass Dirk Schwierigkeiten machen würde, vielleicht sogar aus dem
Film aussteigen würde. Er hat eine Versicherung auf seine Hauptdarsteller abgeschlossen. Dann hat er Dirk umgebracht, um das Geld zu
kassieren. Außerdem musste er sich dann nicht mehr mit seinem
launischen Star herumschlagen, er müsste nicht einmal den Film
beenden. Er hat sich somit seinen Lebensabend finanziert."

Ich dachte an Rose Lamonts plötzlichen Tod. Vielleicht wollte
jemand das Paar tot sehen, aber Steven Scarabelli erschien mir nicht
gerade ein guter Verdächtiger zu sein. Die Fortsetzung eines Block-
busters würde doch gewiss mehr einspielen als die Auszahlung der
Versicherung. Ja, es war offenbar schwierig mit Dirk zu arbeiten, aber
ohne ihn würde es für Steven gewiss noch schwieriger sein. Ohne
seine Stars gab es keine Fortsetzung und es war offensichtlich, dass
Steven seinen Job liebte. Ich konnte mir nicht vorstellen, dass er
irgendetwas tat, was den Film gefährden würde. Und jeder schien ihn
zu mögen.

Jeder außer Dirk.

Jemand seufzte neben mir. Es war Tante Amber, die an Tante
Pearls Arm hing.

„Ist es wahr? Dirk ist wirklich tot?" Ihre Augen waren vom Weinen
rotgefärbt und die Mascara war verschmiert. „Was passiert nun mit
dem Film?"

„Bis auf weiteres ist der Dreh eingestellt", sagte Tyler. „Hier läuft
ein Mörder herum."

Tante Amber legte die Hand auf ihre Brust. „Ach herrje, ich bin
doch die weibliche Hauptrolle. Vermutlich bin ich die nächste. Zuerst
Rose, dann Dirk. Ich brauche Polizeischutz, mein Leben ist in
Gefahr!"

Brayden verdrehte die Augen.

„Du bist in Sicherheit, Amber", sagte Tyler. „Das verspreche ich
dir."

Brayden schnaubte nun, sagte aber nichts.

„Du wurdest gefeuert, erinnerst du dich? Du bist nicht mehr Teil des Films." Die Worte waren mir einfach so herausgerutscht.

Tante Amber riss den Mund auf. „Du hast es also bereits gewusst? Cenny, du bist noch schlimmer als Steven. Du, mein eigen Fleisch und Blut, hast mich betrogen. Ich dachte, Steven wäre mein Freund, aber er hat mich nur ausgenutzt."

„Es tut mir leid, Tante Amber. Ich habe es gehört, bevor Steven mit dir gesprochen hat." Ich hatte versehentlich ihr Geheimnis ausgeplaudert und nun wusste jeder, dass sie gefeuert worden war. Ihr Ärger war verständlich, aber mit einem Mörder unter uns hatten wir keine Zeit für verletzte Gefühle.

Brayden sah Amber verwirrt an.

Tyler drehte sich zu ihm. „Woher haben Sie die Informationen über Scarabelli?"

„Ich habe Freunde bei der Staatsanwaltschaft in Los Angeles", sagte er. „Sie ermitteln seit Monaten gegen Scarabelli. Er ist tief verschuldet und steht kurz vor der Insolvenz. Seine Zukunft hängt von diesem Film ab."

Es bestand kein Zweifel, unsere Stadt würde bald von Hollywoodreportern überschwemmt werden, die Brayden die Aufmerksamkeit verschafften, nach der er sich sehnte. Und er würde jedes Detail der Ermittlungen an seine Verbindung bei der Staatsanwaltschaft in L.A. weiterleiten.

„Dann ergibt doch der Mord an Dirk Diamond keinen Sinn", sagte ich. „Der Film hätte Steven Scarabelli doch Millionen eingebracht. Warum sollte er seinen Star umbringen?"

Tante Amber seufzte. „Steven war verzweifelt, aber er würde niemanden umbringen. Nicht einmal für Geld. Ich weiß, dass sein Budget beschränkt ist, aber mit Dirks Tod erreicht er gar nichts. Der Film würde ihm viel mehr Geld einspielen. Er hatte nur kurzfristige Geldprobleme."

„Kein Wunder, dass du das wieder weißt!" Tante Pearl schnaubte. „Er konnte niemanden für eine geringe Gage finden, musste aber die Rolle unbedingt besetzen. Ich wusste doch, dass es da einen Haken gab."

„Zweifelst du etwa an meinem Talent?" Tante Amber stemmte die Arme in ihre Hüften.

Eilig stellte ich mich zwischen meine beiden Tanten. „Keine Zeit für einen Streit. Lasst uns alles daran setzen, den Mörder zu finden."

Tante Pearl zog die Augenbrauen zusammen. „Zuerst Rose Lamont und nun Dirk Diamond. Ich würde ja sagen, dass Brayden recht hat. Steven Scarabelli hat eine neue Einnahmequelle aufgetan. Du passt besser auf dich auf, Amber. Er hat sicher auch eine Police auf dich abgeschlossen."

„Das ist doch lächerlich! Steven ist vielleicht ein Dummkopf, aber kein Mörder!" Ein kurzer Zweifel schien sich auf Ambers Gesicht abzuzeichnen, aber dann setzte der Ärger ein. „Wenn er mich gefeuert hat, dann hat er doch gewiss keine Versicherung auf mich abgeschlossen."

„Vielleicht ist es ja egal, ob du in dem Film mitspielst oder nicht", grinste Tante Pearl.

„Natürlich ist es nicht egal!" Tante Ambers Stimme versagte, während sie sich die Tränen von den Wangen wischte. Es war schwer zu sagen, was sie trauriger machte: dass sie gefeuert wurde oder Stevens angebliches Motiv.

„Tante Pearl. Hör doch auf mit diesen Spekulationen. Das ist gefährlich." Ich bedeutete ihr zu schweigen. Brayden sollte nicht auf noch dümmere Ideen kommen.

„Scarabelli und Diamond sind in letzter Zeit häufig aneinander geraten. Es hieß, dass Diamond Scarabelli fallen lassen wollte. Irgendeine Kleinigkeit in einem Vertrag, oder so", sagte Brayden. „Scarabelli ist schwer verschuldet."

Das passte zu dem Streit, den ich mitangehört hatte, außer das mit dem Vertrag, denn Dirk hatte zu dem Zeitpunkt noch nicht unterschrieben. Offensichtlich kannte Braydens Quelle dieses Detail noch nicht.

„Ich werde es untersuchen", versprach Tyler.

„Sie tun besser mehr als das", sagte Brayden. „Ich will Scarabelli bis heute Abend verhaftet sehen. Ansonsten rufe ich die Washington State Police."

„Wir haben keine ausreichenden Gründe für eine Verhaftung", protestierte Tyler. „Wir müssen zuerst eine Untersuchung durchführen, bevor wir Schlüsse ziehen."

Tante Pearl hob eilig die Hand wie ein nervöser Erstklässler. „Was ist mit den Requis…"

Ich hielt ihr schnell eine Hand vor den Mund. „Lass gut sein."

„Es besteht Fluchtgefahr, Sheriff Gates", sagte Brayden bestimmt. „Entweder Sie verhaften ihn oder Ihr Nachfolger wird es tun."

Tyler setzte zu einer Antwort an, aber er besann sich eines Besseren. Er hielt inne und sagte schließlich: „In Ordnung. Ich werde bis heute Abend den Täter verhaftet haben. Sie haben mein Wort."

KAPITEL 12

Das Revier von Westwick Corners befand sich im Erdgeschoss des Rathauses und bestand aus drei Zimmern. Vier, wenn man die Gefängniszelle mitzählte. Ich saß alleine in einem der beiden Büros, die an den Verhörraum angrenzten. Meinen Blick richtete ich auf das große Glasfenster, das das Büro von dem Verhörraum trennte, in dem Tyler gerade Steven Scarabelli befragte. Ich sollte als Zeugin fungieren, falls Tyler vor Gericht Unterstützung brauchte. Stevens Befragung wurde aufgezeichnet, aber da die veraltete Videoausrüstung manchmal nicht funktionierte, war ich sozusagen der Notfallplan.

Inoffiziell assistierte ich Tyler auch, indem ich Notizen machte und die Körpersprache des Befragten beobachtete. Natürlich war ich keine Ermittlerin, aber als Journalistin war ich es gewohnt, auf Ungewöhnliches zu achten und auf das zu hören, was Menschen unter Druck manchmal preisgaben. So konnte ich schon oft das eine oder andere Geheimnis aufdecken und hoffentlich wäre das auch bei diesem Fall so. Tyler musste den Mord an Dirk schnell lösen, wenn er verhindern wollte, dass Brayden ihn feuerte. Er hatte in der Stadt hier keine anderen Aussichten auf einen Job und eine Fernbeziehung war das Letzte, was ich wollte.

Tyler und Steven saßen sich an dem Tisch gegenüber. Der Winkel der Kamera erlaubte einen klaren Blick auf Steven, der sich mit seinen Unterarmen auf dem Tisch abstützte. Er schien kooperieren und alle Fragen beantworten zu wollen. Tylers Profil war zu erkennen. Er war zurückgelehnt und ließ vor allem Steven sprechen.

Zunehmend frustriert versagte plötzlich Stevens Stimme. „Ich schwöre, ich war nie in der Nähe der Waffen oder Requisiten. Ihre Zeugin lügt."

Die Zeugin war Tante Pearl, die sich seit Scarabellis Verhaftung aus dem Staub gemacht hatte. Es war nun nach 16:00 Uhr. Die Uhr tickte und wir waren der Wahrheit noch keinen Schritt näher.

„Also gut. Erzählen Sie mir von Dirks Vertrag. Warum wollte er ihn nicht unterzeichnen?", fragte Tyler.

„Ich habe keine Ahnung. Ich gab ihm alles, was er wollte, und noch mehr", antwortete Steven. „Rückblickend war es beinahe so, als habe er von Anfang an vorgehabt, nie zu unterzeichnen. Er spielte ein Spiel mit mir. So als ob er auf Rache aus gewesen wäre oder so."

„Warum hätte er das tun sollen?"

„Boshaftigkeit?" Steven zuckte mit den Schultern, dann ließ er sich in den Stuhl zurückfallen, so als ob ihn das vor seinen Schwierigkeiten schützen könnte. „Ich möchte nichts Schlechtes über einen Toten sagen, aber es stimmt. Ich weiß nicht, warum er sich so verhielt. Ich war es schließlich, der Dirk ins Business gebracht hat und ich habe keine Ahnung, warum er mir schaden wollte."

„Sie sind nicht der mit dem größten Schaden. Dirk ist tot." Tyler lehnte sich nach vorne. „Vielleicht wollte Dirk aus dem Vertrag aussteigen und das gefiel Ihnen nicht."

„Nein… ich habe alle Zugeständnisse gemacht. Dinge, die ich normalerweise nie gewähren würde, wie eine hohe Beteiligung an den Einnahmen. Dinge, die ich mir eigentlich nicht leisten konnte. Aber ich tat es, weil ich keine andere Wahl hatte. Ich konnte doch nicht meinen größten Star verlieren."

„Vielleicht haben Sie in der Hitze des Gefechts Ihre Nerven weggeworfen. All diese unsinnigen Forderungen…" Tyler ließ den Satz im Raum stehen, während er Steven mit seinem Blick fixierte.

Steven streckte abwehrend seinen Arm aus. „Wir hatten unsere Differenzen, aber ich hatte nicht mehr Gründe ihn umzubringen als alle anderen. Außerdem bin ich immer noch vertraglich verpflichtet, Gehälter für einen Film auszuzahlen, den ich nun nicht länger drehen kann. Das war der Deal, denn sonst wäre niemand hier raus mitgekommen. Ich bin finanziell ruiniert! Wo soll ich nun einen Star finden, der genau so einen Hit landet wie Dirk? Er war schwierig im Umgang, aber glauben Sie, ich wollte ihn auf keinen Fall tot sehen."

Zwei Dinge waren mir über Steven Scarabelli klar geworden. Erstens, er besaß ein großes Talent, sich selbst zu belasten. Zweitens, er war unschuldig.

Ich notierte mir Stevens Aussagen. Die Gehälter für die Schauspieler und die Crew mussten zweifelsohne hoch sein. Wenn Steven die Wahrheit sagte, dann würde eine Auszahlung der Versicherung bestenfalls die offenen Rechnungen bezahlen. Eine Versicherungspolice war eher eine kluge Vorsehung als ein wirksames Mittel, um Geld zu verdienen.

Andererseits hatte Steven Scarabelli zwei Stars innerhalb weniger Tage verloren. Die zufällig auch noch miteinander verheiratet waren. Das war äußerst verdächtig. Rose Lamonts Tod wurde zwar auf eine natürliche Ursache zurückgeführt, aber trotzdem.

Ich sprang auf, als die Tür zum äußeren Büro geöffnet wurde. Bestimmt war es Brayden, der kam, um noch mehr Druck auszuüben.

Doch es war nicht Brayden.

KAPITEL 13

„Juhuuu… ist jemand hier?" Tante Ambers gekünstelt heitere Stimme schallte durch die Räume.

Ich stöhnte. Das hatte uns gerade noch gefehlt… übernatürliche Einmischung von einem Möchtegern-Star.

Die Tür wurde geöffnet. „Cenny! Ich kann es immer noch nicht fassen, dass Dirk tot ist. Er war so ein lieber Freund." Sie tupfte sich die Augen mit einem Taschentuch ab, auch wenn keine Tränen zu sehen waren.

Ich sprang vom Stuhl auf und drückte einen Finger an meine Lippen. Dann deutete ich mit dem Kopf auf den Verhörraum, wo Tyler gerade die Befragung von Steven Scarabelli beendete. „Psssst. Was machst du überhaupt hier?"

„Das könnte ich dich fragen." Tante Amber kniff die Augen zusammen, als sie durch die Scheibe blickte. „Oh, dieser Kerl! Zumindest kommt er jetzt für den Mord an Dirk hinter Schloss und Riegel. Ich bin gekommen, um meine Aussage zu machen, damit wir ihn dingfest machen können. Ich habe alles gesehen."

„Das ist unmöglich", sagte ich. „Du warst doch immer noch bei Steven, als die Schüsse abgefeuert wurden. Ich habe euch beide mit eigenen Augen gesehen."

Tante Amber antwortete nicht. Ihr Blick war auf die beiden Männer auf der anderen Seite der Scheibe gerichtet. Sie winkte Tyler zu, dann ballte sie ihre Faust in Richtung Scarabelli.

„Sie können dich nicht sehen, Tante Amber. Die Scheibe zeigt nur in eine Richtung."

„Oh." Ihre Schultern sackten enttäuscht zusammen, dann griff sie nach der Türklinke zum Verhörraum.

„Halt! Du kannst da nicht rein", flüsterte ich. „Sie sind mitten in einer Befragung."

Tante Amber ließ ihre Hand sinken und setzte sich mir gegenüber. Sie seufzte. „Seit wann bist du denn so wichtigtuerisch."

Ich ignorierte sie und konzentrierte mich wieder auf die beiden Männer.

„Zum letzten Mal, ich habe Dirk nicht umgebracht", sagte Steven gerade. „Sein Tod hat mich finanziell ruiniert. Ich hatte alle Verträge in der Tasche und dann macht er in letzter Sekunde einen Rückzieher. Ich muss alle bezahlen, aber ich habe keinen Film, um Geld zu verdienen. Ich kann die Fortsetzung ohne Dirk nicht drehen und nun ist er tot und ich habe keine Möglichkeit, meinen Verlust wieder reinzuspielen."

Tante Amber sprang von ihrem Stuhl auf. „Dieser Lügner! Er hat das Geld von der Versicherung."

„Setz dich!" Ich deutete auf den Stuhl. „Tyler weiß das alles schon. Lass ihn nur machen."

Tyler schob seinen Stuhl noch ein wenig näher an Steven heran. „Wenn er aufgehört hätte, hätte er Sie ebenfalls ruiniert. Sie wussten, dass Dirk den Film nie zu Ende drehen würde, deshalb haben Sie sich gerächt."

Tyler klang schrecklich überzeugend, sogar ich zweifelte nun an Stevens Unschuld. Hoffentlich zwang ihn Braydens Druck nicht dazu, ein falsches Geständnis aus einem unschuldigen Mann herauszupressen.

„Das ist doch verrückt. Ich war gar nicht in seiner Nähe." Steven rieb sich über die Stirn. „Ich war dabei, Dirks letzten Änderungswunsch auszuführen, nämlich Amber West zu feuern."

„Nein, das ist eine Lüge!", schrie Tante Amber, als sie erneut aufsprang. „Dirk war mein Freund. Steven ist derjenige, der mich hintergangen hat."

„Ruhe! Lass ihn ausreden." Ich führte einen Finger an meine Lippen. Früher oder später würde sie durch diese Tür stürmen und das wollte ich so lange wie möglich verhindern.

Tante Amber funkelte mich an, dann lief sie im Zimmer auf und ab, während die beiden Männer weitersprachen. „Steven Scarabelli ist ein böser, verabscheuungswürdiger Mann. Ich sollte ihn verfluchen."

Ich verdrehte die Augen. „Du überreagierst, Tante Amber. Du mischst dich besser nicht in eine Mordermittlung ein, nur weil du deinen Job verloren hast. Lassen wir die Sache ihren Lauf nehmen." Ich wandte mich wieder der Befragung zu.

„Dirk verlangte von Ihnen, dass Sie Amber feuern?" Tyler notierte etwas in seinem Büchlein. „Warum?"

„Dirk fand Amber nervig. Er hatte ihr eine Rolle versprochen, um sie ruhig zu stellen, aber dann verlangte sie alles Mögliche, einen Trailer, im Abspann weiter oben genannt zu werden und all das. Sie ist doch der einzige Grund dafür, warum wir hier in Westwick Corners drehen. Sie hat mir kostenlose Unterkünfte versprochen und dass wir keine Zahlungen an die Stadt leisten müssen."

Ich funkelte Tante Amber an. „Du weißt doch, dass wir uns das nicht leisten können." Die Einnahmen in unserem Bed & Breakfast deckten kaum unsere überfällige Stromrechnung. Wir konnten nicht auf das Geld verzichten.

„Lügner!" schrie Tante Amber und stand schon wieder an der Türklinke.

Ich packte sie an den Schultern und führte sie zurück zum Stuhl. Dann lehnte ich mich gegen die Tür und beschloss, erst mal Wache zu stehen, um weitere Ausbrüche und Unterbrechungen zu verhindern. Sie würde zuerst an mir vorbei müssen.

„Stimmt das mit den kostenlosen Nächtigungen? Wir bringen all diese Leute in unserem Inn gratis unter? Und verköstigen sie auch noch? Das können wir uns nicht leisten." Mums letzte Rechnung für

Lebensmittel betrug 3.000 Dollar. Steven war nicht der Einzige mit Geldproblemen.

Tante Amber zuckte mit den Schultern. „Was macht das jetzt schon für einen Unterschied. Der Film wird sowieso nicht gedreht."

Die Wut stieg in mir hoch. Es gab so vieles, was ich entgegnen wollte, aber es war nicht der richtige Zeitpunkt. Ich konzentrierte mich wieder auf die Männer hinter der Glasscheibe.

„Hmmm." Tyler runzelte die Stirn. „Warum sollte Amber Ihnen all diese Versprechungen machen, wenn sie doch bereits eine Rolle im Film hatte?"

Steven errötete. „Sie denken doch nicht, dass Ambers Rauswurf ihr ein Motiv gab, um Dirk zu töten? Denn wir können uns gegenseitig ein Alibi geben. Wir waren die ganze Zeit zusammen."

Tante Amber schlug die Hand vor den Mund. „Der verdreht doch alles."

Ich schüttelte den Kopf. „Steven verteidigt dich doch. Warum bist du so kritisch?"

„Die ganze Zeit?" Tyler machte sich Notizen.

„Nun, die meiste Zeit. Sie lief davon, bevor der Dreh begann. Ich weiß das noch, weil ich zuerst fürchtete, sie könnte auf das Set stürmen und den Dreh behindern. Ich war erleichtert, als sie in die andere Richtung davonlief."

Amber fluchte leise vor sich hin. „Ich wette, er war es. Dieser Idiot."

Mein Herz setzte für einen Moment aus. Vielleicht war Steven Scarabelli zur Requisitenkiste gegangen, nachdem Tante Amber davongelaufen war, unbemerkt, da sich jeder auf den Dreh konzentrierte. Ich war durch Tante Pearl abgelenkt gewesen, ich hatte ihr nachgesehen. Vielleicht war er herübergegangen, ohne dass ich ihn bemerkt hatte. Zum ersten Mal wurde ich unsicher. Vielleicht erinnerte ich mich nicht richtig, aber ich wollte es glauben. Ich konzentrierte mich wieder auf den Verhörraum.

Tyler runzelte die Stirn. „Da gibt es eine Sache, die ich nicht verstehe, Steven. Warum sollte Dirk darüber entscheiden, wer wo im Abspann steht oder wer einen Trailer bekam? Als Produzent verhandeln doch Sie mit den Schauspielern. Dirk arbeitet doch für Sie, auch wenn er ein Star ist. Warum sollte Amber solche Sachen von Dirk verlangen?" Tyler lehnte sich nach vorne. „Er produziert doch den Film nicht. Sie tun das."

Steven seufzte. „Sie dachte wohl, ich würde Nein sagen. Genau genommen, hatte ich schon einige von Ambers unerhörtesten Forderungen abgelehnt. Dann ging sie zu Dirk und beschwerte sich über mich. Sie weiß, dass Dirk einen Vorteil hat... hatte... und dass er regelmäßig einen Dreh lahmlegte, bis seine Forderungen erfüllt wurden. Ich denke, sie wollte ihn rasend machen."

„Ist das wahr?", flüsterte ich.

Tante Amber zuckte mit den Schultern und blickte weiter starr durch die Scheibe. Ihr Gesicht war vor unterdrücktem Ärger rot angelaufen.

„Wann genau verlangte er von Ihnen, Amber zu feuern?", fragte Tyler.

Tante Ambers starke Persönlichkeit machte sie manchmal zu einem schwierigen Menschen, aber ich hätte niemals gedacht, dass sie manipulativ wäre. Es überraschte mich, dass sie zu Dirk gegangen sein soll, nachdem Steven ihre Forderungen abgelehnt hatte. Ich dachte immer, sie sei über ein solches Verhalten erhaben. Vielleicht hatte ihr die Aussicht auf Ruhm den Kopf vernebelt.

„Kurz vor Drehbeginn", sagte Steven. „Ihre ständigen Beschwerden haben ihn aufgeregt. Dirk sagte, entweder geht sie oder ich. Er würde nicht einmal die Szene drehen, wenn sie nicht sofort vom Set verschwand."

Ich erinnerte mich an den Streit vor Stevens Trailer.

„Ich dachte, Dirk wäre bereits aus dem Film ausgestiegen." Tyler schien meine Gedanken zu lesen. Er kratzte sich am Kinn und machte sich einige Notizen.

Steven seufzte. „Er ist aus dem nächsten Film ausgestiegen, nicht aus dem hier. Das bisschen Drehen hier in Westwick Corners diente nur dazu, ein paar letzte Ortszenen in den Kasten zu holen. Der Film war fast fertig."

Jetzt verstand ich, warum Tante Amber gar nicht in der Szene vorgesehen war. Ihr Film sollte erst noch gedreht werden.

„Amber wurde also vom nächsten Film gefeuert, gerade als dieser gedreht werden sollte?", fragte Tyler.

„Das stimmt. Sie hat es nicht gut aufgenommen." Steven schüttelte traurig den Kopf. „Ich wünschte Dirk hätte nicht so darauf bestanden, denn ich hätte das anders lösen können. Ich hätte es ihr einfacher machen können. Amber hatte nur ein paar Szenen, eine kleine Sprechrolle. Jetzt hasst sie mich und das bricht mir das Herz. Amber und ich sind seit Jahren Freunde. Es macht mich krank, dass sie nun glaubt, dass *ich* sie loswerden wollte."

Ich drehte mich zu Tante Amber. „Ist das wahr?" Ihre Behauptung, die Hauptrolle in einem großen Blockbuster zu spielen war Stevens Aussage zufolge eine große Übertreibung. Seine Version ergab viel mehr Sinn. Es war mir sowieso von Anfang an komisch vorgekommen.

Sie funkelte mich nur an und verschränkte die Arme. Eine einzelne Träne lief ihr über die Wange und sie drehte sich weg.

Es erschien mir immer noch unwahrscheinlich, dass Steven Dirk umgebracht haben sollte, aber es gab da noch Tante Pearls Aussage. Aber sprach sie denn die Wahrheit? Es gab keine Beweise für oder gegen ihre Aussage. Zumindest noch nicht.

Steven schüttelte den Kopf. „Ambers Szenen wären einfach am Ende am Boden des Schnittraums gelandet. Ich fand, sie zu feuern, war eine harte Maßnahme."

„Dieser gehässige Kerl!" Amber reckte ihre Faust in Richtung des Spiegels. „Er erfindet diese Lüge, um seine eigene Tat zu verschleiern. Damit lasse ich ihn nicht davonkommen!"

„Lass den Sheriff seinen Job machen, Tante Amber!" Ich packte meine Tante an den Schultern, aber es war zu spät.

Sie hatte bereits ihre Hand auf der Klinke, riss die Tür auf und stürmte in den Verhörraum. Mit dem Zeigefinger auf Steven Scarabelli gerichtet, rief sie: „Das ist dein Mörder! Ich habe alles gesehen!"

KAPITEL 14

Es dauerte eine gute Stunde, Tante Amber zu beruhigen, aber schließlich kriegte sie sich wieder ein. Gefeuert zu werden erschien ihr nun weniger gravierend, nachdem die Dreharbeiten eingestellt worden waren. Niemand musste davon erfahren, denn der Film würde nie gedreht werden. Ihr Rauswurf würde nicht bekannt werden und sie konnte ihr Gesicht wahren.

Jetzt, wo Tante Amber den Ernst der Situation verstand, hörte sie zumindest auf, Steven Scarabelli des Mordes zu bezichtigen. Mein Augenzeugenbericht, demzufolge sie das Set verlassen hatte, bevor die Schießerei begonnen hatte, deckte sich mit der von Steven. All das bedeutete, dass sie Dirks Mord unmöglich beobachtet haben konnte.

Warum also log sie?

Dass Ärger oder bestenfalls schlechtes Erinnerungsvermögen in einer Mordanklage enden konnten, war gelinde gesagt beunruhigend. Es war höchst ungewöhnlich, derartige Anschuldigungen von einem solch ehrlichen Menschen wie meiner Tante zu hören. Ich nahm an, sie war so in diese Filmsache eingetaucht gewesen, dass sie ihr sonst so logisches, vernünftiges Selbst abgelegt hatte. Trotz alledem waren wir immer noch nicht näher an der Lösung des Falles. Diese ganzen Nebengeschichten verschwendeten unsere Zeit und Energie. Es war beinahe sicher, dass Steven Scarabelli nicht Dirks Mörder war. In der Zwischenzeit lief der wahre Täter noch frei herum und konnte jederzeit wieder zuschlagen.

Das einzig Gute, das in den letzten Stunden passiert war, war das Abendessen, das Mum uns gebracht hatte. Sie hatte sogar Tante Amber davon überzeugen können, ins Inn zurückzukehren und sich ein wenig auszuruhen. Das zauberte ein Lächeln in mein Gesicht. Ich wusste, dass Mum sie schnell in irgendeine Arbeit verwickeln würde. Nicht die schlechteste Idee.

Ich saß Tyler gegenüber im Büro. Unsere halb aufgegessenen Grillhähnchen waren bereits kalt geworden, während wir die Filmaufnahmen Bild für Bild durchgingen. Sogar auf dem großen Bildschirm war es schwierig, bei all der Action den Überblick zu behalten. Es gab mehrere Schützen und die staubige Straße erschwerte die Sicht. Wir konnten nicht sagen, wer wann geschossen hatte. Und sogar dann, fünf der sechs Waffen enthielten Platzpatronen, das würde uns also auch nicht weiterbringen. Da Dirk der Star war, war die Kamera auf ihn gerichtet. Das machte es einfach zu sehen, wann er erschossen wurde, aber schwierig zu sehen, wer der Schütze war.

„Vielleicht hat eine der Kameras aus einem anderen Winkel aufgezeichnet?", fragte ich hoffnungsvoll.

„Nicht nach Aussage des Kameramanns. Wir sind alle Bänder durchgegangen."

„Ich hätte nie gedacht, dass das so schwierig sein würde", sagte ich. „Nicht, dass viele Verbrechen auf Band aufgenommen werden würden. Aber trotz all der Zeugen und der Aufnahmen können wir nicht sehen, was passiert ist."

Tyler nickte. „Da die Platzpatronen zur gleichen Zeit abgefeuert wurden wie die Kugel, ist es beinahe unmöglich herauszufinden, wer ihn erschossen hat. Das Einzige, was wir tun können, ist die auszuschließen, die sich von dem Kamerawinkel aus auf der linken Seite des Sets befanden. Das Problem ist allerdings, festzustellen, wer abseits der Kamera gestanden ist. Ohne Aufnahme können wir nur nach dem Ausschlussverfahren vorgehen."

Er hielt den Film an und zeigte mit einem Bleistift auf Dirk.

„Siehst du den Gesichtsausdruck? Er hat Schmerzen. Genau in diesem Moment wurde er erschossen."

Ich verzog das Gesicht. „Es ist schaurig, den Tod einer Person so festzuhalten." Ich hatte gehofft, dass wir den Mörder mit dem Band überführen könnten, aber die Kameras waren hauptsächlich auf Dirk gerichtet. Da es sich um eine Actionszene handelte, war der Hintergrund die meiste Zeit unscharf, was uns ebenso wenig half.

„Niemand schien in einer Position zu stehen, aus der Dirk erschossen hätte werden können", sagte Tyler. „Eine Kugel aus einer der Pistolen der Schauspieler hätte ihn in den Rücken getroffen. Aber die Kugel steckte in seiner Brust."

„Das stimmt", sagte ich. Dirks männliche Kollegen waren direkt hinter ihm, Arianne noch weiter dahinter. Alle, die den Dreh beobachteten, waren ebenso hinter ihm.

Die Aufnahme belastete niemanden, aber entlastete beinahe alle Schauspieler und Crewmitglieder. Es entlastete jedoch nicht Steven Scarabelli. Genau genommen erhärtete es den Verdacht gegen ihn sogar. Zumindest würde es das in Braydens Augen tun.

Dann war da noch die Mordwaffe. Wie sie auf den Boden der Requisitenkiste kam, blieb ein Rätsel. Aber Tante Ambers Anschuldigungen zusammen mit Tante Pearls Aussage, dass sich Steven an der Requisitenkiste zu schaffen gemacht hatte, ließ Tyler keine andere Wahl, als Steven zu verhaften. Das würde Brayden glücklich machen, mich allerdings beunruhigte es.

Trotz Tante Pearls Angaben hatten wir keinen verlässlichen Beweis dafür, dass sich Steven am Tatort befunden hatte. Sogar wenn er in der Nähe der Kiste gewesen wäre, wie Tante Pearl behauptete, wäre das nach der Szene mit der Verfolgungsjagd gewesen, in der Dirk erschossen wurde. Davor hatte er mit Tante Amber auf der anderen Seite des Sets gesprochen, was es ihm unmöglich machte, Dirk Diamond in die Brust zu schießen.

Tyler bedeutete mit dem Kopf in Richtung der Zelle, in der Steven weggesperrt war. „Bist du dir sicher, dass du ihn mit Amber gesehen hast?"

Ich nickte

„Wenn das stimmt, kann er Dirk nicht erschossen haben", sagte Tyler. „Ich habe einen unschuldigen Mann hinter Gittern und mir sind die Hände gebunden. Solange ich den wahren Täter nicht finde, kann ich Steven nicht freilassen. Wenn ich das tue, bin ich meinen Job los und Brayden wird die Staatspolizei oder sonst was rufen."

„Das können wir nicht zulassen." Ich stach mit der Gabel in das kalte Hähnchen. „Wie lange kannst du ihn hierbehalten?" Ich hoffte, es war lange genug, um den wahren Mörder zu finden.

„Ich muss ihn entweder anklagen oder nach 24 Stunden freilassen. Es ist schon schlimm genug, dass er einsitzen muss, aber ihn anklagen? Die schlechte Publicity wird ihn ruinieren und ich weigere mich, ihm das anzutun."

„Egal, was du tust, du verlierst", stimmte ich zu.

„Bestenfalls wird er in den Klatschblättern zerlegt. Im schlimmsten Fall wird er angeklagt und verbringt den Rest seines Lebens hinter Gittern. Während der wahre Mörder frei herumläuft. Das alles nur wegen deines über-ambitionierten Ex-Freundes."

Über-eifersüchtig traf es wohl eher. Ich wettete darauf, dass Braydens Verhalten auch teilweise die Rache dafür war, dass ich mit Tyler zusammen war. Es gab wenig, das ich dagegen tun konnte, aber es war frustrierend. Ich warf die Arme in die Luft. „Es ist nicht meine schuld."

„Es tut mir leid, Cenny. Ich gebe dir nicht die Schuld dafür. Es ist nur schwer, einen Mordfall zu untersuchen, wenn einem der verrückte Chef ständig im Nacken sitzt. Ein Patzer und ich bin meinen Job los."

„Du weißt, dass du dich auch bei der Polizei von Shady Creek bewerben könntest. Wir wären nur eine Stunde voneinander entfernt." Ich sah keinen Ausweg. Brayden hatte es wirklich auf Tyler abgesehen.

„Nein, Cenny", sagte Tyler. „Ich lasse mich von Brayden nicht einschüchtern. Er wird mich durch jemanden ersetzen, der zu allem Ja und Amen sagt. Es ist so schon schwer, in einer Kleinstadt für Recht und Ordnung zu sorgen."

„Er wird sicher nicht ewig Bürgermeister bleiben." Es fühlte sich allerdings wie eine Ewigkeit an und ich hasste den ständigen Druck, den Brayden ausübte, und sein Drängen, den Fall um jeden Preis abzuschließen. Ich konnte doch nicht zulassen, dass politischer Druck einen unschuldigen Mann hinter Gitter brachte und wenn es bedeutete, dass ich meine Kräfte einsetzen musste. Sich einzumischen, erschien mir ebenso falsch, aber zumindest war es weniger falsch.

Tyler seufzte. „Es fühlt sich aber wie eine Ewigkeit an."

„Ich weiß. Ich bin auch überzeugt, dass Steven es nicht war. Ich habe ihn mit eigenen Augen mit Amber streiten sehen. Ich weiß nicht, warum Tante Pearl etwas anderes gesehen haben will." Zeugenberichte wichen oft voneinander ab, weil die Erinnerung unzuverlässig war. Aber ohne Beweise war meine Aussage, die einen unschuldigen Mann entlasten konnte, beinahe wertlos. Sie wurde durch Tante Pearls Bericht zunichte gemacht.

„Das weiß ich auch", sagte Tyler. „Seinen Star zu töten, hätte auch Stevens Karriereende bedeutet. Soweit ich das verstehe, ist er mehr oder weniger pleite und dieser Film hätte ihn wieder aus der Miese geholt. Aber wenn Steven Dirk nicht getötet hat, wer war es dann?"

„Gehen wir noch einmal deine Liste durch." Ich ging hinüber zu Tylers Whiteboard, auf das er alle Namen geschrieben hatte. Alle von ihnen waren bereits zumindest kurz befragt worden. Ich machte einen Haken neben jeder Person, deren Aufenthaltsort durch die Aufnahme oder durch die Kamerawinkel und Zeugen belegt werden konnte.

Es blieben noch Dutzende Namen stehen. Das waren die Crewmitglieder, die auf Abruf waren und einige andere, die Dirk umbringen hätten können. Darunter Bill und Pearl. Jede dieser Personen musste durch eine andere entlastet werden. Außerdem mussten ihre Aussagen und ihre Glaubwürdigkeit überprüft werden.

„Ich habe nichts gefunden." Ich setzte mich enttäuscht wieder hin.

„Sehen wir uns das Band noch einmal an." Tyler startete erneut den Film und spulte zum kritischen Moment vor. Er stoppte den Film und tippte auf den Bildschirm. „Sieh mal auf die linke Seite. Von hier kam die Kugel."

Dirk griff sich an die Brust, nur eine Sekunde bevor seine Augen auf die andere Seite der Straße wanderten, so als ob sie den Mörder fixieren würden. Ein kurzer Moment der Erkenntnis huschte über sein Gesicht, bevor er auf den staubigen Boden stürzte.

Dirk hatte seinen Mörder gesehen.

Ich folgte Dirks Blick, aber da war niemand. Nur leere Gebäude, deren dunkle Scheiben ein starker Kontrast zu den frisch und hell gestrichenen Außenwänden waren. Ich ging näher an den Bildschirm und versuchte, hinter die Fenster zu sehen.

Aber es war nichts zu erkennen. Welches Geheimnis sich auch immer hinter den dunklen Fenstern verbarg, es würde dort versteckt bleiben.

KAPITEL 15

Mein Gesicht befand sich nur wenige Zentimeter vom Bildschirm entfernt, während ich mit angestrengten Augen versuchte, Schatten in den Pixeln zu finden.

Aber da war nichts. Dirks Mörder hätte genauso gut unsichtbar gewesen sein können. Er oder sie war gut versteckt gewesen, trotz des Filmsets mit mehreren Kameras und Dutzenden Zeugen.

Das gab *Schneller als sein Schatten* eine ganz neue Bedeutung.

Ich trat einen Schritt vom Bildschirm zurück, während Tyler im dunklen Büro auf und ab ging. Wir hatten uns die Aufnahmen nun stundenlang angesehen und waren dem Mörder noch keinen Schritt näher.

Die hellerleuchteten Straßen der Szene machten es unmöglich, jemanden in den Gebäuden zu sehen. Das Merkwürdigste war jedoch der Einschusswinkel der Kugel. Der Schussbahn zufolge musste der Schütze sich aus einem offenen Fenster oder einer Tür gelehnt haben und somit zumindest kurzzeitig sichtbar gewesen sein. Aber keine Anzeichen von geöffneten Türen und auch die Fenster an der Vorderseite blieben verschlossen. Keine zerbrochenen Fensterscheiben. Wenn der Täter nicht wirklich unsichtbar war, dann konnte ich mir das nicht erklären.

„Vielleicht hat der Mörder Spuren hinterlassen. Wir sollten alle Gebäude absuchen", sagte ich.

„Ich habe eine Idee." Tyler hielt seinen Zeigefinger in die Höhe. Dann eilte er hinaus zu Stevens Zelle. „Bin gleich zurück."

Ich sah zu, wie die Tür wieder zu fiel und griff nach der Fernbedienung, um das Band zurückzuspulen.

„Juhuuuuu!" Eine hohe Stimme ertönte von der Decke.

Ich blickte nach oben und war überrascht, Oma Vis Geist an der Decke schweben zu sehen.

Erschrocken sprang ich aus meinem Stuhl auf. „Was machst du denn hier?" Oma Vi verließ kaum ihr Zuhause und ich fragte mich, was sie hier tat.

„Ich nehme an, du hast es vergessen", schniefte sie, den Tränen nahe.

Ich wusste, dass Geister nicht weinen konnten, aber nun wurden auch meine Augen wässrig. „Natürlich erinnere ich mich." Ich hatte nicht die geringste Ahnung, woran ich mich erinnern sollte. Dirks Tod hatte alles andere ausgelöscht.

„Warum bist du dann nicht nach Hause gekommen. Wir wollten doch einen Liebestrank brauen, erinnerst du dich?"

Ich warf die Hand an den Mund. „Ach, Oma, das tut mir jetzt aber leid. Ich habe wohl die Zeit übersehen. Ich mache es wieder gut, versprochen." Ich bekam ein schlechtes Gewissen, sie musste sich wirklich Sorgen gemacht haben. Oma Vi verließ nie ihr Zuhause, denn sie hatte Angst, sich zu verirren. Geister konnten ja schlecht jemanden nach dem Weg fragen. Und dennoch hatte sie ihr schützendes Heim verlassen und das Risiko auf sich genommen, nur um zu sehen, ob es mir gut ging.

Ich hatte sie vollkommen vergessen.

„Morgen?" Ich lächelte hoffnungsvoll, als sie sich auf Augenhöhe heruntersinken ließ.

„Du kommst nie nach Hause, Cenny. Du hast keine Zeit mehr für deine Großmutter. Keiner denkt mehr an mich." Sie schüttelte traurig den Kopf. „Ich bin wohl diejenige, die einen Liebestrank braucht. Niemand will mehr etwas mit mir zu tun haben."

„Das stimmt doch gar nicht, Oma. Ich habe nur die Zeit aus den Augen verloren, das ist alles." Instinktiv lehnte ich mich nach vorne, um sie zu umarmen, und vergaß dabei, dass sie ein Geist war. Unsanft landete ich auf dem Tisch. „Autsch!"

„Das hast du wohl nicht kommen sehen."

„Tyler braucht meine Hilfe in einem Fall." Ich überlegte, ihr alles zu erklären, besann mich aber rasch eines Besseren. Es gab bereits zu viel Einmischung der Familie West und Oma Vis geisterhafte Launen würden das Ganze nur noch auf die Spitze treiben.

„Das ist doch ein umso besserer Grund, Cenny. Du darfst die Arbeit nicht zwischen euch beide kommen lassen. Bevor ihr es merkt, werdet ihr euch entfremden."

„Das ist nur vorübergehend. Ich wollte es dir sagen, aber ich wurde aufgehalten." Ich fühlte mich schrecklich dabei sie anzulügen, aber es würde Oma Vis Gefühle nur noch mehr verletzen, wenn ich zugab, dass ich es vergessen hatte. In Wahrheit konnte ich Tyler doch nicht alleine lassen, wenn sein Job und unsere Zukunft auf dem Spiel standen.

„Du und Tyler ihr seid sooooo langweilig. Wie ein altes Ehepaar. Du brauchst den Liebestrank, Cenny. Liebestrank Nummer 14, denke ich. Hmmmmm… nein vielleicht Nummer 12. Du merkst es vielleicht noch nicht, aber ihr steckt in ernsten Schwierigkeiten. Lass uns dein Liebesleben wieder in Ordnung bringen, bevor es zu spät ist."

„Äh… klar, Oma. Ich verspreche dir, in ein paar Stunden bin ich zu Hause und dann brauen wir unsere Tränke." Sie war zum Teil der Grund dafür, warum wir so ein langweiliges Paar waren. Tyler konnte Oma Vi nicht sehen oder hören, aber mit ihr als Mitbewohnerin hatte ich immer ein schlechtes Gewissen, wenn er über Nacht blieb. Sie war sehr respektvoll mit meiner Privatsphäre, aber bei dem Gedanken daran, dass sie herumschwirrte, fühlte ich mich unwohl. Auch wenn Tyler von meinen Kräften wusste, er hatte keine Ahnung, dass der Geist meiner Oma ständig im Hintergrund herumspukte. Ich konnte es ihm nicht erklären, denn die Sache überstieg wirklich jede Logik. Sogar wenn man an Hexen glaubte.

Oma Vi schüttelte den Kopf. „Wenn du diesen Freund behalten

willst, dann solltest du etwas Würze in die Sache bringen. Ihr sitzt hier beide in einem dunklen Büro und seht euch immer wieder den gleichen Film an. Zu meiner Zeit hat man einer Frau anders den Hof gemacht. Wo bleibt denn da die Romantik?"

„Das hier ist kein Date, Oma. Wir arbeiten." Zugegeben, ich blieb auch länger bei Tyler, weil wir so ein bisschen Zeit alleine verbringen konnten. Es war noch hektischer als sonst, nachdem nun auch noch Tante Amber in der Stadt war und bei mir wohnen sollte. Mit den beiden glich mein abgelegenes Baumhaus mehr einem AirBnB als einem Rückzugsort. „Es gab einen Mord."

„Oh, ich weiß alles über den Mord, Cenny. Ich habe ihn doch gesehen."

„Du warst dort? Aber du gehst doch nie raus." Meine Kinnlade kippte nach unten.

„Natürlich war ich da. Ich würde doch um nichts in der Welt das Filmdebüt meiner Tochter verpassen." Ihre durchscheinende Gestalt verdunkelte sich wie ein Stimmungsring aus den 70ern. „Ich habe mich so auf ihren Auftritt gefreut, aber dann wurde dieser Typ erschossen. Das bedeutet dann wohl, dass sich wegen dem toten Kerl Ambers Stern auf dem Hollywood Walk of Fame verzögert."

„Tante Amber wurde gefeuert, Oma. Sie wird überhaupt nicht im Film mitspielen. Hast du sie denn nicht mit Steven Scarabelli sprechen gesehen?"

„Nein, ich habe doch auf die Szene geachtet und auf ihren Auftritt gewartet. Der nie kam."

Das brachte mich auf eine Idee. „Du bist also über allem geschwebt, so wie du es jetzt tust?"

„Ja, warum?"

„Weil irgendjemand da war, der da nicht sein hätte sollen."

„Das habe ich mich auch schon gefragt, denn da war jemand, den ich nicht einordnen konnte." Sie schwebte zum Bildschirm.

„Wer?" Ich hatte die Worte kaum ausgesprochen, als ein lautes Klirren ertönte und in den Gängen des Gebäudes widerhallte. Es war der Klang der Zellentür, die ins Schloss fiel. „Beeil dich, Tyler kommt zurück."

„Cenny, hör mir genau zu. Ich habe etwas aus meinem besonderen Blickwinkel gesehen. Weißt du, wer den Abzug gedrückt hat?"

„Wer?" Ich verdrehte meinen Nacken, um ihr nach oben an die Decke nachzublicken.

Sie riss die Arme dramatisch in die Höhe. „Es war niemand der Schauspieler. Es war…"

Tyler stürmte in den Raum, begleitet von Steven Scarabelli. Er sah mich erstaunt an und blickte sich suchend um. „Ist noch jemand hier?"

„Nein." Ich schüttelte den Kopf. „Ich führe Selbstgespräche."

Tyler runzelte die Stirn und drehte sich zu Steven. Er bedeutete auf den Stuhl, auf dem ich vorher gesessen hatte. „Egal. Ich lasse Steven vorerst auf freiem Fuß. Er hat mir sein Wort gegeben, dass sein Zimmer im Inn nicht verlässt, zumindest nicht bis morgen."

„Uh…" Oma Vi formte Worte mit ihren Lippen, aber ich konnte sie nicht lesen.

„Hä?" Ich spitzte meine Ohren.

„Cenny?" Tyler runzelte die Stirn. „Warum starrst du an die Decke?"

„Was?" Ich richtete den Blick wieder nach unten. „Äh, steifer Nacken. Ich dehne mich nur."

Tyler zog einen Stapel Papier vom Schreibtisch und legte ihn vor Steven. Dann klopfte er mit dem Finger darauf. „Ich entlasse Sie mit dem Versprechen, dass Sie die Stadt nicht verlassen. Unterschreiben Sie hier unten."

Steven tat wie ihm geheißen und kritzelte eine unleserliche Unterschrift auf die Seite.

Tyler schloss eine Schublade in seinem Schreibtisch auf und zog eine Plastiktüte mit Geldbeutel, Schlüssel und den restlichen Sachen von Steven heraus. Er reichte sie ihm. „Draußen wartet ein Fahrer auf Sie, der Sie direkt zum Inn bringt. Sie gehen sofort auf Ihr Zimmer und verlassen es nicht, außer zu den Mahlzeiten, die Sie im Inn einnehmen. Egal, was passiert, Sie verlassen das Grundstück und die Stadt nicht. Verstanden?"

Steven nickte. „Verstanden."

„Gut. Denn ansonsten muss ich Sie wegen Mordes festnehmen. Eine Kaution wird es dann nicht geben."

„Ich werde in meinem Zimmer bleiben", sagte Steven. „Ich muss sowieso jede Menge Leute anrufen, das hält mich beschäftigt."

„Ich rate Ihnen, dass einer der Anrufe Ihrem Anwalt gilt und zwar rasch", sagte Tyler. „Das Ganze ist noch nicht vorbei."

Ich wartete, bis Tyler Steven nach draußen zum Auto eskortiert hatte.

„Können wir jetzt gehen, Cenny? Ich habe nicht den ganzen Tag Zeit." Oma Vi schwebte ungeduldig vor der offenen Tür auf und ab.

„Bald, Oma, ich verspreche es." In diesem Moment wurde die Tür des äußeren Büros geöffnet.

Dieses Mal hatte Tyler mich nicht gehört. Er kam herein und ließ sich erschöpft in einen Sessel sinken.

„Was passiert, wenn Brayden herausfindet, dass du Steven freigelassen hast? Das wird ihn doch aufregen." Tylers Plan schien ein hohes Risiko zu bergen. Er sollte nicht seinen Job verlieren, nur weil er Steven Scarabelli freiließ.

„Darum kümmere ich mich, wenn es soweit ist", sagte Tyler. „Solange Scarabelli kooperiert, ist Brayden auch nicht klüger. Ich weiß, es ist etwas unorthodox, aber Steven ist nicht unser Mörder. Sein Zimmer im Inn ist um einiges freundlicher als die Gefängniszelle und ich bin mir sicher, dass deine Mum und Pearl dort ein Auge auf ihn haben werden."

„Das ist eine gute Idee", sagte ich, auch wenn ich nicht ganz überzeugt war. Tante Pearl würde gerne einbezogen werden, aber das Problem war, dass sie immer zu sehr drinnen steckte. Andererseits würde es sie beschäftigt halten, was sie von anderen Problemen fernhielt. Vielleicht konnte ich ja Oma Vi davon überzeugen, ein Auge auf Tante Pearl zu haben.

Tyler nickte. „Mir hilft es auch, denn Scarabelli kann dann im Inn essen. Dann muss ich mich nicht um ihn kümmern und habe mehr Zeit zum Ermitteln. Für Steven ist es ebenso besser. Es gibt bereits Gerüchte, dass er ein Verdächtiger ist. Aus den Augen, aus dem Sinn."

„Ohh, ich darf auf einen Kriminellen aufpassen." Oma Vi rieb sich zufrieden die Hände.

„Er ist kein Krimineller", hisste ich zur Decke hinauf. „Es gibt keine Beweise dafür."

„Wird er in Handschellen bleiben? Bekomme ich eine Waffe?" Oma Vi schwebte eine Handbreit vor meinem Gesicht.

„Keine Handschellen." Ich schüttelte den Kopf. „Und definitiv keine Waffe." Geister konnten keine Waffen tragen und schon gar keinen Abzug betätigen. Es war nicht sie, um die ich mir Sorgen machte. Eine solche Waffe konnte in die falschen Hände geraten und das hatte uns ja erst in diese Lage gebracht.

„Mit wem sprichst du, Cenny?" Tyler zog die Augenbrauen zusammen, während er die Stirn runzelte. „Du verhältst dich gerade sehr eigenartig. Ich glaube, du verlierst langsam den Verstand."

„Ich bin nur müde. Laut über eine Idee nachzudenken hilft." Ich funkelte Oma Vi an und hoffte, sie würde den Wink verstehen und verschwinden, aber sie bewegte sich nicht vom Fleck. Ich hatte nicht vor, ihm den Geist meiner Großmutter vorzustellen, unsichtbar oder nicht. Oma Vi nutzte das voll aus.

„*Fokus pokus*, meine Liebe. Immer bei der Sache bleiben." Oma Vi lachte und zwinkerte mir zu. „Nichts, was ein Trank nicht heilen könnte."

Wenn es denn nur so einfach wäre.

KAPITEL 16

Ich ließ Tyler im Büro des Sheriffs zurück und ging ins Westwick Corners Inn, um zu sehen, ob Mum meine Hilfe benötigte. Als ich die Auffahrt hinaufging, hörte ich Stimmen und Gelächter aus dem Scheiterhaufen, der Bar, die meine Familie auf dem Grundstück führte. Sie befand sich weniger als 50 Meter vom Inn entfernt und so machte ich noch einen kurzen Abstecher dorthin. Es überraschte mich nicht, dass einige Schauspieler und Crewmitglieder ihre Sorgen in Alkohol ertränken wollten, und der Scheiterhaufen war so ziemlich der einzige Ort in der Stadt, an dem das möglich war.

Mein Verdacht wurde bestätigt, als ich die schwere Holztür öffnete und die Bar betrat. Der Scheiterhaufen war brechend voll mit Schauspielern und der Crew. Die, die in Shady Creek abgestiegen waren, hatten sich offenbar entschlossen zu bleiben, um noch etwas runterzukommen. Trotz der gemischten Gefühle für Dirk Diamond, wollte wohl jeder auf dem Laufenden bleiben, wie sich der Fall entwickelte.

Angesichts der im Allgemeinen heiteren Stimmung hätte man meinen können, es wäre ein Freitagabend statt eines Trauertages. Die Bar erinnerte an eine Bibliotheksszene aus einem Agatha-Christie-Roman, außer dass jeder betrunken war. Ihre alkoholgetränkten

Theorien und Spekulationen waren haarsträubend, jeder gab eine Vermutung ab, wer Dirk getötet haben könnte. Einige behaupteten, Dirk hätte Verbindungen zur Mafia gehabt, andere vermuteten eine Dreiecksgeschichte, die für ihn tödlich geendet hatte.

Einige stellten sogar die Theorie auf, dass Dirks Tod eine gut durchdachte Werbeaktion war und er jede Sekunde zur Tür des Scheiterhaufens hereinkam – selbstverständlich aufbrausend wie immer.

Eines jedoch war glasklar. Nicht eine einzige Person in der Bar glaubte, dass Steven Scarabelli Dirk getötet hatte. Es gab sogar halbherzige Versuche, Geld einzusammeln, um Steven einen Anwalt zu besorgen, aber die Sache kam nicht wirklich in Fahrt, nachdem nun jeder arbeitslos war. Es zeigte jedoch, wie beliebt Steven war.

Ich entdeckte Tante Amber in einer Nische und setzte mich ihr gegenüber. „Geht es dir besser?"

„Ich habe alles getan, um Steven zu helfen, und sieh dir an, wozu das geführt hat." Tante Amber griff nach den letzten Erdnüssen in einem Schälchen auf dem Tisch und stopfte sie sich in den Mund. „Meine Karriere ist ruiniert."

Als sie nun auch nach der Schüssel am Nebentisch griff, begann ich mir Sorgen zu machen. Wenn Tante Amber aufgebracht war, aß sie, aber im Moment schien sie gar nichts mehr um sich herum wahrzunehmen, nicht einmal die Erdnüsse, die sie einfach wieder zurück in die Schüssel fallen ließ. Große Schwielen zeichneten sich auf ihrem Hals und ihren Armen ab und ich fragte mich, ob sie einen Todeswunsch hegte. „Hör auf das Zeug zu essen. Du weißt doch, dass du darauf allergisch bist."

„Ich kann so nicht weiterleben, Cenny", schluchzte Tante Amber. „Was ist mit meinem Stern auf dem Hollywood Walk of Fame? Jetzt werde ich ihn nie bekommen."

Zumindest waren wir in der Nische etwas versteckt, aber sogar in dem gedimmten Licht der Bar war zu sehen, dass Ambers Gesicht aufgedunsen war. „Beruhige dich und atme ruhig. Wo ist dein Adrenalinstift?"

„Ach, vergiss es doch." Sie fuhr sich mit den Händen über das

Gesicht und murmelte einen Zauberspruch, so leise, dass ich die Worte nicht verstehen konnte. Binnen Sekunden ging ihre Schwellung merklich zurück.

Ich seufzte erleichtert, ich fürchtete schon, sie hätte gerade Steven oder jemand anderen verflucht. Eilig griff ich nach der Schüssel mit den Erdnüssen und stellte sie auf einen Nebentisch.

„Hast du denn Zauberkraft eingesetzt, um die Rolle überhaupt zu bekommen?" Es gab strenge Regeln über den Einsatz von Hexerei für den persönlichen Vorteil und Tante Amber kannte sie alle auswendig. Sie war normalerweise gesetzestreu und die letzte Person, von der ich erwartet hätte, dass sie Regeln bricht. Aber an diesem Tag schien gar nichts normal zu sein.

Sie ignorierte mich und blickte ins Leere.

Ich kniff sie in den Arm. „Tante Amber?"

„Siehst du, mir geht es schon besser." Sie blickte auf und mir direkt in die Augen. Ihre Haut war blass, aber ohne die Rötungen und Schwellungen von gerade eben. „Das hier ist doch zum Ausrasten. Es ist alles meine Schuld. Ich hätte Steven niemals helfen sollen."

„Wie hast du ihm denn geholfen? Ich dachte, es wäre anders herum gewesen." Wie sonst hätte Tante Amber ohne Schauspielerfahrung eine Rolle in einem Blockbuster erhalten sollen.

„Natürlich habe ich ihm geholfen, Cenny. Ich habe ihm Dirk Diamond geliefert."

Ich verdrehte die Augen. „Wie kannst du sowas nur sagen? Steven hatte Dirk Diamond doch bereits. *Überfall zu High Noon* ist die Fortsetzung zu *Überfall zu Mitternacht*, in dem Dirk bereits mitgespielt hat. Das war ein Blockbuster und natürlich spielte er auch in der Fortsetzung mit."

„Das würde man annehmen, aber Dirk hatte den Vertrag noch nicht unterschrieben. Und er hatte allen Grund dazu. Er dachte, Steven würde ihm einen miesen Deal anbieten."

„Wie kannst du wissen, was Dirk Diamond dachte?" Ich senkte meine Stimme, als Steven Scarabelli die Bar betrat. Außerhalb seines Zimmers! Ich hoffte nur, dass Brayden nicht auf einen Abstecher vorbeikommen würde.

Ich wandte mich wieder an Tante Amber. „Dirk klang ziemlich undankbar, als wir in Stevens Trailer waren. Ohne Steven wäre Dirk doch gar kein Star gewesen." Es war eigenartig, in der Vergangenheit von ihm zu sprechen, aber das Bild seines Todes würde wohl auf ewig in mein Gehirn eingebrannt sein.

Aus dem Augenwinkel sah ich ein Aufblitzen. Als ich mich umdrehte, schossen Flammen hinter der Bar hervor.

Tante Pearl winkte uns von dort aus zu sich. Entweder machte sie einen ziemlich miesen Job als Barkeeperin oder sie war gerade dabei, die Bar niederzubrennen.

Ich sprang auf und schrie, als ich mir das Knie am Tisch anschlug. Dann lief ich zu ihr und rutschte auf dem nassen Boden aus. Als ich mein Gleichgewicht wiedererlangte, rief ich: „Tante Pearl, Wasser, schnell! Lösch die Flammen!"

Sie griff nach einer Flasche in der Bar und winkte damit.

„Nein!", rief ich, als ich erkannte, dass es sich um eine Flasche Wodka handelte.

Ich wollte ihr die Flasche entreißen, bevor alles in die Luft flog, aber ich lief gegen eine solch harte, unsichtbare Wand, dass sie nur übernatürlich sein konnte. Ich fiel zu Boden und überschlug mich einmal, bevor ich mich in eine sitzende Position aufrichten konnte.

Ich blickte mich um und erwartete ein Inferno. Aber die Flammen waren zurückgegangen und loderten friedlich in zwei Shot-Gläsern, ganz so, als wäre das Ganze nie passiert.

Für eine Millisekunde starrte mich jeder an, dann begann jemand zu klatschen.

Tante Pearl grinste. „Na los, Cenny, hoch mit dir."

Ich funkelte sie wütend an, als ich mich wieder auf die Beine kämpfte. „Aufmerksamkeit erregen hilft dir aber nicht dabei, eine Filmkarriere hinzulegen, Tante Pearl. Hör auf mit den Spielchen."

„Na da redet die Richtige, Cendrine. Als ob du noch nie brennende Sambucas gesehen hättest." Sie hob die beiden Drinks in die Höhe und stellte sie vor Steven Scarabelli und Arianne Duval ab.

Ich fand es beunruhigend, dass Steven in der Bar rumhing. Er hatte sein Versprechen gegenüber Tyler gebrochen, in seinem

Zimmer zu bleiben, aber immerhin war er noch auf dem Grundstück. Zu dieser Zeit konnte er nirgendwo anders hingehen und die Chancen waren gering, dass Brayden der Bar einen Besuch abstattete. Vermutlich würde alles gut gehen.

Steven und Arianne sahen gestresst aus und es war nur verständlich, dass sie nach all dem heute einen Drink brauchten. Vor allem Steven, der gewiss noch unter dem Schock seines Verhörs stand. Aber die Sambucas waren dann für meinen Geschmack doch sehr unpassend, auch wenn niemand besonders um Dirk zu trauern schien. Ich fragte mich, wessen Idee das war.

Arianne zuckte vor ihrem Glas zurück und fächerte mit ihrer Hand darüber. „Kann ich meinen... äh... gekühlt haben?" Sie nickte höflich in meine Richtung.

Tante Pearl verdrehte die Augen, dann lehnte sie sich nach vorne und pustete die Flammen über Ariannes Drink aus, wobei sie sich beinahe die Augenbrauen versengte.

Arianne erschauderte und schob ihr Glas mit den langen, manikürten Fingernägeln zur Seite.

Zum Glück wechselte Steven das Thema. „Hast du Bill gesehen?"

„Nein." Komisch, dass gerade er das fragte. „Hast du in seinem Zimmer nachgesehen?"

Er nickte. „Ich war vor ein paar Minuten dort, aber dieser Idiot geht mir aus dem Weg. Er schuldet mir Geld und ich kann nicht länger warten. Ich muss doch die Leute hier alle bezahlen."

„Wie viel genau schuldet er dir?" Der Geldaspekt war interessant, denn Geld schien immer das Schlechteste in den Menschen hervorzubringen. Bill hatte keine Probleme mit Steven erwähnt. Vielleicht war es ihm peinlich, jemandem Geld zu schulden. Aber dass Steven eine Schuld von Bill eintreiben wollte, wäre gut zu wissen gewesen. Das gab Steven zumindest einen guten Grund, sich bei den Requisiten herumzutreiben. Warum hat er also nichts gesagt? Vielleicht hatte Bill ja auch nur deshalb gesagt, dass Steven an der Kiste gewesen sei, um von seiner Schuld abzulenken.

Ich spürte eine Hand an meinem Arm und sah Tante Amber an

meiner Seite. Da Steven an der anderen Seite stand, wollte ich eine Konfrontation vermeiden. „Wir sollten jetzt besser Mum helfen."

„Ist gut." Tante Amber wandte sich an Steven. „Du denkst vielleicht, dass du mit einem Mord davonkommst, Steven, aber Nein! Wenn die Polizei dich nicht kriegt, ich tue es bestimmt."

„Tante Amber!" Ich griff sie fest am Arm und zog sie in Richtung der Tür. „Wie kannst du so etwas zu dem Mann sagen, der dir dein Filmdebut verschafft hat?"

„Mein Talent hat mir mein Filmdebut verschafft, Cenny. Im Gegenzug habe ich Dirk geholfen. Abgesehen davon, dass er mein Schützling war, war er auch ein lieber Freund. Er hat niemals vergessen, dass ich ihm Steven vorgestellt und ihm somit seinen Durchbruch verschafft habe. Es hat sich als fataler Fehler herausgestellt. Alles ist meine Schuld." Sie brach in Tränen aus, als ich sie zur Tür hinaus führte. „Vielleicht sollte ich dem Ganzen ein Ende setzen, ohne meine Rolle habe ich doch keinen Grund zu leben."

Ich stieß die Tür auf und trug Tante Amber beinahe nach draußen, die nun schwer in meinem Arm lag. Ich konnte nicht sagen, ob es ihr ernst war oder sie nur Aufmerksamkeit erregen wollte, aber ich vermutete letzteres. Steven sollte es wohl bereuen, ihr außergewöhnliches Schauspieltalent vergeudet zu haben.

Als wir hinaus in die kühle Nachtluft traten, kam sie plötzlich wieder zu Kräften. Sie ließ meinen Arm los und eilte schnellen Schrittes zum Inn. Wir waren erst ein paar Meter weit gekommen, als wir auf Tyler trafen, der vom Parkplatz herüberkam.

„Du!" Tante Amber schlug wütend auf Tylers Brust. „Du hast einen Mörder freigelassen! Du hast ihm vielleicht seine Freiheit wiedergegeben, aber ich schwöre dir, die wird er nicht genießen können."

Ich hatte gerade den Speisesaal betreten, als etwas auf mich herabschwebte und mich beinahe von den Füßen riss.

Ich stieß einen Schrei aus.

Als ich einen kalten Luftzug in meinem Nacken spürte, duckte ich mich und erwartete, dass sich jeden Moment Klauen in meinen Rücken krallen könnten. Auch wenn das Inn zugig war, wir hatten hier keine Fledermäuse, Vögel oder sonstiges Fluggetier im Haus. Nein, das konnte nur eine einzige Person sein und das machte mir mehr Angst als alles andere. Ich erstarrte und machte mich dafür bereit, was nun kam.

„Cendrine West, hör auf dich zu ducken wie ein Dummkopf." Oma Vi schwebte vor mir und versperrte den Weg. Nun ja, theoretisch, denn ich hätte durch sie hindurch gehen können.

„Was machst du hier? Ich dachte, du wärst nach Hause gegangen", flüsterte ich. Oma hatte versprochen, zurück ins Baumhaus zu gehen, aber vermutlich ärgerte sie sich über die Gäste im Inn. Sie war immer unglücklich damit gewesen, dass andere Leute im Familienanwesen abstiegen und ich fürchtete, sie würde etwas Unüberlegtes tun.

Ich spürte Blicke auf mir ruhen. Trotz der späten Stunde nahmen noch gut zwei Dutzend Leute ein Abendessen ein und sie alle sahen nun zu mir. Oma Vi war für sie natürlich unsichtbar und so musste ich aussehen wie eine Verrückte.

Wieder einmal.

„Lass uns woanders hingehen", sagte ich. „Vielleicht ins Baumhaus?"

Oma Vis Gestalt verdunkelte sich. „Das hier ist mein Haus, schon vergessen? Ich habe viel mehr das Recht hier zu sein als diese Eindringlinge. Das ist alles Ambers schuld. Das alles ist nur passiert, weil sie diesen Film hierher gebracht hat. Ich bin sauer auf sie."

Ich sah mich nach Tante Amber um, aber sie war mir nicht in den Speisesaal gefolgt, so wie ich es erwartet hatte. Ich machte kehrt und ging in die Halle zurück. „Ich werde sie finden."

Oma Vi schwebte hinter mir und murmelte etwas, das ich nicht recht verstehen konnte. Ihre Stimme wurde lauter, als wir die Halle erreichten. „Du solltest Tyler helfen. Er hat wirklich alle Hände voll zu tun. Und er sieht so traurig aus."

Tyler sah wirklich traurig aus. Wir gingen an ihm vorbei, als er an einem Tisch bei der Tür saß. Braydens Deadline kam immer näher und er war dem Mörder keinen Schritt näher.

Oma Vi war Tylers größter Fan, aber manchmal war ihre Schwärmerei für ihn auch etwas nervig. Sie war geradezu besessen von ihm. Er wusste nicht einmal, dass sie existierte, aber sie wusste alles über ihn. Ich hatte dieses verworrene Familiengeheimnis und käme es erst einmal ans Licht, würde ich wohl ziemlich unheimlich wirken. „Ich helfe ihm doch, Oma, und ich will mich nicht streiten. Konzentrieren wir uns darauf, Dirks Mörder zu finden. Du hast gesagt, du hast alles gesehen. Ich möchte wissen, was du gesehen hast, von oben über dem Set. Erzähl mir alles."

Sie schwebte nun auf meiner Augenhöhe. „Da waren noch ein paar andere Leute am Set, die nicht dort sein hätten sollen. Aber niemand hat mich gesehen."

„Wer denn?" Ich vergaß ganz auf die Suche nach Tante Amber.

Sie schüttelte den Kopf. „Ein Mann und eine Frau. Ich weiß aber nicht, wer sie sind. Sie versteckten sich in einem leeren Gebäude gegenüber der Straße."

Natürlich. Als Geist konnte Oma Vi nicht nur durch Wände hindurchgehen, sie konnte auch durch sie hindurchsehen. Warum hatte ich nicht schon früher daran gedacht?

„Welches Gebäude? Kannst du...?" Ich brach mitten im Satz ab, als die Vordertür des Inns geöffnet wurde und Brayden Banks hereintrat. Er nickte mir zu und grüßte mich in kühlem, flachem Tonfall: „Cendrine."

Man hätte niemals glauben können, dass wir einmal schwer verliebt und sogar verlobt gewesen waren. Für ihn stand ich nun auf der Seite des Feindes.

Seine Lippen waren zu einer dünnen, festen Linie zusammengepresst und es war offensichtlich, dass er wegen irgendetwas aufgebracht war. Ich wollte Tyler warnen, aber es war zu spät. Brayden ging bereits in den Speisesaal.

Also folgte ich ihm und bedeutete Omi Vi mitzukommen.

Brayden ging schnurstracks auf Tyler zu, der sich zu Steven Scarabelli an einen kleinen Tisch gesetzt hatte. Steven musste den Scheiterhaufen kurz nach mir verlassen haben. Tyler war nach vorne gebeugt und unterhielt sich leise mit Steven.

Brayden stand nun neben ihnen und funkelte Tyler an. „Sheriff Gates... ist das Ihre Vorstellung von Verbrechensbekämpfung? Kaffeekränzchen mit einem Mordverdächtigen?"

Tyler stand auf. „Natürlich nicht. Ich nehme die Aussa..."

„Natürlich tun Sie das", entgegnete Brayden in seiner monotonen Stimmlage, die er immer anschlug, wenn er versuchte, sich zu beherrschen. „Entspannen Sie sich ruhig ein wenig, trinken Sie Ihren Kaffee. So kann die State Police Sie schnell finden, wenn die dann Ihren Fall übernimmt."

„Sie können mir den Fall nicht wegnehmen. Nicht wenn ich kurz vor einer Verhaftung stehe."

„Na klar", sagte Brayden. „Sie hätten Scarabelli doch hinter Gitter bringen sollen. Was zur Hölle geht hier vor?"

„Ich konnte ihn nicht festnehmen. Es gibt widersprüchliche Beweise." Tyler tippte mit dem Finger auf den Bildschirm seines Laptops. „Er hat versprochen, das Inn nicht zu verlassen."

Brayden warf seine Hände in die Höhe, sein Gesicht rot vor Zorn. „Wie konnten Sie Scarabelli nur freilassen? Wir können doch keinen Mörder frei umlaufen lassen. Was sollen denn die Leute denken?" Brayden ging es natürlich nur darum.

„Ähm, ich gehe doch gar nirgends hin, Herr Bürgermeister", sagte Steven.

Brayden winkte ab. „Halten Sie sich da raus."

Steven zuckte mit den Schultern. „Ich gehe dann mal rauf in mein Zimmer, Sheriff." Er drehte sich um und ging.

Tyler tippte etwas auf seinem Laptop und drehte ihn dann so, dass Brayden den Bildschirm sehen konnte. „Ich hatte keine Wahl, ich musste Scarabelli freilassen. Sehen Sie mal, was ich gefunden habe."

Es war ein Überwachungsvideo der Bank. Die Aufnahme war schwarz-weiß und körnig, aber Steven Scarabelli war darauf gut sichtbar. „Er stand genau hier, als die Kugeln abgefeuert wurden. Sie können die Schüsse hören. Sie sehen auch, dass er nichts in der Hand hält. Außerdem stand er nicht in der Richtung, aus der die Schüsse kamen."

„Das ist mir egal." Braydens Gesichtsfarbe wurde immer dunkler.

Ich schritt ein. „Es ist dir also egal, wenn ein Unschuldiger des Mordes angeklagt wird? Ich dachte, ich kenne dich besser, Brayden."

Brayden schüttelte den Kopf. „Du kennst mich überhaupt nicht, Cenny. Das hast du noch nie getan."

Oma Vi summte und deutete ein Geigenspiel an. „Was für ein Drama!"

Ich funkelte wütend in ihre Richtung, dann wieder zu Brayden. Wenn Blicke töten könnten, gäbe es bald noch ein Opfer in Westwick Corners.

„Konzentrieren wir uns auf den Mörder, der noch immer frei herumläuft", sagte ich schließlich. „Wenn wir ihn nicht bald finden, könnte es einen weiteren Mord geben."

„Halt dich da raus, Cenny. Das ist eine Polizeiermittlung und geht dich nichts an." Plötzlich sprang Brayden nach hinten und hielt sich seinen Kopf.

Die Decke über ihm war eingerissen und einige Brocken waren

auf ihn heruntergefallen. Der feine Staub des Betons bedeckte seinen Kopf und seinen dunkelblauen Anzug. Direkt über ihm hing nun ein Loch in der Decke. Es hatte sich ohne offensichtlichen Grund geöffnet und hatte nur Brayden getroffen, niemanden von uns.

Omi Vi schwebte lachend hinter Brayden umher.

Ich war zufrieden und verärgert zugleich und konnte mir gerade noch ein Lachen verkneifen.

„Das ist doch ein Loch hier." Brayden rieb sich den Staub aus den Augen. Ob es nun die Staubdusche aus der Decke oder die Vorstellung eines freilaufenden Mörders gewesen war, es hatte jedenfalls einen beruhigenden Effekt auf Brayden. „Ich gebe Ihnen weitere 24 Stunden, Sheriff Gates. Aber danach rufe ich die State Police."

„Das wird nicht notwendig sein. Wir werden den Mörder vorher schnappen", sagte Tyler.

Ich hoffte, er hatte recht. Wir mussten ein Blutbad verhindern.

KAPITEL 18

Nachdem wir kurz nach Mum in der Küche gesehen hatten, gingen Tyler und ich zurück in den Speisesaal. Tante Amber war ebenfalls wieder aufgetaucht. Sie saß an einem Tisch direkt vor der Küche und klopfte ungeduldig mit dem Fuß. Ihr Gesicht war errötet und sie war unruhig. Vermutlich weil Bürgermeister Brayden Banks noch immer hier war.

Brayden hatte sich von dem Betonstaub befreit und verputzte nun gerade eine doppelte Portion von Mums Kirschkuchen. Er sah zufrieden aus, zumindest bis er uns alle auf ihn zukommen sah. Tante Amber stand auf und folgte uns.

Wie immer das Gespräch zwischen Brayden und Tyler auch verlaufen mochte, ich war sicher, dass Tyler einen Zeugen dafür brauchte. Also standen wir drei da und warteten bis Brayden aufsah. Aber der blickte nur gedankenverloren in seinen halbgegessenen Kuchen.

„Ich hab's getan!", sagte Tante Amber, laut genug, damit jeder im Raum es hören konnte. „Ich habe Dirk Diamond umgebracht."

Brayden hielt inne, während er gerade die Gabel zum Mund führte. „Was sagst du da? Du hast Scarabelli geholfen?"

Tante Amber brachte sich gerade in enorme Schwierigkeiten und die Lage war viel zu ernst, als dass sie da schnell wieder rauskommen könnte.

„Du kannst es nicht getan haben." Ich musste meine Tante zum Schweigen bringen. „Ich habe dich davoneilen gesehen, bevor die Schüsse gefallen sind."

„Vielleicht habe ich den Schuss nicht abgefeuert, aber ich habe trotzdem dabei geholfen." Tante Amber lächelte, so als ob das, was sie gerade gesagt hatte, überhaupt keine Konsequenzen für sie hatte.

Brayden legte seine Gabel ab. „Wie genau? Wie hast du Scarabelli die Waffe besorgt?"

Tante Amber lächelte nur.

„Du hast einen Killer angeheuert?" Brayden runzelte verwirrt die Stirn.

Ich lehnte mich zu meiner Tante und flüsterte ihr ins Ohr: „Warum tust du das. Du machst alles nur noch komplizierter. Du lenkst die ganze Ermittlung in eine falsche Richtung."

„Entspann dich", flüsterte sie. „Das ist alles Teil eines großen Plans."

„Vergiss deinen großen Plan." Ich packte sie am Arm und zog sie zur Seite. Ich hatte genug von Tante Ambers Drama. Die Stadt – nicht zu vergessen Dirk – wäre viel besser dran, wenn es diesen Film nie gegeben hätte. „Das ist eine ernste Sache. Wenn du erst einmal verhaftet bist, wirst du nicht mehr nach London zurückkehren können."

„Oh, daran habe ich nicht gedacht." Sie strich sich durch das Haar und lächelte dem Paar auf dem Nebentisch zu.

Genau wie ich es vermutet hatte: Tante Amber drängte sich ins Rampenlicht, ohne sich der Konsequenzen bewusst zu sein.

Brayden zeigte auf Tyler. „Sie haben es gehört, Sheriff Gates. Warum verhaften Sie Amber nicht?"

Tyler setzte zu einer Antwort an, überlegte es sich aber anders. Er zog ein Paar Handschellen aus seiner Jackentasche und legte sie Tante Amber an.

„Tante Amber, sag ihm, dass du das nicht ernst gemeint hast." Ihre

Ablenkungstaktik – wenn es denn eine war – würde Tylers Ermittlungen erneut in die falsche Richtung führen.

Sie ignorierte mich und hielt ihre Handgelenke in die Höhe. „Ich bin Stevens Komplizin. Wir beide haben Dirk umgebracht."

„Sperren Sie sie ein, Gates." Brayden zeigte auf Tante Amber. „Lassen Sie die nicht auch noch davonkommen."

Braydens Feindseligkeit erschreckte mich. Auch wenn wir nicht länger ein Paar waren, er hatte Tante Amber eigentlich immer gerne gemocht. Dennoch sah er nun nichts Falsches daran, Tante Amber in den Knast zu schicken, während er Mums Kuchen mampfte.

„Moment. Ich habe gelogen… ich habe es nicht getan! Aber ich bin in Lebensgefahr." Tante Amber sah sich schluchzend im Speisesaal um. Das Publikum blickte sie gebannt an. Alle hatten aufgehört zu essen und starrten sie an. „Ich brauche Schutzhaft, Sheriff Gates, mein Leben liegt in Ihren Händen."

Wenigstens für ein paar Minuten hatte Tante Amber nun die ganze Aufmerksamkeit für sich.

Wenn sie nur wüsste, welchen Preis es dafür zu bezahlen galt.

KAPITEL 19

Endlich hatten wir Tante Amber aus dem Rampenlicht gezogen und in die Küche verfrachtet, wo sie keinen weiteren Ärger mehr machen konnte. Aber der Schaden war angerichtet.

Oma Vi, die abgeordnet war, den Speisesaal im Auge zu behalten, rauschte herein, um uns darüber zu informieren, dass Brayden gerade die Washington State Police angerufen hatte. Sie sollten die Ermittlungen übernehmen, ohne das Tyler eine offizielle Anfrage an sie richtete.

Tante Amber rüttelte an ihren Handschellen. „Diese Handschellen bringen mich noch um, Tyler. Warum muss ich die überhaupt tragen?"

Tyler seufzte. „Du hast doch darum gebeten, weißt du noch? Du hast mir keine andere Wahl gelassen."

„Tyler steht kurz davor gefeuert zu werden, nur wegen dir", fügte ich hinzu. „Hast du denn gar kein schlechtes Gewissen?"

„Warum sollte ich ein schlechtes Gewissen haben?" Tante Amber verzog das Gesicht. „Ich wollte doch nur helfen und zeigen, dass Tyler Fortschritte macht. Warum ist jetzt jeder beleidigt?"

Ich schüttelte den Kopf. „Mordgeständnisse können doch nicht einfach zurückgenommen werden, Tante Amber. Niemand hier wird deine kleine Showeinlage vergessen."

Sofort strahlte sie. „Wirklich? Dann habe ich das also gut gespielt? Habe ich euch überzeugt?"

Tyler schüttelte den Kopf. „Jetzt ist keine Zeit für Spielchen, Amber. Ich nehme dir die Handschellen ab, aber du musst mir versprechen, dass du jetzt die Klappe hältst. Geh hinauf auf dein Zimmer, sprich mit niemandem und verlasse es auf keinen Fall."

„Aber wenn ich…"

„Auf keinen Fall." Tyler zog mich zu sich und flüsterte mir ins Ohr: „Ich kann nicht einen Mordfall lösen und mich gleichzeitig um deine verrückte Familie kümmern. Kannst du dafür sorgen, dass alle außer Sichtweite bleiben, zumindest bis Brayden wieder weg ist?"

„Ich werde sie beschäftigen." Ich wandte mich an meine Tante. „Komm, Tante Amber, gehen wir hoch."

Ich hatte keine Ahnung, wo Tante Pearl war. Dass sie nicht im Inn war, war beunruhigend, denn mit Sicherheit sorgte sie gerade irgendwo anders für Ärger. Aber ich hatte schon alle Hände voll zu tun, also schob ich den Gedanken an sie für den Moment beiseite.

Nachdem ich Tante Amber auf ihr Zimmer begleitet und sie mit allerlei Klatschzeitschriften versorgt hatte, ging ich hinunter, um Mum in der Küche zu helfen. Es war ein anstrengender Tag gewesen. Der nächste Morgen nahte und meine Tanten von der Mordermittlung fernzuhalten, bedeutete auch, dass ich Tante Pearls Putzdienst morgen übernehmen musste. Außerdem musste ich natürlich Mum zur Hand gehen. Wir brauchten einen Plan, damit für die Gäste alles wie gewohnt weiterlief.

Das Timing war gut. Mum hatte gerade eine Aufgabe für mich: Ich sollte Steven Scarabelli sein Abendessen auf das Zimmer bringen. Zwischen seinem Aufenthalt in der Zelle und dem Drink im Scheiterhaufen hatte er das Abendessen verpasst.

Ich griff nach dem Teller mit dampfendem Roastbeef, Gemüse und Soße und ging aus der Küche. Zum Glück war er endlich auf sein Zimmer gegangen. Vielleicht hielten ihn seine Mitarbeiter für unschuldig, aber möglicherweise wollten Dirk Diamonds fanatische

Fans Rache nehmen. Vermutlich war es Glück im Unglück, dass er nun in unserer Kleinstadt festsaß.

Tatsächlich hatten sich in der kurzen Zeit bereits ein halbes Dutzend treue Fans von Dirk im Inn gezeigt. Ich selbst hatte sie nicht gesehen, aber laut Aussage einiger Crewmitglieder, schlugen Dirks Fans Zelte vor dem Haupttor des Grundstücks auf. Außerdem versammelten sich noch mehr vor einer Art Schrein aus Kerzen und Blumen, der auf der Hauptstraße direkt am Set aufgestellt worden war.

Auch wenn die Fans von den Vorgängen im Inn nichts mitbekamen, solange sie vor dem Haupttor zelteten, sahen sie auf jeden Fall, wer kam und ging. Tyler hatte das Tor vorher bereits zu Sicherheitszwecken verschlossen, damit alle Gäste klingeln mussten, um Einlass zu bekommen. Das sorgte für etwas Ruhe, zumindest für den Moment.

Nachrichten in Hollywood verbreiteten sich schnell… sehr schnell. Es hatte noch kein offizielles Statement zu Dirk gegeben. Westwick Corners war abgelegen, im Nordosten des Staates Washington, einige Stunden Fahrt von Seattle entfernt. Und trotzdem wussten diese Fans bereits, welche Tragödie sich hier abgespielt hatte.

Vermutlich würde die Stadt bis morgen Vormittag von Dirks Fans und Hollywoodreportern überschwemmt sein. Das brachte mich auf eine Idee. Endlich einmal war unsere Abgeschiedenheit ein Vorteil und den wollte ich nutzen, um ein Exklusivinterview zu erhalten.

Ich trug das Tablett mit Steven Scarabellis Abendessen nach oben in den dritten Stock und ich war die einzige Journalistin, die gerade mit ihm sprechen konnte. Das durfte ich mir nicht entgehen lassen.

Mein Magen knurrte, als der Duft des Roastbeefs in meine Nase stieg. Der Teller war schwer, mit der doppelten Portion Fleisch, Yorkshire Pudding, Karotten, zwei Portionen Kartoffelbrei und extra viel Soße. Das Wasser lief mir im Mund zusammen. Seit heute Morgen hatte ich nichts mehr gegessen.

Ich wäre beinahe mit Tante Amber zusammengestoßen, die die Treppe mit einem Koffer in der Hand herunterkam. „Tante Amber, wohin gehst du? Du kannst doch nicht abhauen!"

„Ich kann hier nicht bleiben, Cenny. Nicht, wenn hier ein eiskalter Killer herumläuft. Was, wenn er mich als nächstes im Visier hat?"

„Das wird nicht geschehen." Ich balancierte das Tablett mit einer Hand und hielt mich mit der anderen am Geländer fest.

„Das weißt du doch gar nicht. Er hat Rose betrogen, Dirk und schließlich mich. Ich bin durch mit dem Kerl." Sie stellte ihren Koffer auf dem Teppichboden der Treppe ab.

Wie immer legte sich Tante Amber einfach ihre Geschichte zurecht. „Aber es war Dirk, der wollte, dass du gefeuert wirst. Ich habe es mit meinen eigenen Ohren gehört."

„Könntest du endlich damit aufhören?" Tante Amber war verärgert „Du liegst falsch."

„Nein, das tue ich nicht. Erinnerst du dich noch daran, als du mir Dirk vorgestellt hast? Du bist dann zum Set gegangen, aber ich nicht. Ich habe Steven und Dirk vor der alten Bank streiten gesehen. Sie haben sich nicht über das Drehbuch gestritten, sondern über dich."

Tante Amber stemmte beleidigt die Hände in die Hüfte. „Natürlich haben sie sich wegen mir gestritten. Dirk hat mich verteidigt. Er war sehr loyal."

Ich schüttelte langsam den Kopf. „Leider nein. Dirk hat Steven ein Ultimatum gestellt. Entweder Steven feuert dich oder Dirk wirft sofort das Handtuch. Steven protestierte, aber schlussendlich musste er Dirks Forderung nachgeben. Ohne Dirk konnte er den Film nicht drehen. Er hatte bereits alle Verträge unterzeichnet und musste die Leute bezahlen. Dirk hätte ihn in den Ruin gezwungen und die gesamte Crew wäre arbeitslos gewesen. Welche Wahl hätte Steven schon gehabt?"

„Du liegst falsch." Tante Ambers Augen hatten sich mit Tränen gefüllt. „Wahrscheinlich bist du auch auf Stevens Seite. Er hat alle gegen mich aufgebracht."

„Glaubst du wirklich, dass ich dich anlügen würde, Tante Amber?"

„Ich weiß nicht", schniefte sie. „Alle, denen ich vertraue, haben mir den Rücken zugekehrt. Ich habe genug von all dem hier. Ich gehe zurück nach London." Sie griff nach ihrem Koffer und eilte die Treppe hinunter.

Ich seufzte frustriert. Tante Amber sah die ganze Tragödie nur aus ihrem Blickwinkel. „Du kannst nicht abhauen. Du hast es Tyler versprochen, weißt du noch? Du brauchst seine Erlaubnis, um die Stadt zu verlassen."

Tante Amber war bereits unten an der Treppe angekommen, drehte sich nach oben und sah mich zornig an. „Ich brauche niemandes Erlaubnis. Ich tue was ich will und wann ich es will."

Ich stieß einen weiteren Seufzer aus. Brayden sollte nicht noch einen Vorwand finden, um Tyler feuern zu können. „Bitte geh nicht, Tante Amber. Bleib für Tyler. Tu es für mich."

„Ich kann einfach nicht glauben…" Zum ersten Mal hörte ich Unsicherheit in ihrer Stimme. Ihre Augen wanderten zwischen der Tür und mir hin und her.

„Du willst einen Beweis?" Meine Zauberkräfte waren kaum ausreichend, um uns an den Moment zurückzubringen, als sich Steven und Dirk stritten. „Wir könnten einen Zeitreisezauber sprechen und dann zeige ich es dir."

„Wir?" Tante Amber malte Anführungszeichen in die Luft. „Du hast doch selbst Hexenkräfte, Cenny. Wir sind schließlich nicht immer hier, um dir zu helfen."

„Ich habe nicht gesagt…"

„Du musst den Zauber schon selbst sprechen."

„Also gut." Ich unterdrückte meine verletzten Gefühle. Irgendwie musste ich Tante Amber die Wahrheit zeigen. „Ich werde das schon schaffen, du wirst sehen."

Tante Amber verdrehte die Augen. „Ich habe keine Ahnung, wie uns ein Zeitreisezauber helfen soll. Ich war doch nicht bei dir, als du Dirk und Steven beobachtet haben willst. Wie kann ich irgendwo hinreisen, wo ich nie gewesen bin?"

Plötzlich kam mir ein Einfall. „Warte. Ich habe eine Idee. Dirk und Steven standen vor der alten Bank. Vielleicht hat eine Kamera ihr Gespräch aufgezeichnet." Es wäre schon ein sehr großer Zufall, aber ich musste den Versuch wagen.

Das weckte Tante Ambers Aufmerksamkeit. „Wenn es eine solche Aufnahme gibt, dann will ich sie sehen."

„Komm mit mir mit, ich bringe noch das Abendessen hoch. Dann sehen wir uns die Bänder an." Tyler würde es nie erlauben, ich musste es ohne sein Wissen tun. Es war mir nicht wohl dabei, aber bis Tante Amber ihre Anschuldigungen gegen Steven fallenließ, musste die Ermittlung zwangsläufig in die falsche Richtung führen.

Oder schlimmer. Ein unschuldiger Mann könnte des Mordes schuldig gesprochen werden. „Du weißt doch, dass Steven Dirk nicht umgebracht haben kann. Er war gar nicht in seiner Nähe." Ich berichtete ihr von Stevens Aussage, wobei ich aufpasste, keine Details der Ermittlungen zu verraten.

„Und wenn schon. Vielleicht hat Steven irgendwelche Spezialeffekte genutzt, um zu verschleiern, woher die Kugel kam. Ich weiß nicht wie, aber irgendwie ist er in die Sache verwickelt. Vielleicht hat er auch jemanden angeheuert, der die Drecksarbeit übernimmt." Sie drückte sich an mir vorbei die Treppe hinauf, wobei ihr Ellbogen die beiden Kugeln Kartoffelbrei plattdrückte.

Ich blickte auf den Teller. „Sieh nur, was du angerichtet hast."

„Wirklich, Cenny? Du kümmerst dich um das Aussehen des Kartoffelbreis, während wir hier mit einem Mörder unter einem Dach festsitzen?"

Ich schüttelte den Kopf. „So kann ich das Essen doch nicht abliefern. Es sieht aus, als hätte jemand die Finger reingesteckt." Steven würde denken, dass dieser Jemand ich gewesen wäre und das würde die Chancen auf mein Exklusivinterview erheblich vermindern. „Bring das bitte in Ordnung."

Tante Amber verdrehte die Augen. „Das solltest du selbst machen können, Cenny! Grundkurs der Zauberei, da lernt man das schon. Ihr jungen Leute seht heutzutage alles als selbstverständlich an. Du musst wirklich wieder mehr an deinen Kräften arbeiten, bevor es zu spät ist."

Ich wollte protestieren, aber es war zwecklos. Stattdessen schmeichelte ich Tante Amber. „Bitte... Du bist doch so viel geschickter als ich."

Es funktionierte. Sie machte eine Handbewegung und *voilà*, schon waren es wieder schön geformte Kugeln.

„Da ist noch etwas… wir können Dirks Mörder nicht ohne deine Hilfe finden. Du weißt, dass es nicht Steven war. Jemand hier weiß etwas und von all den Stars…" Ich brach den Satz ab, um den Worten Nachdruck zu verleihen. „Du bist der einzige Hollywood-Insider hier und in einer einzigartigen Position, um uns zu helfen."

„Bin ich das?" Tante Amber sah mich stirnrunzelnd an.

Ich nickte. „Du bist wichtig, weil du Dirk so nahe gestanden bist." Und Steven, wollte ich hinzufügen, aber ich wagte es nicht, seinen Namen zu erwähnen. Ihr Ärger sollte nicht wieder neu entfacht werden.

„Ich stand Dirk nahe und Rose ebenso. Die beiden haben zu mir aufgesehen." Ihre Stimme versagte. „Jetzt sind beide tot."

Ich blickte auf das Roastbeef, das schon nicht mehr dampfte. Ich bezweifelte stark, dass Tante Amber wirklich Dirks Karriere den Durchbruch verschaffen hatte, aber das war jetzt alles nicht mehr wichtig. Aber eine Sache musste ich wissen. „Starb Rose wirklich an einem Gehirnaneurysma?"

„Ich weiß es nicht. Dass jetzt beide tot sind, sieht doch nicht mehr nach einem Zufall aus." Sie wischte sich eine Träne von der Wange. „Sie war der Inbegriff eines gesunden Menschen."

„Es tut mir leid, dass ich das Thema jetzt anspreche, aber es wirkt auch für mich verdächtig." Ich wollte mich später um die Details kümmern.

„Mehr als verdächtig. Es bestätigt doch nur, dass es Steven war. Er hat sie beide umgebracht", sagte Tante Amber. „Sie haben ihm vertraut und nun sind sie beide tot."

„Ich glaube nicht, dass er es war, Tante Amber. Er steht doch vor dem finanziellen Ruin und hat mehr Schaden durch den Tod der beiden als jeder andere. Steven kann es nicht gewesen sein." Ich blickte mich im Gang um und hatte Angst, jemand könnte uns belauschen. Jetzt, wo sich Tante Amber beruhigt hatte, konnte sie mir vielleicht nützliche Informationen liefern und ich wollte, dass sie weitersprach. „Wir sollten uns wirklich in Ruhe unterhalten. Komm mit mir nach oben. Ich liefere das Essen ab und dann reden wir."

„Okay." Sie ging vor mir die Stufen hinauf und hielt im zweiten Stock, wo sie den Koffer abstellte. „Wohin?"

„In den dritten Stock." Ich verschwieg absichtlich, für wen der Teller bestimmt war. Wenn sie wusste, dass ich zu Steven ging, würde sie womöglich nicht mitkommen.

Ihre Laune hatte sich bereits gebessert, aber leider hatte sich ihre Trauer in Wut gegen Steven verwandelt. „Steven hat sich ohne Grund über Dirk geärgert."

„Ich verstehe das schon. Sein ganzes Geld steckte in der Produktion und dann hat Dirk ihn praktisch fallengelassen." Ich verlangsamte meine Schritte, als wir uns Stevens Tür näherten, ich wollte nicht, dass er uns hört.

„Da ist noch mehr", sagte Tante Amber. „Steven war auch wütend auf Bill. Du solltest Bill danach fragen."

In dem dunklen Gang konnte ich Tante Ambers Gesicht nicht genau sehen. „Vielleicht tue ich das." Ich klopfte sanft an Stevens Tür und wappnete mich davor, was nun kommen würde. Hoffentlich blieb Tante Amber zumindest höflich, aber am besten wäre es natürlich, wenn die beiden Frieden schließen würden.

Ich hatte mir umsonst Sorgen gemacht. Wir standen nun vor einem viel größerem Problem. Einem, das ich in einer Million Jahren nicht erwartet hätte.

KAPITEL 20

Durch mein Klopfen schwang die Tür zu Stevens Zimmer auf und brachte mich kurz aus dem Gleichgewicht. Das Tablett schwankte gefährlich, aber irgendwie schaffte ich es, mich und das Essen in Balance zu halten.

„Hallo?" Die Tür stand nun einige Zentimeter weit offen und es herrschte eine merkwürdige Stille im Zimmer. Ich konnte nicht einfach eintreten, wenn ich doch wusste, dass jemand drin war.

Keine Antwort.

„Bist du dir sicher, dass es das richtige Zimmer ist, Cenny?", fragte Tante Amber.

Ich antwortete nicht und steckte stattdessen meinen Kopf durch die halboffene Tür. Das Deckenlicht war aus, die Vorhänge zugezogen und mit Ausnahme eines kleinen Lichtstrahls, der durch die nicht ganz geschlossene Badezimmertür drang, war das Zimmer dunkel. Der Lichtschein beleuchtete etwas am Boden des Badezimmers. Es sah aus wie ein Kleiderhaufen. Ich drückte leicht gegen die Tür, aber sie bewegte sich nicht. Was auch immer dahinter lag, blockierte sie.

Als sich meine Augen an die Dunkelheit gewöhnt hatten, erblickte ich ein Paar Füße. Sie waren mit dem Bündel Kleider am Boden verbunden.

„Oh, nein!", schrie ich, als ich eins und eins zusammenzählte.

„Was? Was ist passiert?" Tante Amber drängte sich an mir vorbei, um besser sehen zu können.

Ich griff ins Zimmer und betätigte den Lichtschalter. Dann wich ich erschrocken zurück. Der Boden war blutüberströmt.

Und darin lag Steven Scarabellis lebloser Körper.

Tante Amber drückte sich erneut an mir vorbei, dieses Mal schwang die Tür ganz auf und an Stevens Füßen vorbei. Das Tablett mit dem Essen flog mir aus der Hand und landete mit einem lauten Knall auf dem Boden.

Ich trat einen Schritt zurück und stieß mit Tante Amber zusammen. Wir schrien beide.

„Oh, nein! Nicht Steven!" Ich warf die Hand an den Mund.

„Cenny… was in aller Welt…" Tante Amber taumelte zurück.

„Sieh nicht hin." Meine Augen wanderten von den Beinen nach oben. Steven Scarabellis Gesichtsausdruck war in einer verzerrten Grimasse eingefroren, ein Messer steckte in seiner Brust. Mein Mund war geöffnet, aber es kamen keine Worte mehr heraus. Hilflos deutete ich auf die Leiche.

„Wo soll ich nicht hinsehen?" Tante Amber drängte sich an mir vorbei und hielt erschrocken inne. „Oh mein Gott. Wir brauchen Hilfe!"

Ich blickte mich um. Außer Stevens Leiche befand sich nichts Ungewöhnliches im Zimmer. Außer natürlich dem Roastbeef, das ich überall verteilt und somit den Tatort verunreinigt hatte. „Tante Amber, warte." Ich zeigte auf den Kartoffelbrei auf Stevens Hosenbeinen. „Ich glaube, ich habe gerade Spuren zerstört. Das ist ein Desaster!"

„Das ist wirklich ein Desaster. Ich könnte einen Zauber sprechen?"

Ich schüttelte den Kopf. „Wir können gar nichts tun, das ist ein Tatort." Allein der Gedanke daran, dass Tante Amber Hexenkraft einsetzte, machte mir Angst.

„Okay, gut, wahrscheinlich hast du recht." Eine Träne kullerte über Tante Ambers Wangen, als sie sich neben Steven kniete. „Wir haben uns gar nicht mehr versöhnen können. Wer tut nur so etwas?"

Ich zog sie hoch und von Stevens Leiche fort. „Wir gehen besser raus, bevor wir alles noch schlimmer machen." Ich zog mein Handy heraus und wählte Tylers Nummer.

„Steven, ich habe die Fla… Ach du scheiße!" Bill stand geschockt in der Tür. „Was zum Geier ist hier passiert?"

Tante Amber schluchzte. „Steven ist tot. Cenny wollte ihm gerade Essen bringen und…" Ihre Worte verebbten in einem unzusammenhängenden Murmeln, als ich sie und Bill in den Gang zurückführte.

Tyler kam gerade auf uns zugelaufen und deutete auf Bill. „Waren Sie bei ihm?"

Bill schüttelte den Kopf. „Ich wollte gerade auf einen Drink vorbeikommen. Ich war vor ein paar Minuten hier und ging dann nur kurz in mein Zimmer, um was zu trinken zu holen." Er hielt eine Flasche teuer aussehenden Whiskey hoch. „Ich habe ihn nur für ein paar Minuten allein gelassen."

Es war weniger als eine halbe Stunde vergangen, seit Steven auf sein Zimmer gegangen war.

„War sonst noch jemand in diesem Zimmer oder in der Nähe?" Tyler sah sich stirnrunzelnd im Zimmer nach Beweisen um. Das Bett, der Schreibtisch, das Bad, alles wirkte unberührt. Das einzige Anzeichen dafür, dass das Zimmer bewohnt war, war ein offener Koffer neben dem Schreibtisch.

„Ich glaube nicht", sagte Bill. „Als ich rüberkam, meinte er, er käme gerade von einem Spaziergang im Garten. Er hatte auf dem Weg zurück von der Bar einen Umweg gemacht. Meinte, er hätte über den Film nachgedacht und wie er Dirk ersetzen könnte."

Ein Stapel Blätter lag auf dem Tisch. Als ich nähertrat, erkannte ich ein Drehbuch. Die mit Schreibmaschine getippten Blätter waren über und über mit roten Anmerkungen versehen. Wütende Bemerkungen und Ausrufezeichen waren über die Seiten verteilt. Ich beugte mich hinunter, um sie genauer zu lesen und sah, dass einige Bemerkungen mit einem D signiert waren. Das musste für Dirk stehen.

„Das ist eine Kopie von *Überfall zu High Noon*", murmelte ich, auch wenn mir niemand Aufmerksamkeit schenkte.

Tyler und Bill standen in der Nähe des Badezimmers, während Tante Amber an der Tür stehen geblieben war.

„Ich schwöre, niemand war hier, als ich gegangen bin. Und ich war vielleicht eine Minute weg. Mein Zimmer ist nebenan, ich müsste doch etwas gehört haben." Bill schüttelte den Kopf. „Das ist echt eine gefährliche Stadt. Was geht hier nur vor?"

Ich roch den Alkohol in Bills Atem, auch wenn ich etwas von ihm entfernt stand. Entweder log er oder der Alkohol hatte seine Wahrnehmung vernebelt. Ganz offensichtlich war jemand in diesem Zimmer gewesen.

„Das Fenster stand offen", sagte ich. Die geschlossenen Vorhänge schwangen sanft in der Abendbrise. „Vielleicht ist der Mörder über die Feuertreppe raus."

Tyler ging hinüber und zog die Vorhänge zurück. Er lehnte sich aus dem Fenster, um besser sehen zu können.

Die Feuertreppe endete am zweiten Stock. Von hier waren es gut drei Meter hinunter auf den Rasen. Jemand hätte sie durchaus als Fluchtweg nutzen können. Es war von hier oben aus unmöglich zu sehen, aber der Mörder könnte Fußspuren im Gras oder sonstige Beweise hinterlassen haben. Allerdings könnte der Mörder auch über den Gang entkommen sein, was bedeutete, dass er sich noch immer im Inn befand. Unfreiwillig erschauderte ich.

Ich sprach ganz leise, sodass Bill und Tante Amber mich nicht hören konnten. „Ich vermute mal, jetzt kann Brayden nicht mehr sauer auf dich sein."

Er seufzte. „Ich kann schließlich schlecht einen Toten verhaften. Ich hoffe nur, ich bin nicht der einzige, der Steven gerade von der Liste der Verdächtigen gestrichen hat."

Tante Amber wandte sich an Bill. „Steven verhielt sich in letzter Zeit komisch, auch zum Beispiel als er dich wegen der fehlenden Waffen angefaucht hat."

„Vergiss es." Er winkte ab und wollte offensichtlich schnell hier weg.

„Warten Sie mal... was war das mit der fehlenden Waffe." Tyler drehte sich zu Bill.

„Ich habe Steven von der fehlenden Waffe erzählt, gleich nachdem es mir aufgefallen ist", sagte Bill. „Er meinte, ich solle mir keine Sorgen machen, er hätte im Moment größere Probleme."

„Warum haben Sie das nicht schon früher gesagt? Das ist ein wichtiges Detail!"

„Er ist mein Boss... zumindest war er das." Tränen stiegen ihm in die Augen. „Ich wollte ihn decken. Ich dachte, er würde Probleme wegen der fehlenden Waffe bekommen. Es hätte so ausgesehen, als hätte er Dirk umgebracht. Das ist jetzt eh unwichtig, denn Steven hätte Dirk nie etwas angetan. Oder sonst irgendwem."

„Ich entscheide, was wichtig ist und was nicht", sagte Tyler.

„Das ist doch wichtig, wenn die Waffe in einem Mord verwendet wurde." Tante Amber schlug die Hand vor den Mund „Wie konnte Westwick Corners nur so ein gefährlicher Ort werden? Ich erkenne die Stadt nicht wieder."

„Sie hätten es mir sagen müssen, Bill. Was verheimlichen Sie noch?", fragte Tyler.

„Nichts, das schwöre ich. Ich weiß nur, dass ich ihm das von der Waffe erzählt habe, aber er meinte, er hätte wichtigere Sorgen als das. Was das für Sorgen waren, weiß ich nicht." Bill hob abwehrend die Hände. „Ich wollte nicht, dass die Waffe in falsche Hände gerät, aber als ich vorschlug, wir sollten die Polizei informieren, meinte Steven, dass es die Mühe wert sei. Er ist der Boss, ich wollte nicht mit ihm diskutieren."

Die einzige Person, die unschuldig war, war Steven und nun steckte ein Messer in der Brust. Der Mann, der von allen geschätzt wurde, hatte offensichtlich zumindest einen Feind gehabt.

Vielleicht übertrieb Tante Amber ja gar nicht, was ihre eigene Sicherheit anging. Solange wir das Motiv des Mörders nicht kannten, könnte jeder, der mit dem Film etwas zu tun hatte, in Gefahr sein.

Tante Amber wischte sich mit ihrem Ärmel die Tränen aus dem Gesicht.

Wer wäre wohl als nächstes dran?

KAPITEL 21

Tyler hatte die Spurensicherung und den Gerichtsmediziner aus Shady Creek zurück an den Tatort gerufen. Tante Amber und ich standen vor Stevens Zimmer Wache, während Tyler drinnen die Spuren sicherte. Die Mannschaft aus Shady Creek kam in Rekordzeit und innerhalb nur einer Stunde hatte Tyler den Tatort dem Gerichtsmediziner und den Forensikern übergeben. Dann gingen wir nach unten.

Tyler hatte uns alle, inklusive Bill, zum Stillschweigen verpflichtet. Er wollte, dass kein einziges Detail rausgeht, bis Stevens Leiche abtransportiert und der Tatort freigegeben wurde. Ansonsten würden alle durchdrehen und nach oben laufen. Dann wäre es kaum noch möglich, einen Überblick zu bewahren, denn Tyler hatte keine Verstärkung. Bei zwei Morden war klar, dass die Dinge eskalieren würden.

Meine Laune verschlechterte sich weiter, als wir den Speisesaal erreichten. Brayden saß noch immer an seinem Tisch und bemerkte sofort, dass Tante Amber frei herumlief und sich in Richtung Küche begab. Sie hatte somit ihre Chance auf Hausarrest im Inn vertan und Tyler würde keine andere Wahl haben, als sie mit auf die Polizeistation zu nehmen.

Aber zuerst würde er Brayden einiges erklären müssen, bevor dieser den Wagen der Spurensicherung auf dem Parkplatz sah. Es stellte sich jedoch heraus, dass der Gerichtsmediziner Brayden bereits auf dem Weg zum Tatort auf den neuesten Stand gebracht hatte. Die Sache sah nicht gut aus für Tyler und ich vermutete, dass die State Police bereits auf dem Weg war.

Brayden zeigte auf die Küchentür, hinter der sich Tante Amber versteckte. „Holen Sie sie da raus."

Ob Brayden dachte, dass Tante Amber für den Mord an Steven ebenfalls verantwortlich war? Es erschien lächerlich. Aber angesichts Tante Ambers Geständnis von vorhin, dass sie Stevens Komplizin gewesen sein soll, glaubte Brayden vielleicht, dass Amber eine Doppelmörderin war.

Tyler nickte in Richtung der Küche. „Ich nehme Amber mit, aber ich muss Ihnen noch etwas anderes sagen."

„Wir können uns später unterhalten." Brayden schien angesichts der Lage unglaublich ruhig zu sein.

Etwas zu ruhig sogar. Nun war ich mir sicher, dass die State Police auf dem Weg war. Es gab nichts, was ich tun konnte, keine Einwände, die ich erheben konnte, ohne dass ich Tyler Probleme bescherte. Also holte ich Tante Amber aus der Küche und wir trafen Tyler draußen. Tante Amber und ich kletterten auf den Rücksitz und Tyler fuhr den Hügel hinunter, vorbei am Haupttor, an dem sich Dutzende Dirk-Fans versammelt hatten.

Sie kurbelte das Fenster hinunter und steckte ihren Kopf hinaus. „Hilfe! Man will mir was anhängen!"

Ich lehnte mich zu ihr hinüber, wurde aber von meinem Sicherheitsgurt zurückgehalten. „Hör auf, Tante Amber. Du führst dich auf wie ein kleines, verzogenes Kind."

Tylers Blick traf im Rückspiegel auf den meinen. Er sagte nichts.

„Eine Aufführung. Genau, das ist es." Tante Amber schmollte. „Das ist schließlich meine einzige Chance auf ein bisschen Drama."

„Nun reiß dich endlich zusammen. Das ist überhaupt nicht der passende Moment dafür. Du bist ja schlimmer als Tante Pearl." Meine Nerven waren angespannt und ich war mir nicht sicher, wie viel ich noch ertragen konnte. Besonders schlimm musste es für Mum sein, die sich nun alleine um alles im Inn kümmern musste, während ihre Schwestern Unheil anrichteten. Tante Pearl war vermutlich gerade damit beschäftigt, die Bar abzufackeln.

Wir fuhren schweigend den restlichen Weg zum Rathaus. Als wir dort ankamen, war der Parkplatz von den LKWs der Filmleute blockiert.

Tyler fluchte und fand schließlich einen Parkplatz einen Block entfernt. Ich half Tante Amber aus dem Rücksitz und warf meine Jacke über ihre Handschellen, um sie zu verstecken, aber sie schüttelte sie ab und hielt ihre gefesselten Hände in die Höhe.

„Ich bin unschuldig!" Tante Amber schluchzte, als sie die Hauptstraße zum Rathaus hinunter geführt wurde. „Das ist ein Justizirrtum."

Zum Glück war die Hauptstraße wie fast immer menschenleer. Die Filmleute waren entweder im Inn oder sonst wo.

Daher machten mir Tante Ambers Spielchen weniger aus. Wir drei gingen die Straße hinunter, müde und niedergeschlagen. Tyler ging auf einer Seite von Tante Amber, ich auf der anderen und wir trotteten in Richtung Tylers Büro im Rathaus.

Als wir näher kamen, blitzte etwas auf. Ich dachte zuerst, die Männer und Frauen gehörten zur Filmcrew, aber sie kamen mir nicht bekannt vor. Als wir uns näherten, dachte ich an Dirks Fans. Aber das waren keine Fans.

Es war eine Handvoll Reporter. Die Neuigkeiten hatten sich also schließlich verbreitet, zumindest die über Dirk. Wie lange würde es wohl dauern, bis sie von Stevens Tod erfuhren?

Einige Lieferwägen näherten sich und plötzlich waren um uns herum so viele Mietwägen und Kleintransporter, dass man von einer Mini Rush Hour sprechen konnte. Angesichts des Auflaufs fürchtete ich, dass die Neuigkeiten über Steven tatsächlich schon nach außen gedrungen waren. Dann mussten es Bill oder Tante Amber gewesen sein. Sonst wusste niemand etwas darüber.

„Hast du...?"

Tante Amber winkte sofort ab. „Ich berufe mich auf den fünften Zusatzartikel, frag also nicht."

„Aber es ist wichtig, Tante Amber. Warum machst du alles so kompliziert?"

Sie ignorierte mich. Was auch immer der Grund dafür war, die Hauptstraße war nun gedrängt voll. Erschrocken sah ich sogar einen Wagen von CNN auf der anderen Seite stehen.

Wir selbst erregten nur wenig Aufmerksamkeit, bis Tante Amber die Kameras sah.

Sie hielt abrupt inne und brachte mich beinahe zu Fall. „Hey, das ist die Frau von CNN. Wir sind im ganzen Land im Fernsehen." Sie warf ein gekünsteltes Lächeln in die Kamera.

Ich zog sie am Arm zurück. „Lass uns reingehen. Die interessieren sich nicht für den Film oder für dich, Tante Amber. Sie sind wegen Dirks Mord hier." Sie konnten doch wirklich noch nichts von Steven wissen.

Tante Amber drehte sich zu den Kameras und rief: „Helfen Sie mir."

Ich knirschte mit den Zähnen und hielt sie noch stärker am Arm. Beinahe rechnete ich damit, dass sie sich aus dem Staub machte. „Lass uns einfach reingehen."

Nun umkreiste uns ein gutes Dutzend Reporter, die in ihren ausgestreckten Armen Diktiergeräte und Mikrofone hielten. „Haben Sie ihn umgebracht?"

„Natürlich nicht!" Tante Amber wand ihren Arm aus meinem Griff. „Ich habe Steven Scarabelli nicht aus Rache für den Mord an Dirk umgebracht."

„Moment! Moment!" Eine blonde, etwa 30-jährige, elegant gekleidete Frau drängte sich näher und hielt Tante Amber ihr Aufnahmegerät unter die Nase. „Steven Scarabelli ist ebenfalls tot?"

Tante Amber wandte sich wie in Trance an mich. „Kann ich ein Interview geben?"

„Auf keinen Fall!" Tyler presste seine Lippen wütend zusammen. „Du gibst höchstens mir ein Interview. Eine Mordermittlung ist eine ernste Sache, Amber. Niemand außer mir spricht mit der Presse, ist das klar?"

„Klar." Tante Amber sah enttäuscht aus. „Ihr zwei seid mir ja ein schönes Pärchen. So spießig und immer macht ihr alles kaputt mit euren ach-so-feinen Regeln. Kein Wunder, dass ihr einen Liebestrank braucht!"

Tyler sah mich verwirrt an.

„Oma hat es dir erzählt. Warum... ach, vergiss es." Alle Blicke waren nun auf uns gerichtet und alles, was wir sagten oder taten, käme bestimmt in den Nachrichten. Offensichtlich waren auch Tyler und ich ein aktuelles Gesprächsthema, zumindest innerhalb meiner Familie.

Es kam mir wie eine Ewigkeit vor, aber endlich betraten wir das Rathaus. Tyler verschloss die Tür hinter uns.

„Ich frage mich, ob ich auf die Titelseite komme." Tante Amber strahlte, ihre Wangen waren vor Aufregung rot gefärbt. Die ganze Aufmerksamkeit der Presse schmeichelte ihr, auch wenn das nur die Vermutung anheizte, dass sie eine Mörderin war.

„Hör jetzt auf, Tante Amber", zischte ich. „Dirk Diamond und Steven Scarabelli füllen die Schlagzeilen auf der ersten Seite, nicht du. Niemand weiß wer du bist. Und niemanden interessiert es."

Sie schob ihre Unterlippe nach vorne. „Ich weiß nicht, von wem du deine Boshaftigkeit geerbt hast, Cendrine West. Aber mit Sicherheit nicht von mir."

„Du lenkst die ganzen Ermittlungen in eine falsche Richtung, Tante Amber. Wir haben keine Zeit für deine Spielchen. Wenn es dir wirklich wichtig wäre, warum tust du dann nicht mal was Konstruktives und kooperierst mit der Polizei?"

„Also gut", sagte sie. „Bill war nicht die letzte Person, die Steven lebend gesehen hatte. Ich war es."

KAPITEL 22

Es dauerte fast eine Stunde, bis Tante Amber alles über ihre letzte Begegnung mit Steven Scarabelli erzählt hatte. Sie behauptete, die letzte Person zu sein, die ihn lebend gesehen hatte. Das widersprach Bills Behauptung, er hätte Steven nur wenige Augenblicke alleine gelassen, während er nebenan gewesen war. Nur eine Version konnte wahr sein, jemand log also.

Genau genommen, hatten beide wiederholt die Unwahrheit gesagt, also konnte keiner von beiden als zuverlässiger Zeuge bezeichnet werden. Das beunruhigte mich. Das Zurückhalten von Informationen belastete Tante Amber.

Nachdem sie den Scheiterhaufen verlassen hatte, war sie in die Küche gegangen, um Mum beim Aufräumen zu helfen, dann hatte sie einen Spaziergang im Garten gemacht. Sie behauptete, sie wäre Steven im Garten begegnet und dass sich die beiden wegen Tante Ambers Rolle geeinigt hätten.

„Dann bin ich zurück in den Speisesaal gegangen. Du hast mich selbst dort gesehen." Ihr Lächeln wirkte dabei vollkommen deplatziert.

Ich erinnerte mich, ich hatte sie vor der Küche sitzen gesehen, das

Gesicht gerötet wie ein Langstreckenläufer, der gerade die Ziellinie überquert hatte.

Ich wusste, dass sie log. Sie hatte mehr getan und war nicht nur durch den Garten gelaufen. Nicht nur das, ich glaubte sogar, dass es wegen ihrer Rolle gar nichts zu verhandeln gab. Mit Dirks Tod hatte sie sich in Luft aufgelöst. Kein Dirk bedeutete kein Film.

Tyler blickte von seinem Notizbuch auf. „So… nach dem Spaziergang ging Steven nach oben und du in den Speisesaal."

„Äh… ja, genauso war es." Sie errötete und senkte ihren Blick. „Ich kam durch die Küchentür."

„Irgendwelche Zeugen?" Wenn sie durch die Küche gekommen war, musste Mum sie gesehen haben. Sie log und ich wusste es.

Tante Amber antwortete nicht.

Tyler runzelte die Stirn. „Ich denke, du warst in Stevens Zimmer, ob du es zugibst oder nicht. Diese Lügen bringen dich nur noch weiter in Schwierigkeiten. Du könntest sogar im Gefängnis landen."

Tante Amber zuckte mit den Schultern und blickte sich um. „Ich bin doch schon im Gefängnis."

„Du weißt, was ich meine, Amber." Tyler fuhr sich mit den Fingern durch das Haar und seufzte. „Ehrlich gesagt, wäre es für mich einfacher, wenn ich dich der State Police übergeben könnte. Dann würde Brayden vielleicht endlich von mir ablassen."

„Nein, das kannst du nicht tun!" Ich hoffte, er bluffte nur, aber wenn es nicht so wäre, könnte ich ihn auch ein bisschen verstehen.

Tante Amber begann leise etwas zu murmeln und ich lehnte mich nach vorne, um sie zu verstehen. Plötzlich wurde mir schwindlig.

„Eins, zwei, drei, alte Zeit vorbei…"

„Tante Amber, hör auf! Du kannst doch keine Hexereien versuchen, um ein Verbrechen zu vertuschen. Von allen solltest *du* das doch am besten wissen." Die Tante Amber, die ich kannte, war ein geschätztes und ranghohes Mitglied des Welthexenverbandes, keine Betrügerin. Die Tante Amber, die ich kannte, befolgte die Regeln. Sie behinderte keine Ermittlungen. Ihr Verhalten schockierte mich, meine Tante war eine Fremde für mich geworden.

„Ich wollte doch nur alles wieder in Ordnung bringen, was ich bereits vermasselt habe." Sie wischte sich eine Träne aus den Augen. „Ich stecke zu tief in der Sache drin."

„Du hast dich also an den Beweisen zu schaffen gemacht. Ich bin schockiert, dass du so etwas tun würdest." Tante Ambers Überraschung schien echt zu sein. Ihre Schauspielkünste waren wohl besser, als ich zugab.

„Warum denn? Ich weiß, dass ich Steven nicht umgebracht habe, also will ich nicht, dass Tyler gegen mich ermittelt."

„Du warst also nach Stevens Tod in seinem Zimmer? Warum?" Tyler beugte sich zu ihr nach vorne.

„Wir haben uns während des Spazierganges nicht wirklich ausgesöhnt, da ich immer noch der Meinung war, dass Steven mich anlog. Später aber erkannte ich, dass er die Wahrheit sagte. Dirk ließ mich von Steven feuern. Ich ging nach oben, um mich zu entschuldigen. Aber es war zu spät." Sie schluchzte in ihre Hand. „Aber ich habe ihn bestimmt nicht umgebracht."

„Du warst also bereits in seinem Zimmer, bevor wir mit dem Essen nach oben gingen." Ich dachte an ihre Hysterie zurück. Sie war wirklich eine gute Schauspielerin. „Warum hast du nichts gesagt?"

„Ich weiß nicht. Ich hatte wohl zu viel Angst. Das und dann der Filmschnitt, ich dachte einfach…"

Ich sprang aus dem Sessel. „Welcher Filmschnitt? Wovon sprichst du?"

„Nun, Pearl und ich dachten, es wäre doch nützlich, wenn wir uns schon mal an die Arbeit machten und den Film bearbeiteten. Du weißt schon, jetzt wo Dirk weg ist und so… Jedenfalls hat Pearl ein paar Spezialeffekte eingefügt und wir haben den Film etwas bearbeitet. Die schlechten Szenen rausgeschnitten und so. Wir mussten nur noch meine eigenen Szenen in den Film reinbringen."

„Moment… welche schlechten Szenen?" Soweit ich wusste, hatte Tante Pearl keine Ahnung von Filmbearbeitung.

„Du weißt schon, wo sich ein Schauspieler verspricht und so. Ich dachte, wenn wir ein bisschen aufräumen, dann würde das allen eine Hilfe sein. Pearl und ich haben uns daher mit Hexenkraft an die

Nachbearbeitung gemacht, dann hätte anschließend jeder weniger zu tun."

„Und der Film wäre schneller fertig", sagte ich.

„Genau. Wir waren schon fast fertig, als Tyler den Film geholt hat." Sie schüttelte den Kopf. „Wir mussten ziemlich viel schneiden, das war ein richtiges Chaos, bevor wir uns darum gekümmert haben."

„Du meinst, die Aufnahmen, die wir uns die ganze Zeit angesehen haben, waren gar nicht die echten? Hast du denn noch eine Kopie vom Original?"

Sie zuckte mit den Schultern. „Das letzte Mal, als ich sie sah, hatte Pearl sie. Ich weiß nicht, was sie damit gemacht hat."

Ich musste den ungeschnittenen Film finden, bevor er für immer verloren war.

Wenn es denn nicht schon zu spät war.

KAPITEL 23

Ich suchte überall, aber Tante Pearl war nirgendwo zu finden. Sie war nicht in der Stadt, nicht im Inn, nicht einmal in Pearls Schule der Zauberei.

Ich ging über das Grundstück hinüber zum Scheiterhaufen, während Tyler sein Gespräch mit Bill im Speisesaal fortführte. Die Stimmen der betrunkenen Gäste hallten mir entgegen, als ich mich der Bar näherte. Dem Geräuschpegel zufolge war nun noch mehr los als vorhin. Einige Einheimische mussten eingekehrt sein, um sich unter die Crew und die Schauspieler zu mischen.

Ich öffnete die Tür, blickte mich um und machte mir ein Bild von den Anwesenden. Jeder schien betrunken zu sein, davon zeugte das Wanken und das Lallen der Gäste sowie die verschütteten Drinks. Wie zuverlässig wären diese Zeugen wohl, wenn es darum ging, Bills Alibi zu bestätigen?

Bis morgen zu warten, erschien mir zu lange, aber welche Wahl hatten wir schon?

Ich erblickte Kim Antonelli, Dirks frühere Assistentin, an der Theke. Sie saß schweigend da und nippte an ihrem übervollen Glas Rotwein.

Erleichtert erblickte ich Tante Pearl hinter der Theke beim

Ausschenken. Zumindest war sie beschäftigt, auch wenn sie die Gläser äußerst großzügig füllte. Sie erblickte mich und lächelte. Ihre ungewöhnlich gute Laune erschien mir merkwürdig, aber zumindest war sie nicht wieder in ihr Alter Ego Carolyn Conroe geschlüpft, wie sie es in der Bar so häufig tat. Wir hatten so schon genug Probleme.

Ich ging an die Theke gerade als Rick Mazure, der Drehbuchautor, zu Kim wankte. Er legte ihr einen Arm um die Schulter und tätschelte sie. Dann ließ er sich auf den Barhocker neben ihr sinken.

„Ich vermute mal, du bist jetzt arbeitslos", lallte Rick. Er hatte in den letzten Stunden offenbar einiges getrunken.

Ich gesellte mich zu Tante Pearl hinter die Theke. „Tante Amber hat mir von eurer Schnittaktion erzählt. Ich brauche den ursprünglichen, unbearbeiteten Film. Wo ist er?"

„Ich habe keine Ahnung, wovon du sprichst." Ihr Lächeln verschwand, während sie sich daran machte, einen nicht vorhandenen Fleck auf der Theke wegzuwischen.

„Tante Amber sitzt im Gefängnis, sie wird des Mordes angeklagt werden. Nur die Aufnahmen können ihr helfen. Hast du sie oder nicht?" Das war ein bisschen übertrieben, aber es konnte durch aus noch wahr werden.

„Was sind sie dir wert?" Sie kniff die Augen zusammen.

„Wir haben keine Zeit für einen Handel, Tante Pearl. Hast du sie oder nicht?"

„Nein." Sie schrubbte weiter an dem unsichtbaren Fleck auf der Theke. „Und selbst wenn ich sie hätte, ich werde mich nicht selbst belasten."

„Du willst also wirklich, dass Tante Amber des Mordes angeklagt wird? Tyler kann nichts mehr für sie tun, sobald die State Police übernimmt. Sie werden jede Sekunde hier sein." Sogar Tante Pearl hatte ein Herz. Trotz ihrer anhaltenden Rivalität mit Tante Amber würde sie niemals zulassen, dass ihre Schwester fälschlicherweise beschuldigt wurde.

Als ich die State Police erwähnte, wandte sie sich wieder mir zu. Sie griff in ihre Tasche und zog einen USB-Stick heraus, den sie mir in die Hand drückte. „Du schuldest mir was."

„Na klar", sagte ich. „Hey, warum machst du nicht mal eine Pause, ich übernehme in der Zwischenzeit für dich."

Zu meiner Überraschung stimmte sie zu. Eine Tante Pearl mit einer Beschäftigung war besser als eine ohne, aber ich wollte sie auch von der Crew losbekommen, bevor sie auf blöde Gedanken kam. Sie sollte nicht noch mehr Schwierigkeiten für Tyler verursachen.

Ich ließ den USB-Stick in meine Tasche gleiten und wollte am liebsten sofort zu Tyler rennen und mit ihm zur Polizeistation fahren. Aber ich hatte gerade einige interessante Gesprächsfetzen zwischen Rick und Kim mitangehört und darüber wollte ich mehr wissen.

Das war der zweite Grund, warum ich für Tante Pearl übernehmen wollte... es gab mir eine gute Ausrede zum Lauschen. Die Gelegenheit wollte ich nicht verpassen. Als Dirks Agentin wusste Kim vielleicht, wer Dirk umgebracht haben könnte. Tyler hatte Kims Aussage bereits aufgenommen, aber vielleicht lockerten der Wein und die Baratmosphäre ihre Zunge ein wenig.

Aber es war ihr Begleiter, der sprach.

„Ich werde reich werden, Kim. Bist du dabei oder nicht?"

Ich räumte die Flaschen an der Theke um und wandte ihnen den Rücken zu, aber meine Ohren waren gespitzt.

Kim antwortete nicht. Ich wollte unbedingt ihren Gesichtsausdruck sehen, aber ich wagte es nicht, Aufmerksamkeit auf mich zu lenken. Ich hatte das Gefühl, dass Kim Ricks Vorschlag entweder nicht guthieß, oder keine Ahnung hatte, wovon er sprach. Sie trank ihr Weinglas aus und seufzte.

Rick rief nach weiteren Drinks und ich schenkte ein Glas Whiskey für ihn und Rotwein für Kim ein. Ich blieb solange ich konnte unbemerkt bei ihnen und schrubbte weiter an Tante Pearls unsichtbarem Fleck herum.

Rick leerte sein Glas in einem Zug und stellte es geräuschvoll auf der Theke ab. „Ich werde Dirk vermissen, aber seine Launen gewiss nicht. Er hat uns doch alle wie Dreck behandelt. Vor allem dich, Kimmie." Er legte seine Hand auf die von Kim.

Kim zog langsam ihre Hand aus seiner Berührung und legte sie für ihn unerreichbar auf ihrem Schoß ab. „Dirk war nicht der netteste

Mensch, aber ich vermisse ihn trotzdem. Ich weiß nicht einmal, was ich ohne ihn tun soll. Er war mein einziger Klient und jetzt habe ich keinen Job mehr."

„Du kannst für mich arbeiten." Ricks Hand näherte sich Kim erneut. „Ich werde meine eigene Firma gründen."

Kim schüttelte den Kopf. „Ich bin Agentin, Rick. Ich schreibe keine Drehbücher, ich vertrete Schauspieler. Ich wünschte nur, ich hätte mir noch andere Kunden gesucht. Aber Dirk war so fordernd. Er verlangte, dass ich exklusiv für ihn arbeitete. Er hat mich gut bezahlt, aber du siehst, wo ich jetzt stehe. Mit einem mal bin ich arbeitslos." Sie schnippte mit den Fingern.

„Das macht doch nichts, Kim. Ich kann dich reich machen. Sag einfach Ja und ich bring dich rein."

„Wo genau rein?"

Er klopfte auf die Brusttasche seiner Jacke. „Ich habe bereits den nächsten Oscar-Streifen geschrieben. Ich brauche nur noch dich, um ein paar Stars zu finden, mit denen ich den Film zum Leben erwecken kann."

KAPITEL 24

Tyler und ich hatten uns in der letzten Stunde Tante Pearls Band mehrmals angesehen. Tante Amber hatte die Sache etwas verfälscht dargestellt. Der Film, den sie uns gegeben hatte, war nicht die unbearbeitete Rohversion, viel mehr war es eine erweiterte Version mit Bonusmaterial.

Das Bonusmaterial entsprach jedoch nicht dem, das Filmen für gewöhnlich beigefügt war. Statt lustiger Versprecher, herausgeschnittener Szenen oder einem alternativen Ende erhielten wir etwas ganz Anderes.

„Was in aller Welt hast du dir dabei gedacht, Tante Amber?“ Meine Tanten hatten sich an dem Film vollkommen ausgetobt, alle paar Minuten hatten sie Explosionen und Feuereffekte hinzugefügt, genauso wie eine neue Rolle für Tante Amber. Statt Dirk war nun sie der Star.

„Ich kann dich nicht hören. Vergiss nicht, ich bin hier in der Zelle eingeschlossen.“ Ihre Stimme hallte von den Wänden wider.

„Ich kann einfach nicht glauben, dass sie das getan haben.“ Tyler zog die Schlüssel aus seiner Hosentasche und ging in den Nebenraum. In weniger als einer Minute kehrte er mit Tante Amber zurück.

Genau genommen, sollte sie in der Zelle bleiben, aber angesichts dieser einschneidenden Bearbeitungen brauchten wir sie hier im Besprechungszimmer, um die Veränderungen zu kommentieren. Man konnte keine Hexe einsperren und glauben, alles liefe in geordneten Bahnen weiter.

„Habt ihr eine Kopie davon gemacht, bevor ihr den Film bearbeitet habt?" Tyler war offensichtlich ziemlich frustriert darüber, dass er die Kontrolle in diesem Fall verlor.

Tante Amber schüttelte langsam den Kopf. „Pearl meinte, das wäre nicht wichtig und wir hätten keine Zeit. Wir mussten doch nach Dirks Tod den Film retten."

„Warum solltet ihr das tun?" Ich starrte sie verständnislos an.

„Wir wollten doch nur, dass der Film fertig wird und jeder bezahlt werden kann", sagte sie. „Wir fanden, dass man nur ein paar Szenen ändern musste, und deshalb haben wir sie einfach erfunden. Der Plot ist jetzt ein bisschen anders, aber meiner Meinung nach sogar besser als das Original."

„Oh, mein Gott." Ich lehnte mich im Stuhl zurück und blickte auf die Decke. Ich war so wütend auf meine Tanten, aber irgendwie auch gerührt. Sie wollten nur helfen. Nein, das war falsch... sie wollten sich selbst helfen.

„Denkst du das etwa nicht?" Sie lächelte uns zuckersüß an. „Der Film kann bereits jetzt veröffentlicht werden und dann kommen die Einnahmen aus den Kinokassen rein."

„Ihr habt das getan, ohne jemanden um Erlaubnis zu fragen." Meine Tanten waren sicher nicht nur aus selbstlosen Gründen so hilfsbereit. Jede von ihnen wollte Anerkennung und der überarbeitete Film war nun das perfekte Werkzeug für ihre Selbstinszenierung.

„Ich habe mit Steven doch gar nicht mehr gesprochen, erinnerst du dich? Jetzt ist er tot, er kann also sowieso keine Anweisungen mehr erteilen. Niemand sonst scheint hier die Initiative zu ergreifen und so haben wir die Dinge selbst in die Hand genommen. Es ist ja eigentlich auch egal, wie es dazu gekommen ist."

„Das ist überhaupt nicht egal", entgegnete ich. „Der ursprüngliche, unbearbeitete Film hätte uns dabei helfen können, Dirks Mörder zu identifizieren." Ich erwähnte nicht extra noch Stevens Mörder, ich ging davon aus, dass die beiden Morde zusammenhingen. Tante Amber, die immer alles an sich reißen musste, war manchmal wirklich ein Klotz am Bein. „Jetzt, wo ihr den Film verändert habt, wird es viel schwieriger für uns, ihn als Beweismittel zu verwenden."

„Ich wollte nur helfen." Ein unsicherer Ausdruck huschte über ihr Gesicht. „Wir haben unsere Talente einfließen lassen. Meine Schauspielerei und Pearls Spezialeffekte. Bill oder die Anderen sollten uns nicht reinpfuschen, also haben wir es niemandem gesagt. Es sollte eine Überraschung werden."

„Das ist wirklich eine Überraschung geworden." Die neuen Szenen wären ja lustig gewesen, wäre die Lage nicht so ernst. Tante Amber hatte einige große Auftritte und Heulszenen, die überhaupt nicht zu einem Actionfilm passten. Außerdem hatte es bereits ein gutes Dutzend Explosionen und Feuer gegeben. Und wir waren erst mit dem halben Band durch.

Tyler drückte auf Pause und wir blickten auf das Standbild der Schießerei. „Hier. An der linken Seite. Da ist eine Hand, die keinem der Schauspieler gehört."

Ich kniff die Augen zusammen. Das Bild war so verschwommen, dass es schwierig zu erkennen war, ob die Hand einem Mann oder einer Frau gehörte. „Es ist keine Waffe zu sehen, aber wem auch immer die Hand gehört, die Person stand genau in dem Winkel, aus dem der Schuss kam. Ich wünschte, man könnte mehr sehen."

Ich drehte mich zu Tante Amber. „Bist du dir ganz sicher, dass die Originalversion nicht mehr existiert?"

Sie schüttelte langsam den Kopf. „Tut mir leid. Wir haben uns da mitreißen lassen. Ich kann doch das Band für die nächsten Vorsprechen verwenden, nicht wahr?"

„Das bezweifle ich. Ich glaube, der unfertige Film zählt zu Stevens Hinterlassenschaft. Bei deinen Fotos ist das was anderes." Das brachte mich auf eine Idee. Tante Ambers Fotograf hatte in Richtung des Sets geblickt, direkt dorthin, wo die unbekannte Hand gewesen sein musste. „Hey... hast du schon die Abzüge von heute?"

Sie schüttelte den Kopf. „Ich werde sie erst in ein paar Tagen bekommen."

„Wir brauchen diese Fotos, Tante Amber. Kannst du den Fotografen anrufen, damit er sie uns schickt?"

„Ich kann ihn nirgendwo mehr finden. Ich habe schon versucht, ihn anzurufen, aber er geht nicht ran", sagte sie. „Es scheint fast so, als wäre er vom Erdboden verschwunden."

Ich drehte mich zu Tyler. „Wir müssen den Fotografen sofort finden. Der Schütze muss hinter Tante Amber gestanden haben, als sie die Fotos machen ließ. Vielleicht ist er oder sie im Hintergrund zu sehen."

Tyler nickte. „Mit den ganzen Kameras überall ist es beinahe unglaublich, dass es keine Aufnahme von Dirks Mörder gibt. Und jetzt, mit dem Mord an Steven, gerät die ganze Sache außer Kontrolle."

Das stimmte. Ich rechnete damit, dass Brayden jeden Moment zur Tür reinmarschierte und Tyler feuerte. Ich drehte mich zu Tante Amber. „Okay, ich werde zusehen, dass du einen Anwalt bekommst. Du wirst einen guten brauchen, um diese Mordanklage loszuwerden."

„Was? Nein! Ihr wollt meinen Fotografen?", rief sie. „Ich kann ihn sofort finden."

„Aber du meintest doch, du hättest keine Ahnung, wo er wäre", entgegnete ich.

„Es ist mir gerade wieder eingefallen. Ich tue alles, was nötig ist, um den Film... also ich meine, um den Fall zu lösen." Sie funkelte Tyler an, während sie die Visitenkarte aus ihrer Tasche zog und sie ihm reichte.

„Ich versuche ihn anzurufen." Tyler nahm die Karte und zeigte auf Tante Amber. „Lass sie nicht aus den Augen, Cenny. Ich bin gleich zurück."

Wir sahen zu, wie er hinausging und die Tür hinter sich schloss.

„Er kann mich doch nicht gegen meinen Willen einsperren"; protestierte Tante Amber. „Ich kooperiere doch, Cenny. Vielleicht solltest du doch diesen Anwalt anrufen."

„Du bist im Moment nicht eingesperrt, falls du es nicht bemerkt hast. Und du hast dir das alles selbst eingebrockt. Du hättest doch niemals vor Brayden ein Geständnis ablegen sollen. Du weißt doch, dass er eine schnelle Verhaftung sehen will, damit die Sache unverzüglich erledigt ist."

„Ich wollte doch nur die Stimmung etwas heben. Sieh nur, was es mir gebracht hat." Tante Amber klimperte mit den Wimpern und wischte eine unsichtbare Träne von ihrer Wange. „Es war ein falsches Geständnis, das unter Druck aus mir herausgepresst wurde."

„Du kannst doch so etwas nicht sagen, Tante Amber. Das wirft ein schlechtes Licht auf Tyler. Er wird vermutlich seinen Job verlieren und du machst die Sache nicht besser. Das Einzige, was uns helfen kann, ist, die beiden Mordfälle zu lösen. Wo ist der Fotograf?"

Tante Amber antwortete nicht und drehte sich weg. Ich trat etwas näher an sie heran, um zu sehen, was sie tat. Sie hatte mir den Rücken zugewandt und ließ nun ihre Arme vor und zurück gleiten. Dabei sprach sie ganz leise.

Hol die Fotos und den Mann,
bring sie sicher hier heran,
damit man sehen kann,
gänzlich ohne Sorgen,
das Gestern, Heut und Morgen.

Ich erkannte sofort den Bumerangzauber, den ich selbst noch nie ausprobiert hatte. Es war ein intermediärer Zauber, der über meinen Fähigkeiten lag. Er konnte weitreichende Konsequenzen mit sich ziehen, wenn er falsch ausgeführt wurde. Intermediäre Zauber wirkten sowohl bei Dingen als auch Personen, und so konnte schnell großer Schaden angerichtet werden. Der Zauber war sehr wirkungsvoll und konnte sowohl die Gegenwart als auch die Zukunft verändern.

Ich hatte keine Ahnung, warum Tante Amber nicht nur die Fotos, sondern auch noch den Fotografen herholen wollte, aber vielleicht war das notwendig, wenn man die genaue Position eines Objektes nicht kannte. Wenn ich während des Unterrichts besser aufgepasst hätte, würde ich es vermutlich wissen.

Wir warteten.

Und warteten.

Nichts passierte.

„Ich bin doch tatsächlich aus der Übung." Tante Amber schluchzte in ihre Hände. „Ich habe die ganze Zeit mit Schauspielstunden verbracht und habe dabei meine Zauberkräfte vernachlässigt. Ich hatte sie immer für selbstverständlich gehalten. Und das alles für eine Filmkarriere, die schon vorbei ist, bevor sie überhaupt angefangen hat. Oh, Cenny, was habe ich nur getan?"

Ich legte meinen Arm um ihre Schulter. „Ist schon gut, Tante Amber. Vielleicht hast du nur einen schlechten Tag." Allerdings machte ich mir große Sorgen. Tante Amber hatte niemals Probleme mit ihren Zaubersprüchen.

Ihre Schultern zitterten, während sie heftig schluchzte. „Ich bin zu aufgewühlt. Nichts funktioniert."

„Lass mich es mal versuchen." Ich hoffte, dass Tante Amber am Ende das Chaos beseitigen könnte, das ich anrichten würde. Ich wiederholte den Spruch und versprach mir nicht viel davon.

Aber innerhalb weniger Sekunden drang ein Nebel aus dem Boden und hüllte uns in eine grün-graue Wolke. Dann verschwand er wieder und vor uns stand ein großgewachsener, dürrer Mann mit grünen Augen und schütterem blondem Haar. Es war Tante Ambers Fotograf.

War es nun Tante Ambers Zauber, der verzögert funktioniert hatte, oder meiner? Wenn ich nicht genau wusste, was ich anders als sie gemacht hatte, wie würde ich ihn dann später rückgängig machen und den Mann zurückschicken können?

„Was zum Henker ist hier gerade passiert?" Der Fotograf blickte sich um. „Wie bin ich hierhergekommen?"

„Entspann dich", sagte Tante Amber. Wir müssen dir nur ein paar Fragen stellen. Und wir brauchen deine Fotos von heute."

„A...Aber die sind noch in meiner Kamera. Ich habe sie noch gar nicht bearbeitet." Er starrte Tante Amber an. „Du hast mir was in den Kaffee gemischt, oder?"

Tante Amber schüttelte den Kopf. „Nein, aber mach dir keine Sorgen. Es ist alles in Ordnung. Ich werde es dir später erklären. Jetzt müssen wir erst einmal diese Fotos sehen."

Er blickte an sich hinunter, wo die Kamera um seinen Hals hing. „Moment mal. Ich hatte die Kamera auf meinen Tisch gelegt. Wie bin ich denn hierhergekommen? Bin ich entführt worden? Was wollt ihr von mir?"

„Die Fotos, du Dummkopf! Gib uns einfach die Speicherkarte und niemand wird verletzt." Tante Amber hielt ihm ungeduldig die Hand unter die Nase und tippte mit dem Fuß auf den Boden.

Der Fotograf fummelte an seiner Kamera, zog die Speicherkarte heraus und reichte sie Tante Amber. „Ich verstehe immer noch nicht, was hier vor sich geht."

„Pssssst." Sie presste einen Finger auf seine Lippen. „Gib mir eine Minute, ja?"

„Tante Amber, du kannst doch nicht…"

Die Tür flog auf und Tyler stürmte mit hochrotem Kopf herein. „Wo kommt der denn her? Du kannst doch nicht Zau…" Tyler wusste, dass wir Hexen waren, hatte aber nicht verstanden, wie sehr wie ihm helfen konnten.

Oder wie sehr er unsere Hilfe gerade jetzt brauchte.

KAPITEL 25

Tyler rieb sich mehrmals mit der Handfläche über die Stirn. „Das wird immer schlimmer. Ihr könnt doch nicht einfach Zauberkraft einsetzen. Das verzerrt die Wahrheit doch nur. Ich habe keine Ahnung mehr, was noch real ist und was nicht."

Ich nahm seine Hand. „Ich verspreche dir, ich werde aufpassen, dass nichts außer Kontrolle gerät." Ich fürchtete allerdings, dass die anderen sich nicht daran halten würden. Ich hatte niemanden in meiner Familie unter Kontrolle, schon gar nicht was Zauberei anging, aber das musste Tyler ja nicht wissen.

„Ich glaube, das sind die Fotos, die ihr sucht." Tante Amber reichte Tyler die Speicherkarte. „Überprüf sie besser, bevor ich den Kerl wieder laufen lasse."

Der Fotograf musterte Tylers Uniform. „Sind Sie ein richtiger Cop? Wo bin ich?"

„Natürlich ist er echt", schnappte Tante Amber. „Du bist in Westwick Corners, du Dummkopf. Du hast Fotos von mir gemacht."

„Aber ich bin doch heute Nachmittag weggefahren…" Er runzelte die Stirn. „Das gehört alles zu diesem Film, oder?"

Niemand antwortete.

„Was zur Hölle geschieht hier mit mir?" Der Fotograf brach in Schweiß aus. „Brauche ich einen Anwalt?"

„Nein, Sie können jederzeit gehen", sagte Tyler.

Der Fotograf wollte zur Tür gehen, aber seine Füße klebten am Boden fest. Er beugte sich nach unten, aber er schaffte es nicht vom Fleck. „Hier stimmt was nicht. Warum kann ich mich nicht bewegen?"

„Tu, was er sagt, Amber. Schick ihn zurück." Tyler funkelte sie wütend an.

„Aber wenn nicht alle Fotos drauf sind? Dann muss ich ihn erneut herrufen."

„Tu, was Tyler sagt, Tante Amber." Dann erinnerte ich mich daran, dass ja ich es war, die den Zauber gesprochen hatte. Tante Amber konnte ihn vermutlich gar nicht zurückschicken. „Oh, ich fürchte, ich muss das tun."

Ich versuchte und versuchte es, aber nichts passierte.

Tante Amber wagte ebenfalls einen halbherzigen Versuch.

Nichts.

„Wann kann ich gehen?" Die Ungeduld des Fotografen hatte in Angst umgeschlagen. Er spielte nervös mit seinem Ehering und sah aus, als würde er gleich eine Panikattacke bekommen. Wir mussten ihn sofort zurückschicken.

„Entspann dich." Tante Amber machte eine Handbewegung und murmelte etwas.

Plötzlich waren die Füße des Fotografen frei. Dabei verlor er sein Gleichgewicht und stürzte zu Boden. Nervös blickte er sich um, bevor er sich wieder aufrichtete.

„Du bist gleich wieder zuhause." Tante Amber drehte sich zu Tyler. „Ich werde ihn wohl selbst nach Shady Creek fahren müssen."

„Ich fürchte sie hat recht"; sagte ich. „Es gibt keinen anderen Weg, um ihn zurückzubringen, ohne andere Personen mitreinzuziehen." Wenn ihm jemand begegnete, könnte das die Gegenwart und die Zukunft verändern.

Neue Zaubersprüche auszuprobieren, um unser Dilemma zu beheben, lag außerhalb meiner Kapazitäten und im Moment war auch Tante Amber nicht dazu imstande. Zum Glück hatten wir den

Fotografen nur aus Shady Creek hergeholt und nicht von weiter weg.

„Also gut. Mach schnell und lass dich von niemandem sehen." Tyler kopierte bereits die Fotos von der Speicherkarte auf seinen Laptop. Er ging sie mit zusammengekniffenen Augen durch. Der Fokus lag auf Tante Ambers Gesicht und nicht auf dem Hintergrund, aber das Set hinter ihr war klar erkennbar.

Unsere Mühen hatten sich bereits ausgezahlt. Ich tippte auf den Bildschirm. „Sieh mal auf das Fenster gegenüber der Straße. Da sehe ich jemanden. Kannst du es größer machen?"

Tyler und ich warteten, bis Tante Amber und der Fotograf gegangen waren, dann schloss er den Laptop an einen Beamer an und warf das Bild an die Wand.

Das Bild war verpixelt, aber da sah definitiv jemand aus dem Fenster an der gegenüberliegenden Seite der Straße. Wer immer es war, er stand im perfekten Winkel, um Dirk Diamond zu erschießen. Aus der Ferne war es unmöglich zu erkennen, ob es ein Mann oder eine Frau war.

Eines war jedoch sicher. Die geheimnisvolle Person gehörte nicht zum Drehbuch. Der leere Laden dort war schon vor über einem Jahr geschlossen worden, die Fenster waren für den Dreh mit Sperrholz vertäfelt. In dem Gebäude hätte sich niemand aufhalten sollen.

Es dauerte eine Weile, bis wir herausfanden, welche Szene während welcher Fotoaufnahme gedreht worden war, aber langsam bastelten wir eine Zeitlinie aus den Hintergrundaktivitäten, die während Tante Ambers Shooting aufgenommen wurden. Tyler klickte sich durch jedes Foto bis kurz vor Dirks Tod.

Zu diesem Zeitpunkt versteckte sich niemand mehr in dem Gebäude an der anderen Straßenseite. Die geheimnisvolle Person hatte sich in Luft aufgelöst.

Langsam bezweifelte ich, dass wir etwas finden würden. Es gab keine zerbrochenen Scheiben oder offene Türen. Vielleicht war die Person auch nur eine Einbildung von uns gewesen.

Dann sah ich es. Ich sprang vom Stuhl auf und deutete auf den Bildschirm. „Da ist ein Mann. Er ist jetzt oben auf dem Dach." Das erklärte auch, warum er in den Aufnahmen nicht zu sehen gewesen war. Das Dach lag außerhalb der Kamerawinkel.

Tyler sprang auf. „Du kennst doch das Sprichwort: Ein Bild sagt mehr als tausend Worte. Nun, das ist vielleicht eine Million wert."

Es gab nur ein Problem. Der Mann hielt keine Waffe in der Hand. Offensichtlich hatten wir noch nicht alle Fotos. Ich hoffte nur, dass der Fotograf eine zweite Speicherkarte hatte.

KAPITEL 26

Gut drei Stunden waren inzwischen vergangen, aber Tante Amber war noch immer nicht zurück. Das verunsicherte mich, denn Tante Amber fuhr normalerweise wie eine Rennfahrerin und Shady Creek war nur eine Stunde entfernt. Auch wenn sie gezwungen gewesen war, den Fotografen auf natürlichem Weg zurückzufahren, sie hätte den Rückweg mit Zauberkraft binnen weniger Minuten schaffen können.

Trotzdem war sie noch nicht zurück.

„Vielleicht kann sie die zweite Speicherkarte besorgen, ohne dass wir den Fotografen noch einmal herholen müssen." Ich war mir sicher, dass der Spruch kein zweites Mal funktionieren würde. „Ich versuche sie anzurufen."

Mailbox. Über Telepathie versuchte ich ihr mitzuteilen, mich anzurufen, aber diese Fähigkeiten waren mehr als schwach ausgeprägt. Niedergeschlagen überlegte ich sogar, Tante Pearl oder Mum um Hilfe zu bitten.

Tyler tippte auf seine Uhr. „Es wird schon bald hell. Ich glaube nicht, dass Brayden noch länger warten wird. Schon gar nicht mit den ganzen Leuten da draußen. Ich wünschte, ich hätte mehr Antworten für ihn." Er wanderte nachdenklich umher.

Ich seufzte. „Ich versuche den Zauber noch einmal. Vielleicht habe ich beim ersten Mal nicht alles richtig gemacht."

„Einen Versuch ist es wert", antwortete Tyler. „Ach, was rede ich da? Ich bin wohl schon so verzweifelt, dass ich dir zustimme."

„Also los." Jetzt wollte ich es erst recht schaffen. Ich atmete tief ein und wiederholte den Bumerang-Zauber. Angesichts meiner schwachen Fähigkeiten erwartete ich nicht, dass der Spruch ein zweites Mal funktionierte. Aber es stand so viel auf dem Spiel, ich musste es einfach versuchen.

Dieses Mal dachte ich an einen Stapel Fotos und unzählige Speicherkarten, während ich den Spruch aufsagte. Wenn es eine Situation gab, in der ein solch waghalsiger Einsatz von Magie gerechtfertigt war, dann wohl diese. Wie konnten wir die Situation denn schon schlimmer machen? Außerdem war es ja genau genommen kein Betrug, denn die Fotos würde es schlussendlich ja auch wirklich geben. Ich beschleunigte den Prozess nur ein wenig.

Ich zuckte zusammen, als plötzlich hinter mir etwas aufploppte. Das Geräusch entsprach einer Mischung aus frischem Popcorn und knisterndem Feuer und wurde immer lauter und schneller.

Ein Schwall grüner Rauch umgab uns. Ich konnte Tyler kaum mehr an seinem Tisch erkennen.

„Wow!" Tyler hustete, als sich der Rauch verzog. „Das war spektakulär."

„Und effektiv." Ich blickte auf meine Hand, in der nun eine weitere Speicherkarte und ein gutes Dutzend Fotos lagen. Ich wusste nicht, ob es Glück oder Unglück war, aber dieses Mal waren kein verängstigter Fotograf oder eine verrückte Tante dabei.

Auf dem obersten Foto war Amber zu sehen, die auf einem Stuhl saß, im Hintergrund das Set. Die Fotos sahen denen von der ersten Speicherkarte ähnlich. Das nächste Bild schien nur wenige Sekunden später aufgenommen worden zu sein. Auch die nächsten Fotos waren offensichtlich in einer aufsteigenden Reihenfolge aufgenommen worden. Der Zeitstempel entsprach denen, die wir bereits gesehen hatten, aber offensichtlich waren diese hier wegen ihrer schlechten

Qualität ausgesondert worden. An all diesen letzten Fotos stimmte irgendetwas nicht.

Aber an einem Bild stimmte alles, denn eine Person war ganz deutlich auf dem Dach zu sehen.

Es war ein Mann, der sich mit einer Kapuze und einem Schal, der über Mund und Nase gezogen war, vermummt hatte. Egal, wie sehr wir das Foto auch vergrößerten, wir konnten ihn nicht identifizieren.

Tyler bückte sich über das Bild auf dem Tisch und kniff dabei die Augen zusammen. „Ich wünschte, ich würde ihn wiedererkennen, aber ich schaffe es nicht."

Plötzlich sprang mir etwas ins Auge. „Sieh mal auf seine Hand. Ich habe diesen Ring schon einmal gesehen." Es war ein schwarzer Siegelring. Die Gravur konnte ich nicht erkennen, aber er kam mir bekannt vor. Ich konnte ihn nur nicht mehr einordnen.

Wenn ich mich doch nur erinnern könnte.

Tyler nickte. „Schade, dass wir nicht mehr erkennen können. Diese Person hatte nämlich absolut keinen Grund, dort oben zu sein. Die Schauspieler können es nicht sein."

Ich blickte erneut auf die Hand am Rand des Bildes, aber es blieb ein Rätsel.

„Wir finden den Kerl, solange er den Ring nicht abgenommen hat", sagte Tyler. „Vielleicht kannst du alle Gäste im Inn überprüfen. Das wäre immerhin ein Anfang."

Das war der Vorteil an Westwick Corners. Es gab nur wenige Orte, an denen man einen Happen essen oder ein Gläschen trinken konnte. Früher oder später würden alle in das Inn oder die Bar im Scheiterhaufen kommen.

Ich blickte auf die Uhr. Es war drei Uhr morgens, aber angesichts der heutigen Ereignisse waren vielleicht noch ein paar Leute unterwegs. „Ich mache mich gleich auf den Weg."

„Noch was." Tyler schob eine Akte über den Tisch. „Noch mehr schlechte Neuigkeiten. Steven Scarabelli hatte wirklich eine Versicherungspolice über eine Million Dollar auf Dirk Diamond abgeschlossen. Genauso wie auf Dirks Frau Rose Lamont."

„Das ist doch eigentlich auch nicht ungewöhnlich, oder? Immerhin waren Rose und Dirk seine beiden großen Stars. Sollte ihnen etwas zustoßen, federt die Police große finanzielle Verluste ab. Das läuft doch oft so. So kann Steven die Crew und die Schauspieler bezahlen."

„Das wird nicht so schnell passieren", sagte Tyler. „Zunächst geht das Geld in Stevens Vermögen über. Ich vermute, die Schauspieler und die Crew müssen das Geld einklagen. Da gibt es noch etwas anderes."

„Was denn?"

„Wir haben jetzt drei Tote, wenn man Rose Lamonts Aneurysma dazuzählt."

„Glaubst du etwa, dass Roses Tod etwas anderes als ein Gehirnaneurysma war?"

„Ich weiß es nicht, Cenny. Aber das Timing ist doch interessant. Zwei Eheleute sterben innerhalb einer Woche und sie haben keine Kinder. Besonders Rose… sie war erst Mitte 30. Statistisch gesehen ist das höchst ungewöhnlich."

„Das ist wahr", stimmte ich zu. „Dirk und Rose waren Megastars. Ich frage mich, wer ihr Vermögen erbt."

„Das habe ich mich auch gefragt." Tyler tippte auf die Akte. „Ich habe es mir angesehen und du wirst in einer Million Jahren nicht erraten, wer das ist."

„Wer?"

„Amber West. Es sieht so aus, als wäre sie wirklich eine gute Freundin von Dirk gewesen."

Ich glaubte, ohnmächtig zu werden. „Wie ist das möglich? Dirk und seine Frau hinterlassen Amber ihr Vermögen und trotzdem wollte Dirk, dass sie gefeuert wird?"

Tyler zuckte mit den Schultern. „Vielleicht ist sie eine gute Freundin, aber eine schlechte Schauspielerin?"

„Sie hat das Erbe nie erwähnt." Vielleicht hatte sie, was die Freundschaft anging, doch nicht übertrieben. Aber bis zu diesem Film hatte sie den Namen Dirk Diamond mir gegenüber noch nie erwähnt. Dennoch standen sie sich offenbar dennoch so nahe, dass sie als seine Erbin eingesetzt worden war. Es schien beinahe so, als hätte sie ein geheimes Leben abseits ihrer Familie geführt. „Vielleicht wusste sie nichts davon."

„Oder es erklärt, warum sie noch nicht zurück ist. Vielleicht wollte sie gar nicht zurückkommen." Tyler lief nachdenklich auf und ab. „Sie weiß, dass sie eine Menge Fragen beantworten müsste."

„Nein, das ist nicht möglich. Wie kannst du so etwas nur sagen? Sie würde ihre Familie niemals hintergehen. Außerdem müsste sie das Geld ja noch einfordern, oder nicht?"

„Das stimmt, aber das kann sie auch über einen Anwalt machen", sagte Tyler. „Ich beschuldige sie ja nicht, ich sage nur, wie es aussieht. Wenn es stimmt, dann ist offensichtlich, dass sie von Dirks Tod profitiert. Wie sah ihre Beziehung zueinander genau aus? Wie lange kannte sie Dirk bereits?"

Ich warf meine Hände in die Höhe. „Keine Ahnung. Ich habe erst heute erfahren, dass sie ihn überhaupt kannte. Sie hat nie über die beiden gesprochen, aber offenbar waren sie schon lange befreundet. Sie mochte es immer schon, im Mittelpunkt zu stehen, aber von der Schauspielerei wusste ich nichts. Oder davon, dass sie Dirk zum Durchbruch verholfen hätte." Dabei malte ich Gänsefüßchen in die Luft.

Vielleicht kannte ich meine Tante auch einfach nur nicht so gut, wie ich dachte.

„Ob es Amber wirklich Glück bringt?", sagte Tyler. „Sie wird lange um das Geld kämpfen müssen."

KAPITEL 27

Schließlich ließ ich Tyler im Verhörraum zurück, nachdem wir noch ein wenig auf Tante Amber gewartet hatten. Als die Stunden vergingen und sie immer noch nicht zurück war, machte ich mir wirklich Sorgen. Sollte sie tatsächlich die Erbin von Dirk Diamonds Vermögen sein, könnte nun sie im Visier des Täters sein.

Ich trat in den dunklen Vorraum hinaus und prallte gegen eine unsichtbare Kraft. Gegen die Brust eines Mannes, um genau zu sein. Mein Puls beschleunigte sich, als jemand meine Arme packte.

„Lassen Sie mich los!" Ich schrie, während ich versuchte, mich umzudrehen, aber es funktionierte nicht. Ich kam nicht los.

„Entspann dich! Warum schreist du denn so? Ich wollte dir doch nur helfen, damit du nicht auf den Boden fällst." Er lockerte seinen Griff und trat einen Schritt zurück. In seinem Atem lag Alkohol.

Ich erkannte die Stimme… und den Zungenschlag: Rick Mazure. „Wie bist du hier reingekommen?" Vielleicht hatte Tante Amber bei ihrem überstürzten Aufbruch die Tür nicht abgeschlossen.

„Ich habe den Wachmann überredet, mich reinzulassen. Ich muss dringend mit Sheriff Gates sprechen. Ist er da? Ich muss ihm etwas sagen."

Ich atmete erleichtert aus. „Dir ist noch was eingefallen?"

„Nicht ganz." Rick blickte verlegen zu Boden. „Ich bin zwiegespalten. Ich mag Steven Scarabelli, aber ..."

Die Tür hinter uns wurde geöffnet und Tyler trat heraus. „Was haben Sie über Scarabelli gesagt?"

„Das ist vertraulich. Wir sollten besser in Ihr Büro gehen."

„Eigentlich wollte ich gerade gehen." Tyler drehte den Schlüssel um und verschloss die Tür. „Sie können mich hinausbegleiten."

„A... Aber ich denke nicht..." Rick warf mir einen unsicheren Blick zu.

„Was immer Sie mir zu sagen haben, Sie können es vor Cendrine sagen. Sie hilft mir bei den Ermittlungen."

Rick sah mich erschrocken an. „Ist das denn normal? Ich meine, sie ist ja kein Detective oder so."

„Das hat schon alles seine Richtigkeit", entgegnete Tyler. „Ich habe sie offiziell dazu ermächtigt."

Er hatte nichts dergleichen getan, aber ich wusste, dass Tyler mich als Zeugin für Ricks Aussage brauchte. Außerdem würde Rick es sich vielleicht anders überlegen, wenn er zu lange wartete.

Rick blickte sich um, aber außer uns war niemand zu sehen. „Es war ja kein Geheimnis, dass die Zusammenarbeit mit Dirk ein mieser Deal für Scarabelli war. Dirks ständige Sonderwünsche machten uns alle wütend. Scarabelli war sehr geduldig mit ihm, aber ich glaube, schlussendlich kam er an einen Punkt, an dem er das alles nicht mehr aushalten konnte."

„Hat sich Steven Ihnen anvertraut?" Mein Magen zog sich zusammen. Noch mehr Indizien gegen Scarabelli. In der Zwischenzeit wusste Brayden, dass Tyler Steven Scarabelli freigelassen hatte. Stevens Leiche im Inn war Beweis genug dafür. Einen Mörder auf freien Fuß gesetzt zu haben, könnte sein Schicksal endgültig besiegeln. Und jetzt wo Steven tot war, würde Brayden Tyler natürlich der Inkompetenz oder noch Schlimmerem bezichtigen. Ich erschauderte.

„Steven hat es zwar nicht so gesagt. Also wörtlich meine ich." Rick biss sich auf die Unterlippe. „Aber gestern meinte er, er habe genug und würde sichergehen, dass Dirk keinen weiteren Film drehen würde, solange er lebe."

„Das kann auf viele Arten interpretiert werden, das muss keine Morddrohung sein", entgegnete Tyler. „Vielleicht wollte Steven nicht mehr mit ihm zusammenarbeiten. Es klingt auch nicht so, als hätte sonst noch jemand in Hollywood mit ihm arbeiten wollen."

Rick lachte. „Die Leute ertragen doch alles für genug Geld. Wenn es um Millionen geht, dann erscheint nicht einmal mehr Dirk Diamond allzu schlimm."

„Sie sagen also, dass Steven Scarabelli Dirk Diamond umgebracht hat?" Ich konnte es nicht fassen. Beinahe jeder am Set hatte betont, wie freundlich und aufrichtig Steven gewesen war und dass er alles tun würde, um anderen zu helfen. Er hatte sogar Dirk geholfen, der ihn im Gegenzug hintergangen hatte.

Rick zuckte mit den Schultern. „Ich kann es ihm nicht verübeln. Dirk hat es verdient."

Tyler runzelte die Stirn. „Haben Sie Beweise für Ihre Anschuldigungen?"

„Ich habe einen Streit zwischen Amber und Steven gehört. Amber behauptete, sie würde Dirks Vermögen erben und weigerte sich, das Geld mit Steven zu teilen. Ich war schockiert, als ich das hörte. Je mehr ich darüber nachdachte, desto klarer wurde mir, dass es wichtig sein könnte", sagte Rick. „Es tut mir leid, dass ich nicht schon früher etwas zu Ihnen gesagt habe."

Ich dachte an den Streit zurück. Ricks Behauptung passte zu Tylers Ermittlungen. Steckte etwa mehr hinter dem Streit als Tante Ambers Rauswurf?

„Was genau haben Sie gehört?" Tyler machte sich einige Notizen.

Rick blickte sich unsicher um. „Können wir nicht...?"

Tyler schüttelte den Kopf. „Je schneller Sie Ihre Aussage machen, desto besser."

Rick seufzte. „Okay, hören Sie, Steven war in die Ecke gedrängt und verzweifelt. Er steckte in Schwierigkeiten, wegen der Investoren. Hätte Dirk aufgehört und Steven dennoch alle bezahlen müssen, dann wäre er erledigt gewesen. Die Investoren hätten ihr Geld verloren und wären alles andere als glücklich darüber gewesen. Steven musste zu Geld kommen und das schnell."

Plötzlich erinnerte ich mich an den Ring. Ich blickte auf Ricks Hand, aber an seinen Fingern befand sich keinerlei Schmuck.

„Ich wusste nicht, ob ich es erzählen sollte, denn Steven war mein Freund", rechtfertigte sich Rick. „Aber dann meinte Steven, er würde Dirk umbringen. Ich habe ihn zuerst nicht ernst genommen, aber dann hat er mir alle möglichen Fragen über die Waffen im Drehbuch und so weiter gestellt. Das kam mir damals eigenartig vor, aber jetzt ist mir klar, was passiert ist."

„Sie denken, dass Steven eine geladene Waffe in den Film geschmuggelt hat?" Tyler kniff die Augen zusammen.

„Angesichts dessen was passiert ist, scheint es doch so zu sein. Ich wusste, dass Steven verzweifelt war, aber ich dachte, es sei nur Gerede. Dass er einfach aufhören würde, Filme mit Dirk zu drehen. Bis, naja... ich hätte niemals gedacht, dass er wirklich jemanden umbringen würde. Aber ich vermute, Dirk hat ihn zum Äußersten getrieben."

Erst jetzt dämmerte mir, dass Steven Ricks Anschuldigungen weder bestätigen noch abstreiten konnte - denn er war tot. Aber alle Puzzlestücke schienen zusammenzupassen.

Mit Ausnahme der dunklen Gestalt auf dem Dach, die deutlich kleiner und dünner gewesen war als Steven Scarabelli.

„Das sind schwerwiegende Anschuldigungen", sagte Tyler. „Wir werden das untersuchen."

„Das ist keine bloße Unterstellung, Sheriff Gates." Rick trat gegen etwas auf dem Marmorboden. „Steven hat einfach seine Drohung wahrgemacht."

„Warum haben Sie nicht schon früher etwas gesagt?", fragte Tyler.

„Ich weiß nicht... vielleicht dachte ich, Dirk hätte es verdient. Ich meine, er war wirklich ein boshafter Kerl und wenn es jemand verdient hat, dann er. Er hat es Steven wirklich schwierig gemacht. Aber niemand verdient es zu sterben."

„Nein, niemand", bestätigte ich. „Egal wie schlecht jemand andere Leute behandelte." Es verdiente aber auch niemand, als Sündenbock abgestempelt zu werden, wenn er praktischerweise schon tot war.

Das Leben war manchmal unfair. Der Tod offenbar ebenfalls.

KAPITEL 28

Die ansonsten so geschäftigen Straßen vor dem Rathaus
waren nun dunkel und verlassen. Tyler war zurück ins
Büro gegangen, um Ricks Aussage zu überprüfen. Ich ging allein nach
Hause und meine Absätze klackten auf dem Gehsteig, während ich
über Ricks Anschuldigungen nachdachte. Ich hatte ganz vergessen ihn
zu fragen, ob sonst noch jemand den Streit zwischen Steven und
Tante Amber mitangehört hatte.

Es erschien mir eine Ewigkeit, bis ich endlich meinen Wagen
erreichte, der zwei Blocks entfernt geparkt war. Ich hatte ihn dort
abgestellt, damit es für Brayden nicht so offensichtlich war, dass ich
mich bei Tyler auf der Polizeistation befand. Ich erwartete zwar nicht,
dass er zu so später Stunde noch ins Büro zurückkehrte, aber sicher
war sicher. Das Letzte, was wir jetzt gebrauchen konnten, war, ihn
noch weiter aufzuregen. Das würde für Tyler alles nur noch
schlimmer machen.

Als ich meinen alten, rostigen Honda erblickte, beschleunigte ich
mein Tempo. Einsam und verlassen stand er unter der einzigen funk-
tionierenden Laterne in der Straße.

Ich ließ meine Tasche auf den Beifahrersitz fallen und drehte die
Zündung. Dann fuhr ich aus der Parklücke und drückte das Gaspedal

durch, wohlwissend, dass mir heute Nacht niemand einen Strafzettel erteilen würde. Ich raste durch die Stadt und stellte erleichtert fest, dass auch Dirks Fans über Nacht ihre Stellung aufgegeben hatten. Ich bog in unsere Straße ein und fuhr den Hügel hinauf zum Inn.

Es war vermutlich zu spät, aber ich wollte die Hände der Gäste überprüfen, die sich noch herumtrieben. Vielleicht waren einige auch bereits abgereist, in der Annahme, dass der Dreh sowieso zu Ende war. Andere waren sicherlich schon auf ihren Zimmern, aber ein paar konnte ich vielleicht noch erwischen.

Ich parkte mein Auto und lief zum Scheiterhaufen. Die Musik und laute Stimmen drangen nach außen, die Bude war also immer noch voll.

Zuerst erblickte ich Arianne. Sie saß mit Rick Mazure an der Theke, der offensichtlich einige Minuten schneller gewesen war als ich. Ich ging zu ihnen hinüber, aber irgendetwas hielt mich zurück.

Ich nickte den beiden lediglich zu und setzte mich auf einen freien Sessel einige Meter von Rick entfernt. Ich lächelte Tante Pearl zu, die immer noch bediente. Sie nickte zurück und wandte sich dann ab. Nur eine Sekunde später legte sie vor mir auf der Theke einen Untersetzer ab, gefolgt von einem Glas Rotwein. Sie war ungewöhnlich ruhig, als sie sich wieder an das andere Ende der Bar zurückzog und dort Bier ausschenkte.

Sogar über die laute Countrymusik hinweg konnte ich hören, dass Rick Mazure nun noch angetrunkener war als vorhin. Im Rathaus hatte es den Anschein erweckt, als hätte er sich etwas erholt, aber nur fünfzehn Minuten später war er wieder betrunken wie eh und je. Vielleicht war es auch nur verständlich, wenn man seinen Job verloren hatte. Oder Tante Pearl hatte wieder einmal was damit zu tun. Ich spitzte die Ohren, um ihrer Unterhaltung zu lauschen.

„Was wollte ich gerade sagen?" Rick lallte, als er sein Glas hob und den verbleibenden Whiskey darin leerte.

„Du wolltest mir gerade erklären, wie du mich zu einem Stern in Hollywood machen wirst." Arianne Duval spielte mit ihrem Plastikstrohhalm. Es klang sarkastisch, so als ob sie Rick kein Wort glauben würde.

„Ein Stern? Du wirst eine verdammte Galaxie werden!" Er legte seine Hand auf ihre. „Ich habe sehr viele Ideen, aber im Moment sind sie noch geheim."

Ich fragte mich, ob es dasselbe Drehbuch war, das Rick am Morgen noch Dirk verkaufen wollte.

Arianne Duval befreite ihre Hand unter dem Vorwand, trinken zu wollen. „Worum geht es denn in dem Film?"

Ich begutachtete ihre Hände. Sie trug zwar Ringe an beiden Händen, aber sie waren viel zarter als der Ring auf dem Foto. Und ihre Ringe waren golden und nicht Silber.

Rick lehnte sich zu ihr. „Junge Frau vom Pech verfolgt, entdeckt an der Kasse eines Supermarkts. Du bist perfekt für die Rolle."

„Lass mich raten. Die Geschichte über einen Emporkömmling in Hollywood?" Arianne wartete nicht auf seine Antwort. „Das meinst du doch nicht ernst? Das ist doch alles schon zigfach verfilmt worden."

„Alles wurde schon einmal verfilmt, Arianne. Es ist eine Erfolgsformel und ich weiß, wie sie funktioniert. Deshalb ist Dirk auch so erfolgreich geworden. Meine Drehbücher haben ihn berühmt gemacht. Und dich werde ich auch berühmt machen."

„Ich bin bereits berühmt. Da musst du dir schon was Besseres einfallen lassen."

„Sei dabei und ich garantiere dir, deine Fans werden bald schon deinen Stern auf dem Walk of Fame bewundern."

Arianne verdrehte die Augen. „Ich glaube, du übertreibst da ganz schön."

„Hör mal, ich weiß, wie man einen Blockbuster schreibt. Er ist sogar schon geschrieben." Rick tippte auf sein Glas, um es auffüllen zu lassen. „Außerdem ist es ja auch nicht so, als hättest du gerade ein anderes Projekt. Bist du also dabei oder nicht?"

Arianne schwieg für einen Moment und nippte an ihrem Drink. „Vielleicht."

„Ich würde nicht zu lange warten, wenn ich du wäre. Kim ist bereits auf der Suche nach jungen Talenten für mich."

„Okay, gut, ich werde mir das Drehbuch ansehen." Arianne leerte ihren Drink. „Was habe ich schon zu verlieren."

„Du bist also dabei." Rick hielt ihr seine Hand hin. „Hand drauf."

Arianne schüttelte seine Hand und Rick zog einen Stapel Papier aus seiner Tasche. „Das Drehbuch ist nur für deine Augen bestimmt. Versprich mir, dass du niemandem ein Wort verrätst."

Arianne nickte.

„Gut", sagte er. „Ich lasse dir morgen einen Vertragsentwurf zukommen. Mit meinen Drehbüchern kann ich Geld praktisch drucken. Es wird noch allen leidtun, mich nicht ernstgenommen zu haben."

Ich hatte das Gefühl, dass es einigen schon leidtat.

ante Pearl winkte mir zu, um meine Aufmerksamkeit am gegenüberliegenden Ende der Bar auf sich zu ziehen. Ich stand auf, ging mit meinem Weinglas zu ihr und ließ mich auf einen Stuhl neben Kim Antonelli fallen. Sie starrte mich an und ich blickte auf ihre Hände, die einen Drink umklammert hielten.

Keine Ringe.

Kim knallte ihr Glas auf die Bar und verspritzte dabei überall Margarita. „Es ist nicht fair. Dirk Diamond war mein einziger Kunde. Er hat meine ganze Zeit beansprucht, bis ich mein Geschäft mit anderen Kunden aufgeben musste. Nun ist er weg und ich habe mit einem Mal kein Einkommen mehr. Ich bin im Grunde arbeitslos."

Ihr Gejammer schien mehr Show als echte Verzweiflung zu sein. Sie wirkte recht emotionslos.

„Vielleicht hättest du dich breiter aufstellen sollen." Tante Pearl legte einen Bierdeckel vor mir ab und stellte ein eiskaltes Glas Wasser darauf ab. „Nur einen Kunden zu haben, ist ein Garant für ein Desaster."

„Vielleicht solltest du dich um deine eigenen Angelegenheiten kümmern", schnappte sie. Wenigstens ihr Ärger auf Tante Pearl schien echt zu sein.

Ich warf Tante Pearl einen bösen Blick zu, bevor ich mich an Kim wandte. „Was denkst du, wer hat Dirk umgebracht?"

Kim warf ihre Hände in die Luft. „Wer weiß das schon? Jeder… und ich meine wirklich jeder… hasste ihn. Sogar seine Frau Rose. Sie wollte die Scheidung, aber er schwor ihr, dass sie das ihr Leben lang bereuen würde. Dann hat er sie umgebracht."

Ich fuhr zusammen. „Du denkst, Dirk hat Rose umgebracht?"

„Ich weiß, dass er es getan hat", sagte Kim. „Er wollte durch die Scheidung kein Geld verlieren. Das hat er mir sogar gesagt. Er meinte, der einzige Weg aus dieser Ehe wäre, dass einer von ihnen stirbt."

Ich bedeutete Tante Pearl, Kims Glas aufzufüllen. Sie sollte ruhig weitersprechen. „Ich nehme an, er hat bekommen, was er wollte. Zumindest für eine kurze Zeit."

Ich dachte an Tylers Bemerkung, dass Tante Amber die Alleinerbin von beiden war. „Hatte Dirk ein Testament?"

Kim nickte, sagte aber nichts weiter dazu.

Ich nahm einen Schluck von meinem Wasser, die kalte Flüssigkeit beruhigte meine angeschlagene Stimme. „Wer erbt denn?"

Kim blickte sich um und flüsterte dann: „Ich."

Ich verschluckte mich und spuckte das Wasser aus, das nun eine kleine Pfütze mit der verschütteten Margarita bildete. Kims Behauptungen passten nicht zu Tylers Recherchen. „Du erbst alles?"

„Das hat mir Dirks Anwalt gesagt, als ich ihn wegen Dirks Tod angerufen habe. Offensichtlich ging Roses Vermögen an Dirk, aber nachdem Dirk jetzt tot ist, erbe ich alles, inklusive dem Vermögen."

Ich war überrascht, dass Kim den Anwalt bereits angerufen hatte. Und dass der Anwalt ihr darüber Auskunft erteilt hatte. Aber vielleicht erledigten Hollywoodagenten viele persönliche Angelegenheiten für große Stars wie Dirk Diamond.

Tante Pearl kam mit einem Lappen und wischte vor uns die Flüssigkeit auf. Sie nahm Kims Glas und stellte ihr eine neue Margarita hin.

Prompt trank Kim die Hälfte in einem Zug aus.

Womöglich war Kims und Dirks Beziehung auch mehr als nur beruflich. „Das muss dich doch sehr überrascht haben." Eigenartig, dass sie dann so über ihren verlorenen Job jammerte, wo sie doch gerade Millionen geerbt hatte.

„Ein wenig. Ich dachte, er hätte das nur vorübergehend so geregelt, als Rose die Scheidung wollte, aber der Anwalt meinte, das wäre nicht so. Dirk habe alles geändert, ohne sich vorher mit ihm abzusprechen. Das war typisch Dirk, aber ich fasse es immer noch nicht, dass er mir sein Vermögen hinterlassen hat. Ich weiß, was du jetzt denkst, aber Dirk und ich hatten ein strikt berufliches Verhältnis. Du kannst Jeden fragen. Ich habe keine Ahnung, warum er mir alles vermacht hat. Dirk hat manchmal verrückte Dinge getan. Ich habe nur für ihn gearbeitet."

„Rose wollte die Scheidung einreichen?" Wenn das stimmte, dann war Roses Tod bestimmt kein Unfall. Dirk hätte ein starkes Motiv gehabt, sie umzubringen. Und dennoch war weder über ihren Tod noch über die mögliche Scheidung in den Medien berichtet worden. In meinem Kopf drehten sich all die widersprüchlichen Informationen. Irgendjemand log hier, vielleicht sogar alle. Sowohl Rick als auch Tyler glaubten, Amber wäre Dirks Erbin. Nun behauptete Kim etwas anderes. Wie oft hatte Dirk wohl sein Testament geändert?

Dirk hatte sich offensichtlich auf Kims Loyalität verlassen. Oder er hatte gewusst, dass er Kontrolle über sie ausüben konnte? Kein Anwalt würde seinem Klienten zu solch einer Vereinbarung raten und daher hielt er diese Änderung wohl unter Verschluss. Er hatte vermutlich nicht gedacht, während dieser Übergangszeit zu sterben.

„Wer wusste, dass Dirk sein Testament geändert hatte?", fragte ich.

Kim warf die Hände in die Luft. „Keine Ahnung. Ich habe es jedenfalls nicht gewusst. Vielleicht wusste es außer ihm gar niemand. Er war in solchen Dingen sehr verschlossen."

Wir zuckten beide zusammen, als etwas hinter der Bar krachte und schließlich Glas zerbrach. Ein Regal war zusammengebrochen und einige teure Flaschen Spirituosen waren auf dem Boden gelandet.

„Ups!" Tante Pearl betrachtete den Schaden, klang dabei jedoch verdächtig heiter. „Ich kann das sofort wieder reparieren."

Ich hielt meine Hand auf und ahnte, dass sie nichts Gutes im Schilde führte. „Du wirst nicht…"

Aber Tante Pearl murmelte bereits einen Rückspulzauber. *„Eins, zwei, drei... auf das es wieder sei..."*

Kim schien es nicht zu bemerken. Nicht, dass es einen Unterschied machte. Ein Rückspulzauber würde Kims Kurzzeitgedächtnis der letzten Sekunden löschen.

Ich war genervt, schließlich hatte ich gerade Fortschritte bei Kim gemacht. Ich wollte nicht wieder von vorne mit meiner Befragung beginnen. Das war nur verschwendete Zeit und wir konnten uns keine Verzögerungen mehr leisten. Aber ich fing wieder von vorne an, bis wir wieder an demselben Punkt in unserer Unterhaltung waren.

„Kim, hatten du und Dirk eine Affäre?" Ich beobachtete sie genau, um jede Regung in ihrer Körpersprache zu bemerken.

„Was? Nein! Er war doch so alt! Ja, ich weiß, er war ein Star, aber er ist doppelt so alt wie ich. Außerdem hätte ich niemals einer anderen Frau den Ehemann ausgespannt." Sie wurde immer lauter. Der Rückspulzauber hatte sich offensichtlich nicht positiv auf ihren Alkoholpegel ausgewirkt.

„Aber er hat dir doch das ganze Geld hinterlassen..."

„Ach, das." Sie winkte ab. „Ich bin mir sicher, dass ich es am Ende gar nicht bekomme. Er hat es doch nur getan, weil er nicht wusste, was er sonst tun sollte. Nach Roses Tod wollte er das Geld einer wohltätigen Einrichtung zukommen lassen, wusste aber noch nicht, welcher. Deshalb hat er provisorisch meinen Namen eingetragen. Das Testament wird bestimmt angefochten werden, da bin ich mir sicher."

Eine weitere Komplikation. Ihre Antwort entsprach nicht ganz der, die sie vor Tante Pearls Rückspulzauber gegeben hatte.

„Und wenn ihm in der Zeit, in der er überlegte, irgendetwas passiert wäre... dann hättest du Millionen geerbt." Wenn Kim wirklich hinter Dirks Tod steckte, dann hatte sie nur sehr wenig Zeit gehabt, um ihren Plan auszuführen. „Und offensichtlich tust du das auch."

„Beschuldigst du mich etwa des Mordes an Dirk? Ich glaub's einfach nicht!" Sie fuhr mit dem Finger über den Rand des Glases und leckte das Salz ab. „Ich bin doch die Letzte, die so etwas tun würde. Am Ende hat er doch nur noch mir vertraut."

„Ihr wart also Freunde?“

„Naja, nachdem Dirk sonst keine Freunde hatte, kam ich wohl einer Freundin am nächsten. Ich war die Einzige, der er sich anvertraut hat. Ich wusste Dinge über ihn, die nicht einmal seine Frau wusste.“

„Was denn zum Beispiel?“ Was immer Kim auch für ihn gewesen war, es war ihr egal, dass er tot war. Ich nahm an, die Aussicht auf Geld linderte den Schmerz.

Kim überlegte für ein paar Sekunden und wog ab, was sie sagen konnte. „Dirk wollte seine eigene Produktionsfirma starten und selbst Filme drehen. Nicht mehr für Steven arbeiten. Das war der wahre Grund, warum er so schwierig war und warum er aufhören wollte. Er zögerte die Dinge so lange wie möglich hinaus, weil er nicht wollte, dass Stevens Film eine Konkurrenz für den Film war, den er selbst produzierte.“

„Lass mich raten… einen neuen Actionthriller?“ Ich dachte an Rick Mazures Anschuldigungen gegen Steven Scarabelli. Vielleicht war doch etwas dran.

„Yep.“ Kim lehnte sich auf dem Barhocker zurück und verlor dabei beinahe das Gleichgewicht. Welche Gefühle sie auch für Dirk gehabt haben mochten, sein Tod löste in ihr wohl das Verlangen aus, sich zu betrinken.

„Weiß sonst noch jemand von Dirks neuer Firma?“ Erneut deutete alles auf Steven - falls er von Dirks Betrug an ihm gewusst hatte.

Kim zuckte mit den Schultern. „Das bezweifle ich. Dirk wollte alles geheim halten, bis er den Absprung wagen konnte.“

„Schade, dass er nicht mehr lange genug gelebt hat“, sagte ich. „Dann hätte er vielleicht nicht sterben müssen.“

„Ich verstehe nicht, was das mit seinem Tod zu tun hat.“ Kim sah aus, als wäre sie persönlich beleidigt. Als Erbin von Dirks Vermögen würde sie nichts sagen, was sie selbst belastete.

„Und wenn jemand davon gewusst hat?“ Ich bezweifelte, dass es ein Zufall war. „Dirk haut ab und einige Leute stehen dann ohne Job da. Dirk hatte viele Feinde. Vielleicht hat ihn einer von ihnen getötet. Fällt dir jemand ein, der wirklich so weit gehen hätte können?“

„Ich will ja nichts sagen, aber da gab es tatsächlich jemanden." Kim senkte ihre Stimme. „Amber West hat ihm wegen der Rolle gedroht. Sie schien zu denken, dass er ihr einen Gefallen schuldete. Sie wird immer rasend wütend, wenn sie nicht bekommt, was sie will. Die Frau macht ganz schön Arbeit."

„Hmmm" Ich versteckte mein Entsetzen so gut ich konnte. Ich wollte, dass Kim weitersprach, aber es war schrecklich, dass sie andere so belastete, vor allem meine Tante. So wie sie sprach, hatte sie offensichtlich keine Ahnung, dass wir beide verwandt waren oder dass Tante Pearl und Tante Amber Schwestern waren.

Tante Pearl lehnte sich näher heran und wischte mit einem Lappen über die Theke. „Amber ist eben sehr leidenschaftlich, was ihren Beruf angeht. Sie ist eine großartige Schauspielerin."

Ich runzelte die Stirn. Pearls Kommentar sollte Kim wohl aus der Reserve locken.

Kim nickte jedoch nur und drehte sich wieder zu mir. „Je mehr ich darüber nachdenke, desto sicherer bin ich mir, dass Amber es getan hat. Die Frau ist verrückt. Sie wirkt wie eine nette, ältere Dame, aber sie ist wirklich gemein."

Jeder zeigte mit dem Finger auf Tante Amber, aber es konnte doch nicht sein. Sie hatte gar keine Zeit gehabt, Dirk umzubringen, und ihre Überraschung über seinen Tod hatte echt gewirkt. Sie gab sogar zu, im oberen Stockwerk gewesen zu sein, als Steven Scarabelli ermordet wurde.

Ich konnte mich nicht mehr daran erinnern, ob Kim im Speisesaal gewesen war, als Tante Amber ihr falsches Geständnis gemacht hatte, aber sie hätte es hören können. Vielleicht hatte ihr auch von jemand anderes davon erzählt.

„Also habe ich das richtig verstanden? Du denkst, dass Dirk Rose und Amber Dirk umgebracht hat? Was für ein Motiv hätte sie?" Vor allem jetzt, wo doch Kim Dirks Geld erbte, wollte ich noch hinzufügen.

„Wer weiß das schon? Amber ist alt und verwirrt." Kim drehte den Zeigefinger an ihrer Schläfe. „Sie würde alles tun, um zu bekommen, was sie will."

„Amber ist nicht alt!" Tante Pearls Gesicht war gerötet. Sie war die älteste der drei Schwestern, ein paar Jahre älter als Amber. Wenn Amber als alt galt, machte das Pearl noch viel älter.

Kim verzog das Gesicht. „Natürlich ist sie das... sie muss mindestens sechzig sein. Manche werden ja im Alter verrückt. Wusstet ihr, dass sie einen Stuhl nach Steven geworfen hat? Sie war so gemein zu ihm und trotzdem räumte er ihr eine Sonderstellung ein. So war Steven eben. Hoffnungslos loyal."

Sonderstellung?

Plötzlich wurde mir klar, dass Kim komplett das Thema gewechselt und von sich auf Tante Amber abgelenkt hatte. Außerdem hätte Dirk, hätte er seine eigenen Filme gemacht, keine Agentin mehr gebraucht, um Rollen zu ergattern. Vielleicht war Kim stärker in die Sache verwickelt, als sie zugab.

KAPITEL 30

Kim stand auf und nahm ihre Tasche von der Theke. „Ich habe dieses Kaff hier satt. Man sieht sich." Sie griff nach ihrer Geldbörse, zog ein paar Scheine heraus und ließ sie auf die Theke fallen.

Tante Pearl rief ihr hinterher. „Warte… du hast was vergessen!"

„Nein, ich habe alles dabei." Kim runzelte die Stirn.

Tante Pearl hielt eine Halskette hoch. „Die muss dir runtergefallen sein."

Kim ging zurück und griff nach der Kette. Sie blickte sie einen Moment lang an, dann öffnete sie den Verschluss und ließ den Anhänger heruntergleiten.

Meine Kinnlade kippte nach unten, als ich den Anhänger erkannte, der eigentlich gar keiner war. An der Kette hing ein silberner Siegelring. „Woher hast du den?"

Kim bedeutete mit dem Kopf an das gegenüberliegende Ende der Bar. „Frag den da drüben." Sie entfernte den Ring und ließ ihn mit der flachen Seite auf der Theke kreisen.

Rick Mazure sprang auf und rannte zu dem Ring, der gerade zum Stehen gekommen war. Er griff danach und umklammerte ihn mit seiner Hand.

„Ist das deiner?", fragte ich während ich gleichzeitig Tyler eine Nachricht schickte. Gerade als ich zu tippen begann, wurde die Tür geöffnet.

Tyler trat in die Bar, unbemerkt von Rick oder den anderen Gästen.

Rick stopfte den Ring in seine Tasche. „Natürlich ist das meiner."

„Der sieht genauso aus wie der Ring von meinem Freund. Darf ich mal sehen?" Rick wusste nicht, dass Tyler und ich ein Paar waren. Ich musste ihn solange hinhalten, bis Tyler zu uns gekommen war. Deshalb erfand ich eilig die Geschichte, dass mein Freund seinen Ring verloren hatte.

Rick zog den Ring aus seiner Tasche. „Es ist meiner, siehst du? Das R hier steht für meinen Namen. Das sieht man doch."

Tyler war leise an uns herangetreten.

„Das sieht man ganz deutlich", sagte ich. „Du hast Dirk Diamond ermordet und dieser Ring beweist es. Wir haben alles auf Band."

„Was? Du bist doch verrückt!", schrie Rick. „Was ist nur in dieser bescheuerten Stadt los. Ich habe Dirk gesagt, wir hätten niemals hierherkommen dürfen. Das war alles Stevens Idee, der von dieser wahnsinnigen Amber beeinflusst wurde."

„Ich glaube, du hast Dirk das genaue Gegenteil gesagt", erwiderte ich. „Es gab doch keinen besseren Ort, um ihn umzubringen, als eine abgelegene Stadt mit nur wenig Polizei."

Tante Pearl griff zur Stereoanlage und drehte die Musik ab. Nicht, dass es notwendig gewesen wäre, denn bereits jetzt folgte jeder in der Bar unserer Unterhaltung. Die meisten hatten sich von ihren Plätzen erhoben und waren ungläubig auf uns zugekommen.

Ich blickte zu Tyler.

Er nickte und stellte sich zwischen Rick und die Tür. „Rick Mazure, ich verhafte Sie wegen Mordes an Dirk Diamond und Steven Scarabelli." Dann verlas er dem verblüfften Autor seine Rechte.

„Sie werden doch nicht auf sie hören, oder?", rief Rick.

„Jeder war frustriert wegen Dirks lächerlichen Forderungen und der Art, wie er mit den Leuten umging", sagte ich. „Aber niemand mehr als du. Dirk hat dich von allen am schlechtesten behandelt. Du hast wie ein Irrer geschuftet, um seine ständigen Änderungswünsche einzuarbeiten, aber er hat es dir nie gedankt."

Er zuckte mit den Schultern. „Er war ein Idiot, na und? Wir wussten alle, dass Steven uns gut bezahlen würde. Warum sollte ich die goldene Gans umbringen?"

„Sie waren wütend über all die Änderungen in letzter Sekunde", sagte Tyler. „Wer könnte es Ihnen verübeln? Während alle anderen nur herumsaßen und darauf warteten, dass Dirks Forderungen zu Papier gebracht wurden, haben Sie geschrieben wie ein Irrer. Sie haben sich fast zu Tode gearbeitet, nicht wahr?"

Rick winkte ab. „Das ist mein Job. Immerhin war Dirk der Star. Die Stars muss man bei Laune halten."

„Aber bei jedem ist irgendwann eine Grenze erreicht. Ihre war erreicht, als Dirk und Sie gemeinsam an einem Projekt arbeiteten. Er wollte seine eigene Produktionsfirma aufziehen und heuerte Sie für das Drehbuch an. Sie haben Tag und Nacht geschuftet, um es neben Ihrem normalen Job zu schreiben. Aber Dirk hat es abgelehnt."

Rick errötete, antwortete jedoch nicht.

„Das war der Tropfen, der das Fass zum Überlaufen brachte, nicht wahr?", fragte Tyler. „Dirk war undankbar. Er hat Sie ausgespielt, aber Sie haben sich am Ende dafür gerächt, indem Sie seinen Mord in das Drehbuch schrieben."

„Nein, Sie verstehen das ganz falsch. Ich habe meine eigene Firma gegründet und wollte…"

Tyler schüttelte den Kopf. „Die Idee ist Ihnen erst nach dem Mord an Dirk gekommen. Aber die Sache wurde komplizierter, als es Steven verdächtig vorkam, dass die Messer zu Pistolen gemacht worden waren. Da begann er, Fragen zu stellen."

Rick hielt protestierend die Hand hoch. „Steven war doch viel zu beschäftigt, als dass er sich mit so etwas beschäftigt hätte. Er sagte mir, ich solle direkt mit Dirk zusammenarbeiten."

Tyler fuhr fort: „Da gab es noch ein weiteres Problem mit den Waffen. Steven wusste, dass die Waffen nur Attrappen waren. Steven arbeitete lange genug mit Bill zusammen, um zu wissen, dass er niemals eine geladene Waffe ans Set bringen würde."

Bill nickte, er stand nur wenige Meter von uns entfernt. Alle waren nun aufgestanden und bildeten einen Halbkreis um uns.

Rick schüttelte den Kopf. „Steven wollte alle Änderungen absegnen. Er wusste über alles Bescheid."

„Nein, so ist das nicht abgelaufen", warf ich ein. „Du wusstest, er würde die Änderungen nicht lesen, denn er hatte dir vertraut. Steven war so damit beschäftigt, alle Unterschriften unter die Verträge zu bekommen, dass er keine Zeit hatte, das Drehbuch zu lesen. Ich habe gehört, wie er sagte, du sollst einfach machen."

Tyler nickte. „Auch wenn Steven die Änderungen nicht absegnete, es war offensichtlich, dass der Tausch von Messern zu Pistolen eine ziemlich große Änderung war. Steven wusste, dass Dirk so etwas nie gefordert hatte. Dirks Änderungen waren immer so, dass er selbst in einem besseren Licht dastand, eine Änderung der Waffen gehörte nicht dazu."

„Nein! Sie verstehen das ganz falsch!", protestierte Rick. „Dirk hat die verrücktesten Dinge gefordert, die ich dann ins Drehbuch schreiben musste."

„Steven hat Sie damit konfrontiert, nicht wahr?" Tyler wartete nicht auf die Antwort. „Sobald er begriff, was Sie getan hatten, wollte er Sie auffliegen lassen. Sie hatten keine Wahl und mussten auch ihn umbringen. So würde niemand herausfinden, dass Sie Dirk getötet haben. Sie gingen in Stevens Zimmer und fanden ihn dort alleine vor."

Rick beugte sich nun vorne über und vergrub sein Gesicht in den Händen. Er begann unkontrolliert zu schluchzen. „Steven war mein Freund."

„Aber was dich wirklich verraten hat, war der Siegelring", sagte ich. „Du hast ihn getragen, als Dirk erschossen wurde. Du wolltest ihn loswerden, weil du Angst hattest, dass sich daran Schmauchspuren finden lassen. Deshalb hast du ihn Kim gegeben."

Rick öffnete den Mund, aber er konnte es wohl kaum verneinen, nachdem er Kim den Ring gegeben hatte.

Kim erbleichte und hielt sich theatralisch die Hand an die Brust. „Nein!"

„Dann wolltest du dem toten Steven den Mord an Dirk anhängen und Amber den Mord an Steven. Zu schade, dass der Plan nicht so gut durchdacht war wie deine Drehbücher." Ich dachte zurück an den Morgen, als ich Tante Ambers Kleider über das Set trug. Damals hatte ich Ricks Ring zum ersten Mal gesehen, später jedoch wieder vergessen.

„Jetzt ergibt alles Sinn", sagte Bill. „Meine verschwundene Waffe, die lächerlichen Änderungen, wie das Pferd und die Pistolen. Ich hatte ja keine Wahl, ich musste die Requisiten zurücklassen. Ansonsten hätte ich den Dreh aufgehalten. Das gab Rick genug Zeit, um sich die Waffe zu nehmen und sie mit richtiger Munition zu laden."

„Bis Dirk bemerkte, dass die Änderungen gar nicht die seinen waren, war er bereits tot." Arianne tupfte sich eine Träne von der Wange. „Und wir wollten die Szene so eilig abdrehen, dass wir gar nicht aufgepasst haben. Deshalb musste ich wohl auch meine Waffe selbst aus der Kiste holen." Sie lächelte Bill entschuldigend zu.

„Rick hat die Szene umgeschrieben, damit die anderen Pistolen von ihm ablenkten." Tyler zog Handschellen aus seiner Jackentasche und legte sie um Ricks Handgelenke. „Sie dachten, dass die Schießerei die richtige Kugel verdecken würde, aber Sie haben einen großen Fehler gemacht. Sie haben nicht an die Schussbahn gedacht. Dirk hätte in seiner Position nicht von den anderen Schauspielern erschossen werden können."

„Du dachtest wohl, dass es niemandem auffällt", fügte ich hinzu. „Aber Bill hat die fehlende Pistole bemerkt. Du konntest sie nicht zurücklegen, ohne gesehen zu werden. Du hattest nur Zeit, sie in die große Requisitenkiste zu werfen."

„Warum hast du das getan, Rick?" Bill schüttelte den Kopf. „Wir waren da doch an einer guten Sache dran."

Rick wollte auf Bill zuspringen, verlor aber aufgrund der Handschellen das Gleichgewicht. Tyler stellte sich zwischen die beiden.

„Warum? Weil ich finde, dass Diebe bezahlen müssen. Dirk hat die Idee für eine neue Serie gestohlen, die ich extra für ihn geschrieben habe. Er hat versprochen, mich reich zu machen, aber als ich die Drehbücher schrieb, stahl er sie mir und löste die Vereinbarung auf. Er erhielt einen Multimillionen-Dollar Deal für die Serie, die ich geschrieben habe, aber mir wollte er keinen Cent davon angeben." Ricks Gesicht war vor Wut rot angelaufen. „Meine Drehbücher haben ihn doch überhaupt erst zum Star gemacht und wie dankte er mir dafür?"

„Ich bin mir sicher, dass er dich am Ende bezahlt hätte." Ich bezweifelte es selbst, aber ich wollte etwas Ruhe schaffen.

Rick schüttelte den Kopf. „Nein, er hätte meinen Namen nicht nur aus dem Abspann genommen, er hätte sogar behauptet, er hätte das Drehbuch selbst geschrieben! Er war nichts weiter als ein Dieb, ein gewöhnlicher Krimineller."

„Aber er war doch ein Star", warf Tante Pearl ein. „Er hätte deine dummen Drehbücher gar nicht gebraucht."

Rick errötete noch weiter. „Meine dummen Drehbücher haben ihn doch erst zum Star gemacht. Ohne mich wäre er niemand."

KAPITEL 31

Ich folgte Tyler in meinem Honda, als er den verhafteten Rick zur Polizeistelle fuhr.

Die Zelle war allerdings bereits belegt – von einer ungewöhnlich pflichtbewussten Tante Amber. Sie war zurückgekehrt, während wir im Scheiterhaufen gewesen waren und hatte sich offensichtlich selbst in die Zelle gesperrt. Sie rüttelte mit beiden Händen an den Gitterstäben und rief: „Ich kann es nicht glauben, dass ich die ganze Action verpasst habe!"

Tyler reichte mir den Schlüssel und ich öffnete die Tür. Ich ergriff Tante Ambers Hand und führte sie aus der Zelle, damit Tyler Rick dorthin verfrachten konnte. „Du kommst mit mir mit."

Ich führte sie durch die Tür hinaus in das Büro.

„Wie geht es nun weiter?" Tante Amber tupfte sich eine Träne aus dem Augenwinkel. „Alles, wofür ich so hart gearbeitet habe, ist futsch. Der Film wird niemals gedreht werden."

„Du bist doch erst zum Schluss hinzugekommen", sagte ich. „So viel hast du gar nicht in den Film investiert. Ich wette, du hast sogar Hexerei genutzt, um den Text zu lernen."

Sie zuckte mit den Schultern. „Nur weil ich übernatürliche Talente habe, heißt das nicht, dass es für mich einfacher ist. Ich bin den ganzen Weg von London hergeflogen. Und ich habe die Finger von Rubys Nachspeisen gelassen, um mein Gewicht zu halten. Das ganze Leiden für nichts."

Ich hätte argumentieren können, dass sie doch gar nicht gelitten habe, aber das würde nichts bringen. Stattdessen tätschelte ich ihr den Arm. „Es tut mir leid, Tante Amber. Kann ich etwas tun, um dich aufzumuntern?"

Sie klimperte mit den Wimpern und die Tränen verebbten. „Ich weiß, dass der Film nicht im Kasten ist, aber können wir nicht trotzdem eine Abschlussparty schmeißen?" Mit den Fingern malte sie Anführungszeichen in die Luft. „Es ist ja nicht unsere Schuld, dass der Dreh nicht beendet werden kann."

„Ich weiß nicht. Das erscheint mir doch etwas unpassend angesichts dreier Todesfälle." Der Gerichtsmediziner in Los Angeles hatte das Gehirnaneurysma bestätigt. Dirk hatte Rose nicht umgebracht. Niemand hatte das getan. Es war nur ein tragischer und schrecklicher Zufall, dass Mann und Frau am selben Film arbeiteten und innerhalb weniger Tage verstarben. Ihre Ehestreitigkeiten schienen ein Motiv gewesen zu sein, aber ihre beiden Tode hatten nichts miteinander zu tun.

Zumindest einer dieser Todesfälle war auf eine natürliche Todesursache zurückzuführen. Keine guten Nachrichten, aber immerhin nicht noch mehr schlechte.

„Vermutlich." Tante Amber wirkte deprimiert. „Und wenn wir den Namen des Films ändern? Und ein paar neue Szenen hinzufügen?"

„Keine gute Idee", sagte ich. „Du bist gerade noch einmal ohne eine Mordanklage davongekommen. Vielleicht solltest du deine Filmkarriere vorerst auf Eis legen und dich etwas bedeckt halten."

Plötzlich strahlte Tante Amber: „Wir werden eine Gedenkfeier mit rotem Teppich ausrichten. Hier in der Stadt. Und dann werden die ganzen Hollywoodstars nach Westwick Corners kommen. Das größte Event des Jahres."

„Hätten Dirk und Steven das so gewollt?" Ich runzelte die Stirn und dachte daran, dass Tante Pearl gewiss die Hauptstraße in Brand setzen würde, wenn noch mehr Gäste in die Stadt kämen.

Tante Amber zuckte mit den Schultern. „Wer kann das schon wissen? Wir können sie schließlich nicht mehr fragen."

„Das stimmt, das können wir nicht. Überlassen wir die Entscheidung doch ihren Angehörigen", sagte ich.

„Es fühlt sich nur so… unvollständig an." Tante Amber seufzte. „Meine Chance auf einen Oscar ist für immer dahin."

„In meinen Augen wirst du immer ein Star sein." Das war vielleicht etwas übertrieben, aber ich hatte noch nie verstanden, warum Tante Amber ihre übernatürlichen Talente für die Schauspielerei hintanstellen wollte. Sie war doch bereits ein Star in der Hexenwelt.

Vermutlich wollte sogar eine Hexe wie Tante Amber die Dinge, die sie nicht haben konnte, und übersah dabei das, was sie schon hatte. „Berühmt sein ist auch nicht alles."

„Du hast recht, Cenny. Die ganzen Paparazzi, die Fans… es ist doch besser, normal zu sein." Sie seufzte. „Ich kehre wieder zu meiner gewöhnlichen Existenz zurück. Da bin ich wenigstens eine freie Frau."

„Und du hast mir geholfen, eine Exklusivgeschichte zu bekommen. Ich war die letzte Journalistin, die mit Steven Scarabelli gesprochen hat. Ich habe sogar schon Anrufe von Zeitungen aus Hollywood erhalten." Das war eine Notlüge, um sie ein wenig aufzuheitern, aber sofort bereute ich meine Worte.

Tante Amber fuhr sich durch das Haar. „Wirklich? Sag ihnen, sie sollen mich anrufen. Ich habe einigen Hollywoodklatsch, den ich mit ihnen teilen kann."

Die Tür des Büros wurde geöffnet und Mum und Tante Pearl traten ein.

„Ich habe die Neuigkeiten gehört." Mum umarmte Tante Amber. „Es tut mir leid, dass es mit deiner Rolle nicht geklappt hat."

„Ja, tut mir leid." Das Einzige, das Tante Pearl leidtun zu schien, war, dass sie die Worte überhaupt aussprechen musste.

„Ist schon gut. Man hätte mir sowieso nicht genug bezahlt. Nach all dem, was passiert ist, kann ich vielleicht irgendwo einen besseren Deal herausschlagen." Tante Amber schien sich in der Rolle des aufsteigenden Sterns durchaus zu gefallen.

Tyler kam in das Büro und ich flüsterte ihm ins Ohr: „Mach bitte ein großes Aufheben rund um ihre Freilassung."

Tante Amber war bereits hinaus in den Gang getreten.

„Keine Sorge, Cenny. Die halbe Hollywoodpresse ist draußen vor dem Gebäude. Die kamen nur ein paar Minuten, nachdem ich Brayden wegen Rick Mazures Verhaftung angerufen habe." Tyler verschloss die Tür hinter uns, als wir hinausgingen.

Ich lächelte. „Gute Nachrichten verbreiten sich schnell."

Tyler lachte. „Ich hätte nie gedacht, dass Bewunderung so wichtig für Amber ist. Sie hätte uns doch gar nicht auf eine falsche Fährte lenken müssen. Ich meine, sie hätte sich doch einfach eine Menschenmenge herbeizaubern können, wenn sie wollte."

„Das stimmt", sagte ich. „Aber Tante Amber weiß ja nicht, dass die Meute wegen Rick Mazures Verhaftung da ist und nicht wegen ihrer Freilassung. Deshalb bedeutet ihr die Menge ja so viel. Sie ist eine echte… keine herbeigezauberte. Und ihrer Meinung nach zieht nichts eine Horde Journalisten mehr an als eine fallengelassene Mordanklage."

KAPITEL 32

Die späte Vormittagssonne wärmte unser Gesicht, als Mum und ich auf den Stufen des Rathauses standen. Wir reckten unsere Hälse, um an den Presseleuten vorbeizusehen, die auf Tante Amber warteten. Sie hatte plötzlich doch noch den Star-Status erreicht, den sie sich so ersehnt hatte, wenn auch in einer Art und Weise, die sie sich nie erträumt hätte.

Die Ereignisse des gestrigen Tages schienen bereits nur noch Erinnerungen zu sein, auch wenn sie heute wieder hochkommen würden.

Tante Amber hatte auf eine nachgestellte Wiederholung ihrer nächtlichen Freilassung bestanden sowie auf eine Pressekonferenz, der Brayden überraschend zugestimmt hatte. Es schien so, als würde die Persönlichkeit meiner Tante etwas Glanz in eine ansonsten öde Veranstaltung bringen. Und, welch Überraschung, Brayden würde natürlich die Lorbeeren für Rick Mazures Verhaftung und die Freilassung meiner nun bewiesenermaßen unschuldigen Tante einheimsen.

Ich blickte mich um, konnte Tante Amber oder Tyler aber nirgendwo erblicken. Nun, wo sein Job sicher war, konnte er über Braydens Art wieder lachen. Tyler war gerade noch einmal mit einem blauen Auge davongekommen. Ich hoffte nur, dass das Glück anhalten würde und wir keine Überraschungen mehr von Seiten meines Ex-Verlobten zu erwarten hatten.

Noch war niemand aus dem Gebäude gekommen, um an der von Brayden als Bürgermeister einberufenen Pressekonferenz teilzunehmen. Die Fernsehwägen der großen Sender und Reporter standen mit großen Kameras und Lichtern vor dem Rathaus. Es waren beinahe genauso viele Scheinwerfer wie während des Filmdrehs.

Trotz des Sonnenlichts eliminierten kräftige Scheinwerfer jeden Morgenschatten und ließen das Rathaus heller als den Times Square zu Silvester erstrahlen. Es fühlte sich ein wenig an, als wären wir alle Teil einer billigen Reality-Show, die nun auf das große Finale wartete.

Ich blinzelte und konzentrierte mich auf die Türen des Rathauses, denn die grellen Lichter, die Kameraausrüstung und die herumeilenden Crews blockierten uns die Sicht. Es waren nicht nur lokale Reporter hier. Neben einem Kollegen aus Shady Creek erkannte ich auch den Moderator einer berühmten Hollywood-Unterhaltungs-show. Sein Make-up wurde gerade aufgefrischt und in Anzug und Krawatte wirkte er merkwürdig deplatziert.

Ich blickte hinunter auf meine zerknitterten Klamotten und fühlte mich müde und schäbig. Die letzten 24 Stunden waren gelinde gesagt verrückt gewesen. Aber zum Schluss war alles gut ausgegangen und dafür war ich dankbar. Die Anklage gegen Tante Amber war vom Tisch, Rick Mazure saß im Gefängnis und Tyler konnte seinen Job behalten. Zumindest hoffte ich das.

„Sie kommt", flüsterte jemand. Die Leute murmelten aufgeregt und brachten sich in Position. Die Rathaustür sollte jeden Moment geöffnet werden.

Mum hakte sich bei mir unter. „Sieht so aus, als bekäme Amber nun endlich ihre 15 Minuten Ruhm. Ich wünschte nur, es hätte nicht so einen hohen Preis gekostet."

Ich nickte. „Es geht doch nichts über eine fallengelassene Mordan-klage, um in den Nachrichten zu landen. Ich vermute mal, jede Art von Publicity ist besser als keine."

„Ich wünschte nur, sie hätte kein Star sein wollen", sagte Mum.

„Vielleicht würden Dirk und Steven dann noch leben, wenn es nicht so weit gekommen wäre."

„Stimmt nicht."

Ich erschrak angesichts der Stimme hinter mir.

„Das hätte keinen Unterschied gemacht." Oma Vi schwebte vor uns herunter. „Rick hätte auch woanders mit Dirk zusammengearbeitet. Und er hätte ihn umgebracht. Ihr müsst wissen, dass man das Schicksal nicht beeinflussen kann. Details kann man verändern, aber niemals das Ergebnis."

Tante Pearl nickte. „Das mit dem Karma ist so eine Sache."

Plötzlich wurden die großen Türen des Rathauses geöffnet und die rote Mähne von Tante Amber trat in mein Blickfeld. Angesichts der riesigen Türen wirkte sie winzig. Sie stand zwischen Bürgermeister Brayden Banks und Sheriff Tyler Gates. Die Drei blickten in die Menge.

Tante Amber trug ein langes, weißes Abendkleid aus den 50er Jahren mit Handschuhen bis zu den Ellbogen. Sie winkte erhaben und drehte sich langsam von links nach rechts. „Vielen Dank für eure Unterstützung. Endlich bin ich frei!"

Mein Schnauben war wohl etwas zu laut, denn einige Personen drehten sich zu uns um.

„Genug von dem Drama", sagte Tante Pearl. „Ich hatte für heute schon genug Aufregung."

„Schamlos", rief Oma Vi. „Sie wollte schon immer im Mittelpunkt stehen. Das ist wohl so beim mittleren Kind."

Tante Amber genoss ihre Zeit im Rampenlicht, beantwortete Fragen der Reporter und posierte für die Kameras. Es hatte zwei Morde gebraucht, ein falsches Geständnis sowie einen Konflikt zwischen dem Bürgermeister und dem Sheriff, aber endlich konnte Tante Amber ihren großen Moment genießen.

Geld brachte es ihr allerdings keines ein. Ricks Anschuldigung, sie sei die Alleinerbin der Familie Diamond, war eine Lüge gewesen, um die Ermittlungen in die falsche Richtung zu lenken. Er hatte sogar Dirks Testament gefälscht, um Tante Amber den Mord anzuhängen. Tyler hatte die Lüge entlarvt, als er mit Dirks Anwalt telefonierte.

Dass Tante Amber nicht erbte, war vermutlich zu ihrem Besten, denn so viel Geld brachte nur Probleme mit sich.

Oma Vis Gestalt schwebte vor und zurück, sie war offensichtlich betrübt. „Warum bekommt Amber die ganze Aufmerksamkeit? Vielleicht hat sie den Film nach Westwick Corners gebracht, aber ich habe doch die ganze Situation gerettet."

Ich blickte in Tante Pearls Richtung, um ihre Reaktion zu sehen, aber die war verschwunden.

„Wie denn, Oma?" Sie war als Geist noch sensibler als sie es als Mensch gewesen war. Unsichtbar zu sein und nur noch von unserer Familie gesehen zu werden, hatte sie unsicher werden lassen. Niemand schien sie mehr wahrzunehmen.

„Ich habe den Mord an Dirk Diamond aufgeklärt."

Ich starrte sie nur an.

„Okay, gut, aber ich habe dir den Hinweis auf den Mörder gegeben."

„Nein, das hast du nicht", sagte ich. „Du hast mich nur mit Hinweisen geködert, hast aber nie Details geliefert. Tyler und ich haben den Fall selbst gelöst."

„Wie kannst du so etwas sagen? Es ist mir zu verdanken, dass der Mörder hinter Gittern sitzt."

„Als du mir schlussendlich den Täter verraten hast, war es zu spät." Oma hatte absichtlich Informationen in einer Mordermittlung zurückgehalten und ich war immer noch wütend auf sie. „Außerdem hast du gesagt, es waren zwei. Ein Mann und eine Frau. Aber das stimmte nicht. Rick war ein Einzeltäter."

„Ich wollte es dir eben nicht zu leicht machen", entgegnete Oma Vi schnippisch. „Ich wollte deine grauen Zellen anregen."

„Das ist doch kein Spiel, Oma."

„Streitet doch nicht", schlichtete Mum. „Das Wichtigste ist doch, dass Rick Mazure niemandem mehr schaden kann. Er wird für sehr lange Zeit weggesperrt sein."

„Okay, vielleicht hast du auch einen kleinen Beitrag geleistet, Cenny, aber ohne meine Hinweise hättest du den Täter nie gefunden."

Omas Erscheinung war dunkelviolett angelaufen. „Ich sollte es eigentlich sein, die hier bejubelt wird, nicht Amber!"

„Du bist nur eifersüchtig", sagte Mum. „Außerdem kann dich doch gar niemand bejubeln. Du bist ein Geist, schon vergessen?"

Oma Vi sah verwirrt drein.

„Niemand außer uns kann dich sehen oder hören, Oma", erinnerte ich sie.

Omi verschränkte nur beleidigt ihre Arme. „Wenn doch nur einmal alle aufhören würden, mich zu ignorieren. Ich wollte nie unsichtbar sein. Amber sollte den Ruhm nicht für sich alleine einheimsen."

Noch nie zuvor hatte ich Oma Vi so traurig gesehen. Als Geist konnte sie nicht weinen, aber ihre Erscheinung zitterte und verfärbte sich nun blassblau. „Es tut mir wirklich leid, Oma. Können wir es irgendwie wiedergutmachen?"

Ihre Gestalt hellte sofort auf. „Vielleicht mit einem schönes Familienabendessen in einem Restaurant?"

Ich seufzte. Oma Vi musste sich wirklich noch an ihren Geisterstatus gewöhnen. „Natürlich, warum nicht. Du suchst dir ein Restaurant aus und ich reserviere für uns." Ihr Vorschlag war lächerlich, sie konnte nicht einmal essen. Aber ich wollte nicht mit ihr streiten.

Wenige Meter von uns entfernt explodierte etwas.

Gerade als ich mich in die Richtung des Knalles drehte, brach ein Feuerwerk aus. Von überall her schienen Lichter und Töne zu kommen.

Tante Pearl winkte uns vom Dach des Rathauses aus zu. Sie lachte wie eine Verrückte und schnippte wild mit den Fingern, was jeweils einen neuen Knall auslöste. Eine Kaskade aus vielfarbigem Feuerwerk regnete auf uns herab.

„Nein!", rief Oma Vi. „Hör sofort auf, Pearl! Komm von diesem Dach herunter, bevor du dir wehtust!"

Ich verdrehte nur die Augen. Ich hätte es wissen müssen, dass Tante Pearl sich in Ambers Auftritt einmischen und diese Einmischung Feuer beinhalten würde. Ihre Geschwisterrivalität kannte wirklich keine Grenzen.

„So wird das gemacht, Bill!", rief Tante Pearl vom Dach. „Deinen Spezialeffekten fehlt einfach der Pepp!"

Niemand schien das Schreien über ihnen zu hören. Auch nicht Bill, worüber ich ganz froh war. Ansonsten käme es vielleicht zu einem weiteren Mord.

Ich blickte in die Menge. Jeder schien von Tante Ambers Rede gefesselt zu sein. Beinahe hypnotisiert. Vermutlich war wieder Hexerei im Spiel.

Tante Amber brach mitten im Satz ab, verwirrt von dem Feuerwerk, das bestimmt kein Teil ihres Zauberspruches gewesen war. Tante Pearl war von den Stufen des Rathauses aus nicht zu sehen, sie musste also annehmen, dass das Feuerwerk ihr zu Ehren geschossen wurde.

Deshalb sprach sie eilig weiter. „An diesem Tag feiern wir auch das Leben zweier unschuldiger Männer."

Meine Gedanken drifteten langsam ab, als Tante Amber weiter und immer weiter sprach. Sie wollte ihren großen Auftritt offensichtlich so lange wie möglich hinauszögern.

„Wieso habe ich eigentlich zwei so verrückte Schwestern?" Mum schüttelte den Kopf. „Sie sollten sich zusammennehmen und sich altersgemäß verhalten. Amber macht sich zum Affen und Pearl spielt mit Feuer."

Verrückt oder nicht, ihre Art hatte auch etwas Gutes. Tante Amber hatte die Filmindustrie in die Stadt geholt, was im Grunde gut für das Westwick Corners Inn war. Trotz der Tragödie hatten die großen Hollywood-Bosse entschieden, dass die Show weitergehen muss. Sie würden auch die Rechnung übernehmen. Das Studio hat bereits junge Talente für die Hauptrollen gefunden und in zwei Wochen würde der Dreh fortgesetzt werden.

Ohne Tante Amber.

Der kauften wir ein Ticket nach Hawaii.

Tante Pearl hatte außerdem ein Ventil für ihre Pyromanie gefunden und soweit ich wusste, hatte sie sich bei Bill entschuldigt, in der Hoffnung, er würde sie anstellen – besser gesagt wiedereinstellen. Meine Tante gestand sich normalerweise niemals Fehler ein, daher war ich ziemlich stolz auf sie. Zumindest versuchte sie, einen Neustart zu wagen.

Tante Amber hatte ihre Rede beendet und reichte Brayden das Mikrofon.

Es war nur der Hauch eines Schulterklopfers, aber er wurde von den Reportern wahrgenommen. „Vielen Dank, Sheriff Gates, für die großartige Polizeiarbeit, damit wir uns in dieser Stadt sicher fühlen können. Dank Ihrer Ermittlungsarbeit sitzt ein skrupelloser Mörder hinter Gittern. Wir danken Ihnen."

Oma Vi befand sich nun ebenfalls im Zentrum des Geschehens und schwebte zwischen den beiden Männern.

Ich klatschte laut Beifall, Mum ebenso und schon bald stieg die Menge darauf ein.

„Bravo, Vi West", rief ich.

Oma Vi strahlte. Ihre Erscheinung reflektierte das intensive Scheinwerferlicht in einem zauberhaften goldenen Schein. Für einen Moment zumindest schien sie vergessen zu haben, dass sie unsichtbar und der Applaus für Tante Amber war.

Tante Amber bemerkte es ebenso. Sie lächelte ihrer Mutter zu und nahm dann erneut das Mikrofon. „Es ist im Kasten!" Sie stieg langsam die Stufen des Rathauses hinab und genoss den Moment.

Tyler folgte ihr und Oma Vi schwebte hinter den beiden, die auf uns zukamen.

Mum seufzte. „Ich hätte nie gedacht, dass das echte Leben einmal spannender wäre, als ein Hollywoodfilm. Vor allem nicht in Westwick Corners."

Tante Amber seufzte, als sie auf uns zukam. „Das Showbusiness ist ein hartes Geschäft."

„Du hast das da oben toll gemacht", sagte ich. „Schade, dass es mit dem Film nicht geklappt hat. Er hat uns aber auch wirklich nur Pech gebracht."

„Nein, Cenny, Hexen schmieden sich ihr eigenes Glück." Sie zwinkerte mir zu.

„Was soll das denn heißen?", fragte ich. „Nein, vergiss es, ich will es gar nicht wissen."

„Ich hoffe, du hast jetzt genug von der Schauspielerei" Mum gähnte laut. Die letzten 24 Stunden waren aufreibend gewesen.

„Oh, überhaupt nicht, Ruby. Das Beste kommt doch erst noch." Tante Amber lächelte und blickte verträumt in die Ferne. „Ich werde reich und berühmt werden. Du wirst schon sehen."

* * *

HAT Ihnen Verhext und ausgespielt gefallen? Freuen Sie sich auf das bald erscheinende nächste Buch in der Serie, *Die Weihnachtswunschliste der Hexen*

ÜBER DEN AUTOR

Colleen Cross schreibt spannende, durchdachte Thriller und Krimis, die von der ersten Seite an fesseln. Vor einigen Jahren wagte sie ihren ganz eigenen Ausstieg aus der Berufswelt, um ihren persönlichen Bücherwurm als Autorin auszuleben.

Sie lebt mit ihrer Familie in Vancouver, Kanada. Wenn sie nicht gerade schreibt, geht sie gerne joggen oder erkundet die Westküste mit ihrem Hund Jaeger, der sie jeden Tag daran erinnert, dass man seine Träume – oder Eichhörnchen – verfolgen sollte.

Ihre Bücher wurden bereits in mehrere Sprachen übersetzt und weitere Titel folgen.

Colleen Cross auf Social Media:
    Facebook: www.facebook.com/colleenxcross
    Twitter: @colleenxcross
    oder als Autorin auf Goodreads

Verhexte Westwick-Krimis
Verhext und zugebaut
Verhext und ausgespielt
Verhext und abgedreht
Die Weihnachtswunschliste der Hexen
Hexenstunde mit Todesfolge

Wirtschafts-Thriller mit Katerina Carter
Exit Strategie: Ein Wirtschafts-Thriller
Spelltheorie
Der Kult des Todes
Greenwash
Auf frischer Tat
Blaues Wunder

Zu Neuigkeiten über Colleens Bücher, besuchen Sie ihre Website: http://www.colleencross.com

Einfach für den Neuerscheinungen Newsletter anmelden, um immer direkt über die Neuerscheinungen informiert zu werden!

www.ingramcontent.com/pod-product-compliance
Lightning Source LLC
Chambersburg PA
CBHW030025200726

48283CB00012B/1026